S. Pomej

Verfolgte Verschwörungstheoretiker

"Der Mensch stirbt auch aus Gewohnheit."
- Georg Wilhelm Friedrich Hegel

Vorwort

Ein Journalist ist jemand, der 50 % seiner Zeit damit verbringt, nicht zu sagen, was er weiß. Die andern 50 % verbringt er damit, über Dinge zu reden, von denen er keine Ahnung hat. Es gibt allerdings auch Journalisten, die Phänomene wie Geister und Verschwörungstheoretiker anziehen ähnlich Motten das Licht. Denen ist zu 100 % nicht langweilig ... den Motten.

1. Verschwörung verbindet

"Plötzlich packen mich von hinten zwei bärenstarke Männerhände und drücken mir vehement die Kehle zu. Ich beginne zu röcheln. Hinter mir, das heißt eigentlich links neben meinem Kopf, taucht ein irres Gesicht auf, wie ich aus dem Augenwinkel wahrnehme. Blitzschnell begreife ich, dass es um mein Leben geht und schnappe mir den Schraubenzieher, den ich in meiner Jackentasche immer bei mir trage. Damit steche ich spontan dem hinterhältigen

Angreifer in sein linkes Auge. Sofort lässt er mich los und ich kann fliehen", berichtete die Frau, die sich Janina Kopplmayr nannte und Jonas zum Augenzeugenbericht für einen wichtigen Artikel in ein gutbürgerliches Gasthaus gelockt hatte. "Ich sprinte schnurstracks in das nächste Polizeirevier und rapportiere einen Überfall, wobei ich meine mitgebrachte DNA auf dem Schraubenzieher des Übeltäters präsentiere. Äh - das heißt natürlich SEINE DNA auf MEINEM Schraubenzieher! Man fragt mich nach einer Personsbeschreibung und ich erzähle - immer noch so aufgeregt wie bei der Tat -, der miese Kerl trug eine beige Uniform, so eine Khaki-Uniform. Wahrscheinlich, sage ich, wollte er noch schnell sein billiges Vergnügen genießen, bevor er nach Afghanistan zum Himmelfahrtskommando geschickt wird."

"Und das passierte hier in Wien?", staunte Jonas.

"Neiiin! Natürlich in den USA, hab ich das nicht schon erwähnt?"

"Nein, Sie fingen gleich mit der Aktion an, ohne lange Vorrede." Irritiert von dem intensiv-süßlichen Geruch ihres Parfums putzte er sich mit der Serviette die Nase. "Wann ist denn das passiert?"

"Na, erst vorigen Monat! Also vor nicht ganz 14 Tagen." Aufgeregt nahm sie einen Schluck aus dem noch vollen Bierglas, von dem sich der weiße Schaum schon halb

verabschiedet hatte. Draußen trommelten
stetig dicke Regentropfen gegen die
Fensterscheibe. Auf dem breiten Fensterbrett
dahinter welkte eine undefinierbare braune
Topfpflanze vor sich hin. Daneben stand die
große schwarze Handtasche der aufgeregten
Dame.

"Aber die Amis sind längst aus Afghanistan
abgezogen", rief ihr Jonas in Erinnerung.

"Ja, offiziell, aber im Geheimen agieren die
doch immer noch dort unten, Herr Jericho!
Mir können die doch nix weismachen! Weil es
dort geheime Höhlen mit Riesen gibt und
Portale in eine andere Dimension. Deshalb
haben die Amerikaner doch den Irak-Krieg
begonnen. Dort unten warten Geheimnisse,
von denen wir niemals erfahren werden.
Jedenfalls kommt der Knüller erst!"

"Ihr Knüller nach dem Schraubenzieher-
Attentat? Und Sie durften nach dieser Sache
einfach ausreisen?", wunderte sich Jonas.
"Normalerweise muss man doch als Opfer
oder Zeuge eines Verbrechens-"

Schon unterbrach sie ihn: "Jetzt hören Sie
doch erst einmal zu! Übrigens war das kein
Attentat von mir, sondern die pure Notwehr!
ICH bin das Opfer! Ein wehrhaftes Opfer, aber
ein Opfer, das hab ich denen auch
eingeredet!"

"Was heißt eingeredet? Sind Sie denn was
anderes?", fragte er verwirrt.

"Nein, ich meine, ich bin total untrainiert,
keine gut ausgebildete Kämpferin. Ich hatte

außer diesem Schraubenzieher auch noch das Glück, dass mich der Kretin unterschätzt hat! Das meinte ich. Und zielen kann der Abgewehrte ja auch einäugig! Als ausgebildeter Soldat muss er sogar blind sein Gewehr auseinander- und wieder zusammenbauen können."

"Blind könnte er aber nimmer zielen. Und was hat die DNA-Analyse ergeben, Frau Kopplmayr? War der Angreifer schon in der Täterkartei?"

"Stellen Sie die Lauscher auf, Herr Jericho! Ich kündigte doch grad den Knüller an: Der Schraubenzieher mit den Blutspuren vom Angreifer in Uniform war auf einmal verschwunden! Disparue, wie der Franzmann sagt! Leider, bevor man das Blut dran analysieren konnte. Ich ging nämlich am nächsten Tag wieder auf die Polizeistation, um meinen Reward zu erfragen. Aber ohne Täter und Tatwaffe gibt's ja leider gar keinen. Da frag ich mich doch, ob das nur die übliche Schlamperei der fetten Bullen war, oder ob dahinter nicht Absicht steckte." Verwegen kniff sie ein Auge zu.

"Es gab also offiziell keine Ermittlungen", resümierte Jonas.

"Natürlich nicht, weil ja auch gar kein Überfall", bei diesem Wort deutete sie mit beiden Händen Gänsefüßchen an, "keine Einlieferung in ein Spital, kein Gar-nichts stattfand. Das hab ich mir laut den blöden Bullen-Cops in Las Vegas alles nur eingebildet. Weil ein Opfer eines Soldaten doch niemals gegen den ankommen kann. Nichtmal mit einer MP hätte ich mich laut denen gegen einen ausgebildeten Marine wehren können, schon gar nicht von hinten! Was sagen Sie nun, Mister Journalist?" Erwartungsvoll starrte sie ihn mit weit aufgerissenen Augen an.

"Las Vegas liegt in Nevada", murmelte Jonas und sehnte sich nach dem trockenen Wetter dort.

"Genau! Und da liegt auch die Area 51!", erwähnte sie triumphierend. "Mir ist egal, ob die Amis dort UFOs aus dem All verstecken, ich bin ja auch gar keine von diesen Verschwörungstheoretikern, aber jedenfalls haben die dort eine große Sache am kochen. Und überhaupt ist schon das Wort *Verschwörungstheorie* ein Begriff oder schon mehr ein Schimpfwort, mit dem man Andersdenkende deklassiert, um jede Diskussion zu unterbinden. Die Schlafschafe kapierens einfach nicht!"

Diese energische Frau namens Kopplmayr schätzte Jonas auf Mitte bis höchstens Ende 40, allerdings sehr gepflegt, mit langen Haar-Extensions in Goldblond. Ihr adrettes blaues Kostüm hübschte eine cremeweiße Bluse mit roten Nadelstreifen auf. Durchaus der Typ, auf den die Amerikaner zu fliegen pflegen, wie man flapsig sagt, machte sie weder den Eindruck einer nach Aufmerksamkeit gierenden Tussi, noch den einer verwirrten

Frau, welche sich vom grau-regnerischen Alltag oder von etwaigen Wechselbeschwerden ablenken wollte.

"Sie haben mir in Ihrem eMail geschrieben, Sie sind nicht wegen der vielen Casinos ins Spielerparadies abgeschwirrt, sondern-"

Flugs fiel sie ihm ins Wort: "Sondern wegen eines Ex-NASA-Angestellten, der mich auf WhatsApp kontaktiert hat. Zuerst dachte ich an einen sogenannten Love Scam, oder wie das heißt, allerdings hat er nie Geld von mir gefordert. Daher flog ich zu ihm. Wir trafen uns in einem Diner, das ist so ein kleines Beisel", erläuterte sie und bekam auf einmal einen ganz verträumen Blick.

"Und da quatschte er von der großen Liebe", reimte sich Jonas zusammen.

"Nein, gar nicht. Ich verstand sein Englisch so schlecht, immerhin konnte ich gewisse Worte wie *Mondbasis* und *extraterrestrische Präsenz auf dem Mond* ausnehmen. Dabei wurde er ganz nervös und immer leiser." Auch sie sprach nun etwas leiser, beugte sich über den Zweier-Tisch nach vorne, ganz nahe zu Jonas.

"Jetzt wird's spannend", freute er sich. "Hat er Ihnen auch Fotos gezeigt?"

Abrupt lehnte sie sich wieder zurück. "Nein, als eine Frau das Diner betrat, zuckte er kurz zusammen und säuselte mir zu: Sie sind hinter mir her - auf englisch natürlich - und warf einen großen Dollarschein auf den Tisch neben den halb verzehrten Burger. So schnell konnte ich gar nicht schauen, da war er verschwunden. Fast so wie mein Schraubenzieher."

"Tja", sagte er unschlüssig. "Für eine große Story ist die bloße Erzählung noch zu dünn. Der Beweis in Form Ihres Schraubenziehers mit der Verbrecher-DNA ist futsch ... Wie konnten Sie den überhaupt ins Flugzeug schmuggeln?"

"Ich flog natürlich quasi nackt und unbewaffnet, doch kaufte gleich nach der Landung in einem Walmart einen Schraubenzieher des gleichen Typs, wie ich ihn in Wien immer verwende." Stolz präsentierte sie ihm ihren momentanen Begleiter, ein Tool des Typs PH1, 100 mm Klingenlänge, Spezial-Werkzeugstahl mit einem Zwei-Komponenten-Griff samt Abgleitschutz für zusätzlichen Komfort und Sicherheit in der Farbe orange und schwarz. Ein Werkzeug, mit dem niemand bei einer zierlichen Frau auf Urlaub rechnet. "Ohne Stichwaffe wage ich mich keinen Fußbreit aus dem Haus. Schlimm genug, dass ich den Weg vom Abfalleimer zum Flugzeug und von der Landung weg bis zum Walmart wie ein hilfloses Kleinkind zurücklegen musste!"

"Verstehe, der Bösewicht rechnete nicht mit Ihrer Wehrfähigkeit und der Ami-Bulle glaubte Ihre Story gar nicht."

"Doch, der glaubte mir, ich hab's in seinen Augen gesehen", nickte sie eifrig. "Deshalb ist doch der Beweis verschwunden. Jemand hat ihn entweder bestochen oder bedroht. Mir kommt es im Nachhinein wie ein Wunder vor, dass ich überhaupt unverletzt die Heimat erreichen konnte."

Die Kellnerin tauchte mit der Speisekarte auf: "Wollen Sie jetzt was zu essen bestellen?"

"Ich weiß auch ohne Karte, was ich nehme", winkte Frau Kopplmayr ab. "Ein echtes Wiener Kalbsschnitzel - aber vom Schwein!"

"Und Sie?" Die Kellnerin, eine eher schmuddelige Mittdreißigerin in einem zu engen gelb-braun-gestreiften Servier-Kleidchen, blickte zu Jonas.

"Ein paar Frankfurter mit Kren und zwei Semmeln dazu!"

Die Kellnerin trabte Richtung Küche, von welcher beim Öffnen der Flügeltür der Duft ranzigen Öls in den vollen Gastraum strömte, und Jonas' Augen schielten nach links zur schwarzen Handtasche, die sich offen und mit reichlich Inhalt leicht zur Seite zu neigen begann. Das blieb Frau Kopplmayr nicht verborgen und sie packte die Tasche schnell und raffte sie an sich. Bemüht, den Reißverschluss zuzuziehen, räusperte sie sich, als wolle sie was sagen.

"Soll ich Ihnen helfen?", bot ihr Jonas an.

"Nein, geht schon."

Kaum hatte sie es geschafft, die Tasche zu verschließen, läutete darin ihr Mobiltelefon. Sie gehörte zu jenen, die keinen Klingelton eingespeichert haben und ärgerte sich sichtlich, dass sie nun die Handtasche wieder aufmachen musste, was gar nicht so leicht vonstattenging. Nachdem sie den Zipp bis zur Hälfte aufgezogen hatte, steckte sie ihre Hand in die Tasche und fischte das Smartphone heraus.

"Oh, das ist wichtig, entschuldigen Sie mich, bin gleich wieder da!" Eilig stellte sie die Tasche auf den Boden neben sich, sprang auf und spazierte mit dem Smartphone am Ohr von ihm weg. "Was, wirklich? Das ist ja ein Ding!"

Absichtlich ließ Jonas seine Serviette fallen, damit er sich unauffällig unter den Tisch bücken konnte, um in die prall gefüllte Fendi-Tasche hineinzulugen. Darin steckte eine Haarbürste, eine zusammengerollte Illustrierte, ein buntes, zusammengeknülltes Halstuch von Hermes, ein schwarzes A4-Notizbuch - mehr konnte er nicht ausnehmen. Also richtete er sich wieder auf. Zu gern hätte er auch einen Blick in das Notizbuch geworfen. Leider gab ihm Frau Kopplmayr keine Zeit dazu. Noch aufgeregter als zuvor kehrte sie an den Tisch zurück.

"Stellen Sie sich vor, meine Schwester hat mich gerade informiert, dass für mich ein Paket angekommen ist. Es war total zerfleddert, sodass sie sicherheitshalber die Annahme verweigert hat. Und jetzt kommt der Knüller!"

"Was noch einer?"

"Wieso?"

"Na, Sie sprachen doch vorhin schon von-"

"Ach, das war doch wegen dem Schraubenzieher. Nein, jetzt sagt mir meine Schwester - wir wohnen nämlich aus Kostengründen zusammen - also sie sagt mir, der Postler sei wieder abgezogen, und zwar OHNE das Paket wieder mitzunehmen." Vielsagend hob sie ihre dünn gezupften Augenbrauen.

"Komisch!"

Am Nebentisch fing eine vierköpfige Familie unvermittelt laut zu lachen an, verstummte aber wieder. Reporter und Informantin drehten kurz ihre Köpfe zu ihnen, erkannten, dass nur über einen TikTok-Beitrag am iPhone eines der beiden Kinder gelacht wurde und wandten sich wieder einander zu.

"Ja, das kann man wohl komisch nennen. Ich hab meiner Schwester vorhin verboten, das Paket aufzumachen. Eventuell ist gar eine Bombe drin."

Die Kellnerin kam mit der Bestellung der beiden. "Sodala! Einmal Schweinsschnitzel, einmal Frankfurter, wünsch' guten Appetit!"

"Danke! Das ging aber schnell", bemerkte Kopplmayr und begann unverzüglich das Schnitzel in bissgerechte Stücke zu zerschneiden.

"Befürchten Sie, es ist vergiftet?"

"Nein, ich schneide es mir immer und esse dann mit der rechten Hand. Das hab ich mir schon in meiner Kindheit angewöhnt. So machen das auch die Amis, wobei sie allerdings mit der linken Hand essen, damit sie die rechte für den Colt frei haben. Eine Erinnerung an den Wilden Westen", erläuterte sie, stolz, ihre Bildung aufblitzen lassen zu können.

"Zurück zu dem Paket. Was da wohl drin ist? Vielleicht das goldene Ticket von Willy Wonka, haha", scherzte er.

"Willy WER?"

"Ah, nur so ein Buch von Roald Dahl. Egal, erwarten Sie denn ein Paket?"

Mit vollem Mund antwortete sie: "Kann sein, ich bestell ziemlich viel. Kleidung, Bücher, schmatz-schmatz."

"Und teilte Ihre Schwester Ihnen den Absender mit?"

"Nein, ich seh ihn ja, wenn ich heim gehe."

Scheinbar hatte sie die Befürchtung einer Bombe bereits wieder vergessen oder auch verdrängt, um in Ruhe das Schnitzel verspeisen zu können. Jonas' Interesse jedenfalls war geweckt. "Hat Ihre Schwester unterschrieben?"

"Was soll sie unterschrieben haben?"

"Die Übernahme des Pakets."

"Haben Sie mir nicht zugehört? Sie hat doch die Annahme verweigert, das heißt also, sie hat gar nix unterschrieben, sondern mich sofort angerufen, kaum, dass der Paketlieferant abgedampft ist."

"Aha", machte Jonas und biss lustlos in das eine, mit Kren getaufte Frankfurter

Würstchen, welches bereits kalt war.
Immerhin brannte der Kren angenehm auf
dem Gaumen und vermittelte außer Schärfe
noch Wärme. "Was halten Sie davon, wenn
ich Sie mit meinem Auto nach Hause bringe?
Dann könnten wir zusammen das mysteriöse
Paket öffnen."

"Und zusammen in die Luft fliegen?",
grinste sie.

"Ein schöner Tod, weil schnell und in
charmanter Gesellschaft", schleimte sich
Jonas bei ihr ein.

"Von mir aus, erspar ich mir, mich in der
U-Bahn mit Männern aus aller Welt, die in
Karawanen zu uns strömen, drängen zu
müssen."

Nachdem Jonas die Rechnung samt
großzügigem Trinkgeld beglichen hatte,
verließen sie das Gasthaus in Ottakring und
Frau Kopplmayr kramte schnell ihren Knirps
aus den Untiefen ihrer vollen Tasche.

"Schleppen Sie immer Zimmer, Küche,
Kabinett mit sich rum?", stichelte er und
freute sich dennoch, trockenen Hauptes zu
seinem Auto zu kommen.

"Wozu trägt eine Frau Handtasche?", fragte
sie rein rhetorisch. "Damit sie für alle Fälle
gewappnet ist. Ich sage nur:
Schraubenzieher!"

"Obwohl Sie den in Las Vegas ja in Ihrer
Jackentasche versteckt hatten." Galant
öffnete er ihr die Autotür seines Skodas.

"Na, Ihr Gedächtnis funktioniert ja

einwandfrei", lobte sie und stieg ein. Als er zur von ihr angegebenen Adresse im fünften Bezirk losfuhr, parlierte sie munter weiter: "Können Sie sich auch an die Voyager-Sonde erinnern, die schon lang unser Sonnensystem verlassen hat? Mit unserer Lage in der Galaxie, einer Friedensbotschaft und den Abbildern eines nackten Mannes samt Begleiterin. Wer schickt ein Nacktbild mit Absender weg, frag' ich Sie. Das wär ja genauso, als würde ich ein Aktfoto von mir samt meiner Adresse plus Telefonnummer ans Schwarze Brett im Supermarkt kleben."

"Z! Ich finde, das kann man nicht vergleichen", meinte Jonas, immer bedacht darauf, mit seinen Sommerreifen im schon mild-winterlich werdenden Herbst nicht im heftig strömenden Regen einen Aquaplaning-Unfall zu bauen. Das nervige Quieken der Scheibenwischer erinnerte ihn daran, bald neue Gummieinlagen besorgen zu müssen.

"Oh doch! Was denkt sich wohl so eine Alien-Königin? *Es ist angerichtet?*"

"Warum sollten uns Aliens als Nahrung wahrnehmen? Die haben doch bisher auch ohne unser Fleisch überlebt, falls es sie überhaupt in unserer galaktischen Nachbarschaft gibt."

Mit einem verächtlichen Seitenblick konterte sie: "Woher wollen Sie das denn wissen? Wenn es sich um Insektoide handelt, dann können diese Biester jahrelang ohne Nahrung auskommen, oder schlummern im

Tiefschlaf dahin, oder vegetieren dahin, gelabt von ihrem eigenen Kot."

"Na, als Labung würde ich den nicht gerade bezeichnen." Komisch, dachte er, zuerst behauptet sie, sich nicht verrückt machen zu lassen, als ich ihr die utopische Story erzählte, und jetzt...

"Sagen Sie mal, wonach stinkt es eigentlich so in Ihrem Wagen?" Indigniert suchte sie auf dem Rücksitz nach der Quelle des üblen Geruchs.

Automatisch schnupfte Jonas ein paar Mal. "Es stinkt? Ach so, nach dem Quargelbrot meiner Oma. Ich hab sie gestern noch vom Tarock-Abend heim chauffiert. Sie konzentrierte sich so auf die Karten, ohne was zu essen, da hat ihr die Gastgeberin noch Proviant mitgegeben."

"Widerlich!" Nach einem tiefen Atemzug fuhr sie fort: "Wussten Sie, dass Hitler angeblich Hilfe von Aliens von Aldebaran erhielt? Mehr noch, sie sollen ihn und Eva Braun sogar 1945 abgeholt haben. Verbrannt wurden zwei Doppelgänger!"

"Das ist schon sehr starker Tobak", beeinspruchte er. "Warum hat er denn dann den Krieg verloren, wo er doch angeblich außerirdische Hilfe bekam? HM?"

"Leider bin ich nicht allwissend und kann mir auf solche Fragen keinen Reim machen. Ich war mal bei einem UFO-Vortrag, wo einer fragte, wieso Raumschiffe, wie anno 1947 in Roswell, so einfach abstürzen, wenn uns die

Aliens doch 100 oder 1000 Jahre voraus sind. Wissen Sie, was der als Antwort bekam?"

"Wahrscheinlich, dass es nur ein Wetterballon gewesen ist."

"Nein, es hieß, die Aliens können auch nicht gut bei Schlechtwetter in unserer Atmosphäre fliegen. So wie ein Jumbo-Jet-Pilot, der in ein Gewitter oder eine Hagelfront gerät."

"Verstehe, die haben einfach Pech gehabt und sind von einem simplen Blitz vom Himmel geholt worden."

"Ja, oder von unseren Radarstrahlen. Dort vorn können Sie parken!"

2. Hausbesuch

Das Hochhaus, in dem sie logierte, war früher einmal ein Vorzeigeprojekt gewesen, heute präsentierte es sich leicht heruntergekommen. Das Stiegenhaus war verschmutzt, die Wände mit Graffitis verunziert und der Aufzug defekt.

"Ich vergaß ganz, zu warnen, dass der Lift kaputt ist", entschuldigte sie sich. "Naja, da können wir gleich die überzähligen Kalorien abtrainieren. Ich wohn' im elften Stock, hihi."

Mit der Kondition hatte Jonas in letzter Zeit Probleme, gegen seinen Vorsatz, täglich eine kleine Joggingrunde einzulegen, hatte sein innerer Schweinehund erfolgreich rebelliert. Es dauerte, bis er in geziemendem Abstand zu seiner flotten Informantin oben ankam.

Scheinbar hatte ihre Schwester beim

Fenster runter geguckt, denn sie öffnete die Tür, fragend: "Wer is'n der?"

Beleidigt zog Jonas die Mundwinkel nach unten, denn er fand, er sah in Jeans und dem braunen Tweed-Sakko ganz leger aus und ärgerte sich, mitgekommen zu sein. Nur wegen eines dämlichen Pakets, das wahrscheinlich nur ein paar Pamphlete über UFO-Stories enthielt, welche der Postangestellte nicht wieder mitschleppen wollte. Die Schwester zeigte sich genauso blond wie Frau Kopplmayr, allerdings in graue-Maus-Wohlfühlklamotten gehüllt, die noch dazu unangenehm müffelten.

"Das ist der rasende Reporter, mit dem ich mich vorhin verabredet hab'. Wo ist mein Paket?" Suchend sah sie sich im Vorraum um.

"Moment, ich hol's", kündigte die Schwester an und schlurfte in ausgetretenen Birkenstock-Schlappen in einen Nebenraum.

"Wir sind 90 Sekunden vom Ende der Welt entfernt." Frau Kopplmayr warf den nassen Knirps in eine Ecke und stellte ihre Tasche auf ein Schuhkästchen, während sie sich mit der andern Hand ihre Kostümjacke auszog.

"Wie bitte?"

"Tsiss!", schüttelte sie verständnislos ihre blonden Extensions und hängte ihre Jacke auf einen freien Haken der IKEA-Vorzimmerwand. "Laut Apokalypse-Uhr."

"Ach soo. Aber wenn man das in Menschenjahre umrechnet, dann sind wir ohnehin nicht mehr davon betroffen."

"Stellen Sie sich vor, SIE landen..." Dabei zeigte sie verheißungsvollen Blicks nach oben. "Dann sind unsere Sorgen Geschichte, denn die Besucher wissen, was gut für uns ist."

"Woher sollen die denn wissen, was gut für uns ist? Wir wissen's doch oft selber nicht! Da fällt mir ad hoc die Science-Fiction-Story *How to serve Men* ein. Kennen Sie diese lustige Geschichte?"

"Sowas interessiert mich nicht. Das wär ja so, als würde der Papst Micky Maus-Hefte lesen."

"Woher wollen Sie wissen, dass er das nicht tut? Ich meine, zur Entspannung eignen sich lustige Comics hervorragend."

"Pah, ich bin da ja ganz-", wollte sie beeinspruchen und schnappte nach Luft. "Ich bin-"

Nichtsdestotrotz redete Jonas weiter: "Die Story geht so: Eine fremde Art landet auf der Erde und stellt den staunenden Erdbewohnern ein Buch vor, das gut für die Menschheit sein soll, und nimmt immer wieder welche von uns im Raumschiff mit. Dann stellt sich heraus, es ist ein Kochbuch, haha!"

"Was soll daran lustig sein?"

"*How to serve* heißt im Englischen *wie man dient* und auch *wie man etwas serviert*. Das ist der Witz dran. Die Aliens wollen uns fressen! Verstehen Sie?"

"Nein, das ist doch vorsätzliche

Panikmache, um die Auflage zu steigern!",
giftete sie und gestikulierte, als wolle sie mit
beiden Armen einen angreifenden
Moskitoschwarm vertreiben. "Aber ich lass
mich nicht so einfach verrückt machen!"

"Nein, natürlich nicht", sagte er und
dachte heimlich: Du bist es schon! Wo er
schon mal in Fahrt war, redete er weiter:
"Wissen Sie, was einige Wissenschaftler
behaupten? Ein Einzelner zählt nicht für das
Universum! Der Einzelne sichert nur die
Gattung und die Gattung lebt nur in den
Genies!"

"Sie sind ja ein Defätist!" Ihre Mimik formte
große Enttäuschung.

Im Schneckentempo schlich Kopplmayrs
Schwester mit einem zerfledderten braunen
Paket heran und präsentierte es wie einen
Pokal. "Bitte sehr! Sieht aus wie von der
Müllhalde, aber ein schöner Luftpost-
Aufkleber pickt drauf."

"Endlich! Kommen Sie, Herr Jericho, gehen
wir ins Wohnzimmer."

Mit dem Paket in Händen stakste sie auf
ihren High Heels voran und legte es vorsichtig
auf einen Glastisch, unter dem sich ein
vertrocknetes Blumengesteck als Zierde
befand. In dem rauchgeschwängerten Raum
befand sich sonst nur eine Sitzlandschaft in
Knallorange mit samtroten Polstern und ein
von oftmals eingefallenen Sonnenstrahlen,
welche heute die schweren Gewitterwolken
nicht durchdrangen, ausgebleichter

Orientteppich mit etlichen Brandlöchern, offenbar von zig herabgefallenen Zigaretten, wie auch ein voller Messing-Ascher auf dem Glastisch verriet. Die Wohnung stank nach Nikotin und einem dagegen hilflosen Tannenduft-Raumspray. An einer Wand hing ein vergilbtes Poster der Band *Pink Floyd* in Pompeji. Irgendwie passte Frau Kopplmayr nicht hier herein.

Vorsichtig inspizierte sie das Paket und stellte fest: "Kein Absender, sehr verdächtig. Ob eine Bombe drin ist?"

"Wie ich unsere Postbediensteten kenne, lassen dieselben jedem Paket eine Behandlung angedeihen, die es einer Bombe unmöglich macht, nicht zu explodieren", referierte Jonas. "Also können Sie sich getrost ans Öffnen wagen!"

Mit spitzen Fingern, deren Nägel feuerrot lackiert waren, machte sie sich wie instruiert daran, die Pappschachtel aufzureißen und beide linsten hinein. Darin befand sich ein zusammengefalteter Stadtplan von Las Vegas, ein dickes Buch des Titels *The Aliens are among us* und einige Schwarz-Weiß-Fotos von Lichtern am Himmel, die auch Kamera-Reflexionen sein konnten.

"Kann das Buch von Ihrem Las-Vegas-Lover von der NASA sein?", erkundigte sich Jonas.

"Chandler ist nicht mein Lover, soweit ist's leider nicht gekommen."

"Hm, haben Sie sonst jemanden im Hotel

dort kennengelernt?"

"Ja, schon. Einen gewissen Vince, doch mit
ihm kam's leider auch nicht soweit. Obwohl
er mir schon gefallen hat mit dem
verschmitzten Gesicht, das beim Reden
manchmal ins Grinsen schiftete. Jedenfalls
kann ich nicht glauben, dass er mir ein Paket
schickte, weil kein Absender drauf steht und
auch kein Begleitbrief dabei ist." Suchend sah
sie sich nochmals den Inhalt des Pakets an.
"Nein, nichts, keine Spur von ihm. Und von
Chandler ist es bestimmt auch nicht. Der
traut sich nicht aufs Postamt."

"Hm", überlegte Jonas. "Bei solchen
Paranoikern wundert mich das auch nicht.
Klarerweise will er seinen Namen nicht
nennen, eventuell hat er in dem Buch einige
Stellen unterstrichen, aus denen sich eine
geheime Nachricht an Sie ergibt."

"Das könnte sein!" Mit hochgezogenen
Augenbrauen ließ sie die Seiten des Buches
durch ihre Finger gleiten. "Nichts."

"Sie müssen das schon sorgfältiger
machen, Frau Kopplmayr, wenn möglich mit
einer Lupe", ermahnte er sie. "Ich muss jetzt
leider in die Redaktion. Mailen Sie mir, falls
Sie Erfolg haben, auf Wiedersehen!"

Beim Rausgehen warf er noch einen Blick
in die Küche, sehr appetitlich in Apfelgrün
gehalten, auf dem Tisch stand ein Notebook
und eine Thermoskanne neben einem großen
Kaffeehäferl, auf dem Kermit von der
Muppetshow prangte. In der Abwasch türmte

sich schmutziges Geschirr, was Jonas an einen Spruch seiner Oma erinnerte: *Lass deine Pfannen nie heller leuchten als du selbst.* Zitronengelbe Vorhänge umrahmten das offene Fenster, vor welchem die Schwester Kopplmayrs stand. Mit einem Fernglas in beiden Händen.

3. Der ewige Meckerer

Der Regen hatte inzwischen aufgehört. Riasek lümmelte in einem unvorteilhaft engen, grau-karierten Hemd hinter seinem breiten Schreibtisch und hatte während Jonas' ausführlichem Bericht immer wieder die Augen gerollt. Im Augenblick ähnelte er weniger einem Chefredakteur, sondern eher einem gelangweilten Onkel, der sich widerwillig eine stinkfade Erzählung des Neffen anhört.

Schließlich wurden bei dem Wort *Nevada* seine Augenbrauen und Mundwinkel von unsichtbarer Kraft in die Höhe gezogen: "Nevada! Da fällt mir ein, dass ich vor über 25 oder 30 Jahren mal dort recherchiert hab."

"Wirklich?", täuschte Jonas Interesse vor. "Davon haben Sie mir ja noch gar nix erzählt."

"Ja, im Fall der Einwohner, die vom US-Militär als Versuchskaninchen für die Atomtests missbraucht worden sind. Fast alle haben Lymphdrüsenkrebs bekommen."

"Ach wirklich?"

Kopfnickend plauderte Riasek weiter: "Mhm, es war so eine volksfest-artige Stimmung, man marschierte in die Wüste und beobachtete fasziniert den Atompilz, unwissend der Strahlengefahr, der man ausgesetzt war. Ich interviewte unter anderem die ehemalige Miss Atombombe, die damals vor Ort als junges Mädel zur Schönheitskönigin gewählt wurde. Sie war jedoch pumperlg'sund, wissen Sie warum, Jericho?"

"Nein, wahrscheinlich eine widerstandsfähige Frau."

"Ihre Mutter war äußerst misstrauisch und hörte immer im Radio, wann so ein Test veranstaltet wurde. Da verbot sie ihren Kindern, draußen zu spielen oder sich gar der Prozession zum Pilz anzuschließen. Auch kaufte sie immer die Milch eines andern Bundesstaates, verstehen Sie?" Auf Jonas' betroffenes Nicken fuhr er fort: "Mit diesen ganz einfachen Maßnahmen hat die Mutter der Miss Atombombe ihr und ihren Geschwistern das Wichtigste erhalten: Die Gesundheit!"

"TOLL! Ich bräuchte also einen kleinen Vorschuss für die Reise dorthin", schloss Jonas, der hoffnungsfroh vor Riaseks Schreibtisch saß, sich allerdings ein wenig wie auf einem Zahnarztstuhl fühlte.

"Wofür? Für den Flug ins Spielerparadies, nachdem Ihnen so eine komische Tussi eine Revolverstory verklickert hat?"

"Es klingt doch ziemlich vielversprechend."

"Hören Sie auf, Jericho! Wenn Sie halb so alt wären und nicht schon fast exakt Mitte 40, dann hätte ich ja noch Verständnis, aber auf sowas reinzufallen, das stellt Ihnen ein Armutszeugnis aus." Provokant tippte er sich gegen die Schläfe, raschelte dann mit vor ihm liegenden Papieren, die er kurz mit verengten Augen zu überfliegen schien. Scheinbar bemühte er sich, eine gewisse Überlastung vorzutäuschen.

"Mir kam die Frau glaubwürdig vor", verlautbarte Jonas trotzig, wobei er die Arme vor der Brust verschränkte.

"Jetzt überlegen Sie einmal. Die gute Frau wohnt in einem abgewohnten Sozialbau und trägt eine teure Fendi-Tasche spazieren. Stimmt doch, oder?" Auf sein Nicken fuhr er fort: "Das schätze ich an Ihnen! Ihren Blick für Details. Leider können Sie diese nicht immer richtig deuten. Also, die Dame hat eine Vorliebe für teure Designer-Sachen und weite Reisen. Was liegt näher, sich diese von einem Reporter, bzw. dessen Zeitungsverlag blechen zu lassen, hä?" Gekünstelt vollführte er mit dem Zeigefinger eine Drehbewegung neben seiner rechten Schläfe.

"Davon war keine Rede. Die wackere sowie wehrhafte Dame hat von sich aus den Plan verfasst, die Reise ehestmöglich zu buchen. Und ich bot mich freiwillig an, ihr Geleitschutz zu geben."

"Wie edelmütig", ließ Riasek herablassend verlauten. "Auf die Idee, es könnte sich um eine Falle handeln, sind Sie natürlich nicht gekommen!"

"Eine Falle?" Jonas fiel beinahe vom Stuhl.

"Sie haben sich doch schon öfter bei Mordermittlungen wichtig gemacht."

"Was heißt wichtig gemacht? Ich hab bei der Aufklärung geholfen, ja."

"Und beim letzten Mal ist einer draufgegangen, den haben Sie auf dem Gewissen."

"FALSCH!", protestierte Jonas und schlug sich auf die Oberschenkel. "Das war meine Oma mit der uralten Wehrmachtspisto-"

"Jaja, ich kenn die Heldengeschichte. Aber das ist der Mafia ganz egal, die praktiziert und beansprucht die Sippenhaftung."

Kühler Wind wehte durch das offene Fenster hinter ihm herein, sodass er sich erhob, es schloss und seine aufgekrempelten Ärmel zu den Handgelenken hinunter rollte.

"Sie waren doch beim Militär, Jericho, weil Ihnen der Zivildienst als angehender Polizeireporter zu wenig abenteuerlich war. Da hat man Ihnen doch sicher beigebracht, dass man sich in den Feind hineinversetzen muss." Grinsend ließ er sich wieder auf seinen Chefsessel sinken. "Die alte Frau stirbt eh bald und Sie haben dieser Firma, welcher der Erschossene entstammte, die Tour vermasselt. Was liegt also näher, Sie nach Nevada zu locken, wo eine heiße Wüste auf Ihre müden Knochen wartet und sie langsam ausbleichen lässt, hmmm?"

"Na, das ist sehr konstruiert. Meine Uroma wurde 95, daher wird meine Oma nicht so bald sterben. Es wär also naheliegend, dass ein Berufskiller von der Firma meine Oma ins Visier nimmt, anstatt mich mit Hilfe einer auf Verschwörungstheorie machenden Frau nach Vegas zu locken. Das ist doch viel zu umständlich." Genervt machte er die berühmte Scheibenwischergeste vor seinem Gesicht.

"Ihnen fehlt's an Fantasie!", kritisierte ihn sein Chefredakteur und stützte die Ellbogen auf die Schreibtischplatte, wobei er die Fingerspitzen geziert gegeneinander spreizte. "Diese Leute wollen Ihre Macht ausspielen und ein Exempel statuieren. Sang- und klanglos einen lästigen Journalisten, der zuviel rumgeschnüffelt hat, abschaffen, ohne von den US-Bullen erwischt werden zu können. Denn in der Wüste von Nevada sind schon viele Leute auf Nimmerwiedersehen verschwunden. Voila, zwei Fliegen mit einer Klappe, will sagen mit einem Killer. Ihre bedauernswerte Oma wird sich nämlich ob Ihrer Vermisstenmeldung zu Tode kränken oder vor Verzweiflung vom Donauturm stürzen."

"Da kennen Sie meine Oma aber schlecht! Legen Sie mir die Reisekosten aus?" Erwartungsfroh sprang Jonas schon auf und streckte seine rechte Hand aus.

Riasek schüttelte den Kopf. "Sie wissen doch, wie's ist im Zeitungsgeschäft: Konkurrenz von allen Seiten, zunehmender Analphabetismus - ich sag nur Generation

Corona. Wenn Sie also unbedingt in Ihr Unglück rennen wollen, erwarten Sie sich von mir keine Finanzhilfe dazu. Die ganze Sache mit dieser Keppelmayer-Tante, oder wie die heißt, stinkt doch geradezu nach einer Falle!"

"Sie verstehen es wirklich, einem den Schneid abzukaufen und jegliche Abenteuerlust im Keim zu ersticken. Jagen Sie mir aus Spaß Angst ein oder aus echter Sorge?"

"Ich halte Sie für einen passablen Reporter, nur sollten Sie sich nicht von Impulsen leiten lassen. Ich finde ja, jede Redaktion sollte sich so einen Sozialwissenschaftler, einen Soziologen oder auch Psychologen zur Beratung der Mitarbeiter halten, vor allem jener Mitarbeiter, die gute Ratschläge ihrer Altvorderen leichtfertig in den Wind schlagen!" Dabei deutete Riasek mit beiden Daumen auf sich selbst.

"Auch Ratschläge sind Schläge!", zischte Jonas genervt. "Das würde ich auch so einem Psycho-Onkel sagen. Überdies fällt mir da ein Soziologiestudent im 27. Semester ein, der immer die geharnischten Leserbriefe an uns schreibt. Sie kennen ihn sicher!"

"Jericho! Es gibt Methoden der Sozialforschung, die ohne wesentlichen Zeit- und Personalaufwand auf unsere journalistische Praxis übertragbar sind. Ich kann Ihnen zwar nicht das Fremdwort dafür nennen, aber die ganze Inszenierung eines Treffens, eines Anrufes, eines geheimnisvollen

Pakets ..." Verächtlich zog er eine Grimasse
und rührte mit einer Hand die Atemluft um.
"Das ist alles so durchsichtig, so typisch
mysteriös-hinterhältig und riecht nach Falle
wie ein französischer Edelkäse. Zugegeben,
ich kenne diese Dame nicht, aber nach Ihrer
Beschreibung ist sie die geeignete Kandidatin
für einen Lockvogel, der einen Naivling in
Versuchung führen soll. Jericho, Sie wittern
die Story Ihres Lebens und genau das werden
Sie in Las Vegas lassen müssen!"

"Wissen Sie was? Gehen Sie doch in die
Politik, Herr Riasek, da kriegen Sie mit
solchen Angstmacher-Reden jede Menge
Stimmen." Wutschnaubend verließ Jonas das
Büro.

4. Der UFO-Mann

Abends war Jonas bei seiner Oma zu
belegten Brötchen und Punsch eingeladen. In
ihrem winterfesten Gartenhäuschen hatte sie
sich nach dem hier stattgefundenen Drama
mit Second-Hand-Möbeln, wie
Gelsenkirchener Barock plus Sitzgarnitur im
Laura Ashley-Blumenmuster gemütlich
eingerichtet.

Mit sichtlichem Stolz zeigte sie auf eine
Reihe Bücher auf dem Wandboard: "Diese
ganzen Wälzer hab ich im Papiercontainer vor
dem Gemeindebau an der Ecke gefunden."

"Aber Oma, du wühlst im Papiermüll
fremder Leute?", tat er entrüstet.

"Manchmal finde ich ganze Bibliotheken,
die von irgendwelchen Erben oder

Hilfsräumarbeitern weggeworfen wurden, und interessante Briefe. Vorgestern erwischte mich ein Mieter und fragte, ob ich was zum Essen suche. Der wollte mir tatsächlich Proviant aus seiner Wohnung bringen, was ich dankend abgelehnt habe."

"Das muss ja ein herzensguter Mensch gewesen sein."

"Oder er wollte nur sein Gammelfleisch loswerden", kicherte sie.

"Deinen Mutterwitz hätte ich gern geerbt." Er fühlte sich bei ihr wie in Abraham a Sancta Claras Schoß (dem Barock-Prediger, welcher derb und hintersinnig seine Zuhörer unterhielt) und sie erzählte ihm bequem am Sofa sitzend eine ihrer Gänsehaut-Geschichten, für deren Wahrheitsgehalt sie nicht garantieren wollte.

"Du schreibst doch so gerne Rezensionen für Science-Fiction-Bücher, da hab ich was für dich! Im Pensionistenclub kam vor vier, fünf Tagen ein neues Mitglied, ein uralter Herr, mit mir ins Gespräch. Sah aus wie Einstein ohne Schnauzbart auf dessen berühmten Zungen-zeige-Foto. Halt dich fest: Er behauptete allen Ernstes, mit UFOs in Kontakt zu stehen."

"Wirklich? Der sollte zum Privatfernsehen gehen, da bringen sie immer wieder solche schrägen Typen zur Quotensteigerung." Lässig ließ er ein Bein über den geblümten Ohrensessel schlenkern, Frau Kopplmayr kam ihm wieder in den Sinn.

"Jedenfalls erzählte er mir, von seinem Balkon aus könne er mit Außerirdischen in ihren UFOs mithilfe einer selbstgebauten Apparatur kommunizieren. Und da ich neugierig war, ob das auch stimmt oder er sich nur wichtig macht, bin ich mit ihm in seine Wohnung mitgegangen, eine schöne Wohnung, fast ein Penthouse." Schelmisch nestelte sie an ihrer blau-weißen Rüschenbluse herum, in welcher sie - zusammen mit dem dunkelblauen Rock - so feierlich wie eine Firmpatin aussah.

"Oma! Du traust dich was", unterbrach er und beugte sich leicht nach vorne, "also ich an deiner Stelle hätte den Verdacht gehegt, dass er mich nur in seine Wohnung lockt, um zudringlich zu werden."

"Na, aus dem Alter sind wir schon heraus", lachte sie. "Das ist der Vorteil, wenn sich die Jugend zurückgezogen hat und der Weisheit des Seniorentums Platz macht. Ich ging mit ihm auf den Balkon seiner Wohnung, die auch im 2. Bezirk liegt. Ist in Luftlinie gar nicht so weit von hier. Er wohnt im letzten Stock, man hat von dort aus eine herrliche Aussicht. Auf einem Stockerl stand ein Plattenspieler mit einem alten Funkgerät drauf. Die ganze Apparatur war zwar nicht mit Kabeln verbunden, aber auf einmal fing das Funkgerät zu krächzen an."

Jonas verschluckte sich fast an dem belegten Brötchen, das er grade aß. "Und was hast du gehört?"

"Nur das Krächzen und er sagte, er könne ihre Nachricht mehr telepathisch empfangen. Natürlich fragte ich, was sie ihm denn mitgeteilt haben. Da wurde er sehr traurig und erklärte, sie müssen die Erdbevölkerung reduzieren."

"Na, das sind echt traurige Aussichten, wenn man zu denen gehört, die wegreduziert werden."

"Unsre Unterhaltung fand tatsächlich so statt, ich hab nichts weggelassen oder dazu gedichtet", klärte sie ihn auf. "Denk doch an Corona, die Viren könnten doch von außen gekommen sein."

"Ich kenn Verschwörungstheorien darüber. Manche behaupten, Covid-19 wurde in einem chinesischen Labor fabriziert. Hmm,... Und du glaubst, die Aliens haben ihm dieses Wissen beschert, Oma?"

Unschlüssig zuckte sie mit den Schultern. "Vielleicht hat er auch nur fantasiert, um sich für mich interessant zu machen."

"Man müsste ihn fragen, was sie heute so daherreden, bei wie vielen Todesfällen sie zufrieden sind und warum Sie uns überhaupt reduzieren wollen."

"Weil wir ihnen zu viele sind, klarerweise."

"Aber Oma, fast die gesamte Erdbevölkerung hätte im US-Bundesstaat Texas Platz und könnte mit Algen abgefüttert werden", erläuterte er ihr.

"Mir musst du das nicht einreden. Obwohl ... wenn's irgendwo irgendwas gratis gibt, dann bin ich auch der Meinung, dass es zu viele von uns gibt."

"Kannst du diesen UFO-Mann beim nächsten Mal fragen?"

"Er ist leider nimmer in den Club gekommen, wer weiß, vielleicht haben die ihn abgeholt. Aber wir haben Telefonnummern ausgetauscht, ich glaube, ich hab seine noch irgendwo", überlegte sie und nippte an ihrem Punsch, ehe sie aufstand und in einer Kommode herumkramte.

"Es muss ja nicht gleich sein", schränkte er ein. "Wenn du sie findest, rufst du ihn an und erzählst mir, was er gesagt hat? Falls ich als Journalist ihn kontaktiere, blockt er womöglich ab."

"Wenn du möchtest..." Sehr erfreut schien sie nicht von seiner Bitte zu sein, setzte sich wieder und griff sich ein belegtes Brötchen. "Und wie geht's dir so beruflich?"

"Bescheiden, ich hatte heute ein Treffen, auch mit einer von diesen Verschwörungstheoretikern, die immer von UFOs und Aliens palavern, und die mich neugierig gemacht hat. So neugierig, dass ich mit ihr nach Amerika zu einer Recherche fliegen wollte, dann redete es mir Riasek aus. Der glaubt tatsächlich, alles wäre eine Inszenierung aus Rache."

"Aus Rache wofür?"

"Na, du erinnerst dich doch noch an voriges Jahr. Die Sache mit Senta", murmelte er traurig.

"Tut mir leid..." Nach einem tiefen Seufzer hakte sie nach: "Dein Chef meint, jemand macht sich die Mühe, eine Frau mit einer irren Story auf dich anzusetzen, um dich eigens über den großen Teich zu locken?"

"Genau, nach Las Vegas in die Wüste, wo dann meine Knochen verbleichen, ... Oma, würdest du dich sehr kränken, wenn ich, sagen wir mal, auf einer Dienstreise einfach verschwinden würde?"

"Selbstverständlich. Und ich würde meine kärglichen Ersparnisse opfern, um dir einen tüchtigen Detektiv nachzuschicken, mein Lieber!"

"Jedenfalls meinte Riasek, ich wär zu impulsiv und-"

Die Türklingel riss ihn aus seiner Erinnerung.

"Warte, das wird der Nachbar sein." Erneut stand sie auf.

"Schau erst durch den Spion, Oma", warnte er sie. Ein mulmiges Gefühl bemächtigte sich seiner, da er die Bedenken seines Vorgesetzten im Kopf hatte.

"Lass dich doch nicht verrückt machen, Burli", scherzte sie und ging zur Tür.

In einem Zug leerte Jonas sein Glas und horchte. Leise Stimmen drangen zu ihm, dann kam seine Oma mit einem Glas Marmelade zurück.

"Hab ich geschenkt bekommen. Mein Nachbar hat mich nämlich vorgestern um einen Kilo Zucker gebeten. Hat er vergessen

einzukaufen. Dafür krieg ich selbst
eingekochte Marillenmarmelade. Willst du ein
Brot damit?"

"Nein, danke." Automatisch verzog er den
Mund.

"Ist nicht vergiftet", versicherte sie ihm.

"Mir geht die Sache nicht aus dem Kopf",
platzte es aus ihm heraus. "Soll ich oder soll
ich nicht?"

"Nach Las Vegas fliegen?" Sie konnte seine
Gedanken lesen. "Du hast vorher keine Ruhe!
Ruf gleich die AUA an und lass dir einen
Fensterplatz reservieren. Das ist das Schönste
am Fliegen: Den Schäfchenwölkchen beim
Springen zusehen."

Sie redeten dann noch über dies und das,
bis seine Oma einen Anruf bekam.

Sichtlich erbleicht berichtete sie ihm gleich
nach Beendigung des Gesprächs: "Stell dir
vor, der UFO-Mann ist schon gestorben. Seine
Enkelin hat mir gerade erklärt, dass sie alles
weggeworfen hat, auch sein Tagebuch, wo
mein Name plus Telefonnummer stand. Das
Begräbnis ist nächste Woche. Es geht also
nicht, Näheres zu erfahren. Ich bin ja nimmer
die Jüngste, aber für dich tut's mir leid!"

Spontan dachte Jonas: Das träume ich
nur, denn das hört sich alles so unglaublich
an...

5. Der Informant

Am nächsten Tag gab's wieder die übliche
Redaktions-Konferenz mit den üblichen
Querelen. Danach meldete sich ein

geheimnisvoller Informant telefonisch bei
Jonas mit einer abenteuerlichen Story:

"2019 lernte ich in der VHS einen Mann
kennen, der behauptete ernsthaft, von seinem
Garten aus mit UFOs zu morsen. Der Kurs
nannte sich 'Kreatives Schreiben' und ich
besuchte ihn, um Kollegen zu finden, mit
denen ich Plots diskutieren kann, aber mit so
einem rechnete ich freilich nicht. Nach ner
Weile hatte er mich soweit, dass ich ihm in
seinen Schrebergarten folgte, wo ich den
Morse-Apparat in Augenschein nahm, der ihm
den Kontakt ermöglichte. Es stellte sich raus,
dass er ein altes CB-Funkgerät auf einen
Gartengrill gestellt hatte. Ich musste das
Lachen verbeißen. Mittlerweile war's
Mitternacht geworden, ich wollt schon gehen,
doch er bestand drauf, es wär gleich soweit,
er könne es schon fühlen. Ich sagte noch:
'Jetzt wird nix draus wegen des
Vorführeffekts, aber wenn ich weg bin, dann
melden sich Ihre Freunde.' Drauf er: 'Nein, ich
kann sie ja schon hören!' Auf einmal gab das
CB-Funkgerät Geräusche von sich, ich
erschrak - sollte an der Sache doch was dran
sein? Aus dem Gerät drangen unverständliche
Wortfetzen, die wie Deutsch rückwärts
klangen, also eine verzerrte metallische
Stimme. 'Und? Was sagen sie?' Auf meine
Nachfrage schüttelte er den Kopf und meinte:
'Nichts Gutes! Sie meinen, bald wird's eine
Epidemie geben.' 'Oje, dann geh ich besser',
sagte ich, 'denn wenn ich länger zuhör, kann

ich nicht mehr einschlafen. Aber, eins interessiert mich, wann kommt diese Epidemie?' Nach einem tiefen Atemzug sagte er: 'Wenn ich recht verstanden hab, nächstes Jahr.' Und dann kam ja, wie Sie wissen, Corona."

Nach ebenfalls einem tiefen Atemzug meinte Jonas zu dem Informanten: "Die Verschwörungstheorien bleiben die Schwerkraft, um die solche Leute unaufhörlich kreisen."

"Ja schon, aber sind die Theorien eine Sonne oder eher ein Schwarzes Loch? Was meinen Sie?"

"Was macht das für einen Unterschied?"

"Aber Herr Jericho! Wenn sie die Sonne sind, dann können wir sie ernst nehmen."

"Ich weiß nicht, jedenfalls kannte ich einen Mann namens Gribus, selbsternannter Erfinder, der behauptete, er hätte eine Zeitmaschine erfunden. Die guckte ich mir an, um einen Bericht drüber zu schreiben. Und sie bestand aus Draht-Kleiderbügel, Elektroschrott, wie Toaster, einem Mixer und ein paar alten Röhrenfernsehern. Alles was er damit erreichte, war ein Stromausfall des halben Bezirks Hernals. Was ich damit sagen will, ist, dass es mir eher schwer fällt, diesen ganzen Schwurblern Glauben zu schenken, und trotzdem ..." Mit einer Geste der Ermattung, die sein Gesprächspartner am andern Ende der Leitung nicht sehen konnte, fuhr er sich über die Stirn. "... muss ich zugeben, dass mich diese Recherche sehr überrascht hat. Sie brachte allerdings nichts Handfestes, worüber sich eine Reportage lohnt."

"HAHA", tönte aus dem Mobiltelefon. "Aber ich erhielt ja schon neue Infos, Herr Jericho."

"Von dem CB-Funker?"

"Jawohl! Schnallen Sie sich an. Er hat mir verraten, dass wieder was auf uns zukommt."

"Eine neue Corona-Welle?"

"Viel schlimmer." Seine Stimme wurde leiser, sodass es Jonas schwer fiel, ihr den Sinn der Worte zu entnehmen. "In den USA fängt die Scheiße zu dampfen an!"

"Könnten Sie sich genauer ausdrücken?"

"Nein, ich muss leider das Gespräch beenden. Ich wollte Sie nur gewarnt haben." Ohne Abschiedsgruß legte er auf.

"Der Kerl weiß, wie man Spannung erzeugt und den Denkapparat auf Volldampf bringt", murmelte Jonas und wandte sich wieder seinem Computer zu, auf dem er eine Reportage über die Bestrebungen einiger Rentner zum Kampf gegen die Klimakleber tippte."

Wenig später besuchte ihn Riasek in seiner kleinen begrünten Arbeitsinsel. "Na, wie sieht's aus, Jericho? Wollen Sie immer noch nach Vegas?"

"Und wie! Vorhin hat mich ein Informant angerufen, der mich zusätzlich anstachelte. Und zwar mit dem volkstümlich formulierten Hinweis, dass in den USA die Scheiße am

Kochen ist."

"Hm, die USA ist groß, warum sollte die Scheiße grade in Las Vegas dahinköcheln?"

"Weil dort die geheime Area 51 ist."

"Pah, dafür, dass das eine geheime UFO-Anlage sein soll, ist sie doch viel zu bekannt, geradezu von Touristen aus aller Welt überströmt. Wissen Sie, was ich glaube? Dort hat das US-Militär nur ein paar verbogene Stealth-Flieger versteckt, die vom feindlichen Radar unbemerkt, die Russen und Chinesen ausspionieren."

"Sollte so ein Spionage-Hangar nicht besser im unzugänglichen Teil Alaskas liegen?"

"Das ist der Kniff dabei! Wo versteckt man einen Diamanten? Im Kronleuchter, sichtbar für alle, dennoch unbemerkt von der Masse. Die Amerikaner täuschen ein Phänomen vor, während in Wirklichkeit ..." Mit einer Grimasse deutete er eine Geste an, die vielseitig deutbar war.

"Trotzdem, dort spielt sich was ab, Chef!"

"Wie Sie meinen, aber erwarten Sie von mir keine Finanzspritze für Ihren Ausflug mit irgend so einer Puppe, die Ihnen den Kopf verdreht hat - oder auch was anderes!"

6. Flug in die Erinnerung

Schon die Erledigung der ganzen Reiseformalitäten wäre Stoff für eine Reportage von umfangreicher satirischer Qualität gewesen. Manches wäre zum Brüller im Lokalteil geraten, sogar reif für ein

Kabarettprogramm, wie all die andern vielen
Realsatiren, die Jonas schon erleben musste.
Letztendlich half ihm sein Presseausweis,
schnellere Überzeugungsarbeit zu leisten.
Jedenfalls hatte er es geschafft, im MGM-
Hotel zwei Zimmer in derselben Etage zu
mieten und im Flieger neben seiner blonden
Informantin zu sitzen. Auch sie hatte einiges
erlebt, denn so kurz nach einer USA-Reise
erneut eine solche anzutreten, rief bei einigen
Stellen erhöhtes Misstrauen hervor. Doch die
Profitgier besiegte die Skepsis dieser Stellen.
    Das Flugzeug füllte sich, die Stewardess
ratterte ihr Standard-Begrüßungs-Sprüchlein
herunter und schon hob die Maschine ab, den
Bauch voller Passagierinnen und Passagiere,
die ihrerseits den Bauch voll Sorgen, Ängsten
und auch Hoffnungen hatten. Jonas genoss
seinen Fensterplatz und beobachtete die sich
immer neu bildenden Wolkenformationen
unter dem Flugzeug.
    Wahrscheinlich um ihre Flugangst zu
überspielen, begann Frau Kopplmayr, die ein
bequemes froschgrünes Jumpsuit trug, ein
Gespräch: "Die Frau, die gerade zur Toilette
gegangen ist, die sah so aus wie meine alte
Deutschlehrerin, Frau Wasicka. Die hat uns
eingeschärft, auch nach dem Schulabgang
befreundet zu bleiben. Beziehungen sind das
halbe Leben und so schafft man sich welche.
Aber ich kann das nicht befürworten. Noch
nie hat mir ein Ex-Schulkollege geholfen."
    "Als Journalist bin ich im Vorteil. Ich

kriege zirka 200 Mails die Woche. Übrigens zirka 10 % von gewissen Verschwörungstheoretikern, die an Echsenmenschen glauben, welche unterirdisch dahinvegetieren und aus Machtgier den Hades verlassen. Der großstädtischen Umgebung sind sie in Aussehen und Verhalten so grandios angepasst, dass sie im täglichen Trubel von niemand erkannt werden können. Und wer jemals so ein Vieh ohne Maskierung gesehen hat, wird die Erfahrung machen, dass ihm keiner Glauben schenkt oder nach der Anzahl der auf Ex gekippten Drinks gefragt wird. Ich liebe ja solche Leutchen, sie bringen Abwechslung im täglichen Einerlei. Die restlichen 90 % wollen mir nur ihre Problem-Story verklickern. Da sind immer auch einige nützliche Menschen dabei."

"Und falls keiner Ihnen helfen will, was machen Sie dann?"

"Dann geh ich meist zu meiner Oma! Ich schätze, Ihre erste Anlaufstelle ist Ihre Schwester?"

Augenrollend zog sie eine Schnute. "Äch, die Kuh kann nichts, außer mir die Bude vollqualmen und Nachbarn ausspionieren! Das immerhin gründlich. Sie legt penibel Protokolle von jedem ihr Verdächtigen an."

"Was machen Sie eigentlich beruflich, Frau Kopplmayr?"

"Ich besitze ein Nagelstudio, das in meiner Abwesenheit meine Schwester führt. Andern die Krallen stutzen, das hat die Maus schon als Kind gekonnt. Der Stewardess hab ich vorhin schon meine Visitenkarte ausgehändigt." Zufrieden betrachtete sie ihre eigenen Fingernägel. "Sicher eine Kundin mehr!"

Aha, dachte sich Jonas, daher hat sie das Geld für die teure Handtasche und den Flug und so weiter. "Sehr geschäftstüchtig! Und privat wollen Sie jetzt einen Amerikaner zum Lover?"

"Nein, ich hab ja einen Freund", sagte sie hörbar stolz.

"Und der hat nix dagegen, dass Sie jetzt wieder nach Vegas abschwirren?"

"Er ist verheiratet."

"Ach sooo."

"Demnächst werde ich mit ihm Schluss machen!"

"Das klingt vernünftig."

Auf seinem Weg zur Toilette fiel Jonas eine Visitenkarte auf, die im Gang zwischen den Sitzen lag.

NAGELSTUDIO Janina KOPPLMAYR & CO

Insgeheim grinste er in sich hinein: Nix mit neuer Kundin! Bei seiner Rückkehr überlegte er sich, ob er petzen solle, entschied sich jedoch dagegen, warum sollte er die Hoffnung auf Umsatzsteigerung seiner Begleiterin zerstören.

"Grad hat mich einer angebraten", berichtete sie ihm von einem Anmachversuch eines Mitreisenden. "Wenn's wenigstens der

Pilot gewesen wäre, aber sooo...."

Mit schelmischem Lächeln scherzte Jonas: "Vielleicht hätten wir erstmal unsere natürliche Intelligenz stabilisieren sollen, bevor wir uns an künstliche wagen."

"Sagen Sie mal, Herr Jericho, haben Sie schon jemals etwas - na, sagen wir mal - Schräges, Unheimliches, ja sogar Übernatürliches erlebt?" Sie wandte ihm ihr Gesicht zu, sehr nahe, sodass er in ihrem Atem noch den Pfefferminz-Kaugummi riechen konnte.

"Hm", nach kurzem Überlegen gestand er: "Vor Jahren traf ich mich mit einer Gruppe Esoteriker in Salzburg, gut gemischte Gruppe, ein weißhaariger Engländer war auch dabei. Wir wanderten frühmorgens - wie heißt's in einem Kinderlied so schön - im Frühtau zu Berge, wir zieh'n, falleraaa..."

Freudig setzte sie singend fort: "Es leuchten die Wälder und die Höh'n, falleraaa..."

"Exakt. Und der Morgentau tauchte die Landschaft knapp vor dem Untersberg in ein surreales Szenario, es zwitscherte nicht einmal ein Vöglein, außer unseren Schritten herrschte Todesstille. Da sagte einer aus der Gruppe: 'Da wallt grüner Nebel auf uns zu.' Auf einmal fiel der alte Engländer auf die Knie und stammelte ängstlich: 'We come in Peace!' Zur Sicherheit übersetzte eine Dame: 'Wir kommen in Frieden!' Ich half ihm wieder hoch und beruhigte ihn so gut es meine

Sprachkenntnisse zuließen. Alle wollten den Untersberg erklimmen, um die dort angeblich herrschenden Zeitanomalien zu testen. Es soll dort nämlich sogar die Sage von einer Höhle geben, wo sich der Kaiser Friedrich Barbarossa schlafend seiner Auferstehung entgegen träumt."

"Und? Haben Sie ihn aufgeweckt?"

"Nein, wahrscheinlich ist sein Bart noch nicht lang genug gewachsen. Außerdem soll sich dort in der Nähe auch ein deutscher Landser aufhalten, der ebenfalls in einer Höhle, wo die Zeit schneller vergeht als sonst, vom nächsten Diktator träumt. Hin und wieder kehrt er kurz in die Zivilisation zurück - noch in der Wehrmachtsuniform - und fragt Touristen, die glauben, es wird wieder ein Film über den 2. Weltkrieg gedreht, wer denn gerade in Deutschland an der Macht ist."

"Ist ja abgefahren....", entkam ihr, als sie aufmerksam an seinen Lippen hing.

Er maß sie mit einem Blick, den sie als Zuneigung hätte deuten können. Ihr Gesicht näherte sich ihm, er sah ihr direkt in die Augen und entdeckte winzige, safrangelbe Einsprengungen in ihrer Iris, fand sie zweifellos eine hübsche Frau, doch wandte sich von ihr ab. NEIN, rief er sich innerlich zur Ordnung, nicht schon wieder eine Lovestory! Die Erinnerung an Senta war noch zu frisch und schmerzhaft. Vor seinem geistigen Auge sah er sie noch in seinen Armen sterben.

"Tja,...", säuselte er verlegen, "das Leben spielt einem oft seltsame Streiche."

"Wem sagen sie das", meinte sie und bemühte sich, auf dem Bildschirm vor ihr einen Film ansehen zu können.

Nachdenklich kam Jonas zur Einsicht, dass es besser war, ihr nicht alles an Übernatürlichem erzählt zu haben. Er hatte nämlich selbst das Phänomen des Zeitverlustes am Unterberg erlebt. In seiner Erinnerung trat der sonnige Urlaubstag wieder vor sein geistiges Auge, wo er hinter der Gruppe froh bergauf marschierte. Kurz wollte er austreten, doch als er von seinem Versteck zurückkehrte, waren alle verschwunden, gehetzt sprintete er ihnen nach, konnte sie nirgendwo erblicken, nicht einmal ihre Spuren. Kein weggeworfenes Stück Kaugummipapier, keine glosenden Zigarettenkippen, keine leere Getränkedose, keine Fußabdrücke, nicht einmal lästige Insekten, wie Gelsen, Hornissen oder ähnliches Getier, die seine Bergkameraden emsig umschwirrt hatten. Verwirrt blickte er sich um und erkannte: überall nur unberührte Natur, deren Geschöpfe sich ihm nicht zeigen wollten. Dann hatte er sich auch noch verirrt, kam endlich erschöpft auf den Wanderweg retour und erreichte schließlich den Gipfel. Das Ganze hatte seiner Meinung nach höchstens eine Stunde gedauert. Oben angekommen beim Zeppezauerhaus, fragte er den Hüttenwirt nach der Gruppe und erfuhr

zu seinem Riesen-Erstaunen, dass die gestern
da war. Die bunt zusammengewürfelte Truppe
dachte, er hätte aufgrund gesundheitlicher
Probleme Kehrt gemacht.

"Haben'S vielleicht an Herzschrittmacher?",
fragte ihn der Hüttenwirt im leichten Dialekt
damals. "Das is scho einmal vorgekommen,
dass so a armer Teufel mit Schrittmacher
keinen Rempler der implantierten Maschin
kriegt hat."

"Nein, ich hab sowas noch nicht, trotz
Stress in meinem Beruf. Ich versteh das
nicht, ich war doch nur ganz kurz austreten,
hab mich von der Route deshalb entfernt und
dann verirrt, aber das kann doch keinen
ganzen Tag gedauert haben..."

"Haben Sie a Ahnung, was bei uns scho
alls vorkommen ist!", versicherte ihm der
Hüttenwirt, dass sein Erlebnis gar nichts
Besonderes gewesen sei. Und so fand er sich
damit ab, am Untersberg einen Tag seines
Lebens verloren zu haben, immer noch besser
als sein gesamtes, wie viele Wanderer, die in
eine Bergspalte gepurzelt sind.

Während seiner Überlegungen war der
Film zu Ende und Frau Kopplmayr wandte
sich ihm wieder zu. Plötzlich begann sie,
mangels Gesprächsthemen zu philosophieren:
"Irgendwann wird der Mensch einen
Supermenschen genetisch erschaffen haben,
der ihm ins Grab hilft."

"Das glaub ich weniger, sehen Sie, es
existierten doch in der Vergangenheit schon

Supermenschen, also ich meine superschlaue
Menschen, so wie Leonardo Da Vinci. Wie weit
hat er es mit seinem Genie gebracht? Beinahe
auf den Scheiterhaufen, der Arme wurde von
der Inquisition fast verbrannt, schließlich,
nachdem er klein beigegeben hat, nur daheim
eingesperrt und kurz vor seinem Tod beharrte
er in seinem Hausarrest: 'Und sie dreht sich
doch!'. Was ich damit andeuten will: Ein
Supermensch kann sich gegen den Rest der
Idioten nicht durchsetzen, der stirbt arm oder
vegetiert in ewiger Armut dahin, außer er
verstellt sich."

"Kurz und gut, Sie spielen auf das alte
Sprichwort an: Gegen Dummheit kämpfen
Götter selbst vergeblich."

"Exakt und gegen die Bosheit ebenso! Ach
ja! Wir leben praktisch in einer Demokratie-
Simulation. Es herrscht ein Tugendterror, der
alles pervertiert."

"Oja, und mittendrin in einer
Neoliberalismus-Hölle. Ich sag immer: Nicht
das Erreichte zählt, sondern das Erzählte
reicht. Naja, man muss auf alles vorbereitet
sein. Ich hab nicht umsonst einen
Selbstverteidigungskurs absolviert",
verlautbarte sie stolz.

"Sagten Sie mir nicht mal, Sie seien keine
ausgebildete Kämpferin?", hakte er nach.

"Was? Ach so, ja, aber ein
Selbstverteidigungskurs in einer VHS ist doch
nicht mit einer militärischen Ausbildung zu
vergleichen, oder? Übrigens, wussten Sie, falls

der Drogenhandel plötzlich abgeschafft wird, krachen die Banken."

"Das hat sich auch schon bis zu mir herumgesprochen, ich wollte schon eine Reportage drüber machen, doch mein Chefredakteur hatte 100 angeblich wichtigere Themen. Haben Sie eigentlich Kinder?"

"Nein, ich hab auch allein schon Sorgen genug! Und Sie?"

"Ich auch - keine Kinder, aber Sorgen genug!"

Der stundenlange Flug verging für beide ohne besondere Vorkommnisse, wenn man von einem schreienden Baby in der vorletzten Reihe absah, das über ausgesprochen starke Stimmbänder verfügte.

7. Menschen im Hotel

Die Spieler-Metropole wusste zu beeindrucken. Die Leuchtreklamen waren wirklich riesig, die Gebäude, respektive Hotels waren noch riesiger, die Strassen waren sehr breit, auf ihnen fuhren Trucks mit Werbung für Erotik & Striptease, alles war farbig, wie man das einem LSD-Trip nachsagt. Es war einfach WOW!

"Hier gibt's Straßen, die man nicht überqueren kann, ohne durch ein Casino zu gehen", berichtete ihm Frau Kopplmayr. "Unglaublich, aber wahr. Da stehen keine Fussgängerstreifen zur Verfügung - nein. Eine Brücke überirdisch oder ein Gang unterirdisch führt von einem Hotel zum nächsten, natürlich durch ein Casino. Und in denen gibt es keine Uhren."

"Naja, was ein Hardcore-Spieler ist, der vergisst eh die Zeit beim Zocken", wusste Jonas.

Die Ankunft im MGM-Grand-Hotel mittels Taxi verlief noch problemlos, doch dann mussten sie warten, bis ihre Zimmer fertig aufgeräumt wurden. Der Portier informierte sie, dass in beiden Zimmern, welche zwar nicht direkt nebeneinander lagen, jedoch irgendwie durch ihre vorigen Bewohner verbunden gewesen schienen, eine Orgie stattgefunden hätte, die sich über 24 Stunden erstreckte. Jetzt war es kurz vor 21 Uhr Ortszeit, die Gäste hätten endlich ausgecheckt, aber ihre Spuren verunreinigten immer noch die Räume und harrten hartnäckig ihrer gründlichen Beseitigung.

"Das fängt ja gut an", stöhnte Jonas und stupste Frau Kopplmayr in die Seite. "Die Verschwörung beginnt schon, eine Verschwörung gegen unsere Nachtruhe. Nun ja, dann beginne ich eben morgen mit der Recherche."

Seine Begleiterin setzte sich auf ihre beiden Koffer, die sie auf Rollen hinter sich hergezogen hatte. Eventuell war sie sauer, dass er ihr dabei keine Hilfe angeboten hatte, oder sie wurde von Ärger wegen des nicht bezugsfertigen Zimmers überschwemmt, jedenfalls zischte sie: "Recherche ist nichts anderes als Schnüffelei!"

Auf einer großen Videowall vis-a-vis der

Rezeption tauchten Aufnahmen vom nächtlichen Lichtertanz Las Vegas' auf. Beide starrten gebannt darauf. All die Neonreklamen verblassten gegen die Himmelskörper über den Wolkenkratzern, sie wurden stark vergrößert gezeigt. Frau Kopplmayrs Blick wanderte auf dem Bildschirm nach oben zum sternenklaren Himmel, der von einem bleichen Mond - so groß wie ein Medizinball - erhellt wurde.

"Das Universum ist ein Hund!", raunte sie.

"Mit solchen Aussagen hätten Sie Stephen Hawking aus seinem Rollstuhl treiben können." Auch Jonas stierte auf den Schirm und erkannte eine Art Kugelblitz, der jedoch auch eine Reflexion in der Kameralinse sein konnte. "Hoppla, haben Sie das gesehen? Könnte ein UFO gewesen sein."

"Ach, das ist nur das Shuttle, das mich heimholt, denn ich komm von der Venus", scherzte sie, wurde dann jedoch schlagartig ernst und bekannte: "Als Kind erlebte ich eine Begegnung der dritten Art. Sie kamen in mein Zimmer und ... aber ich will das jetzt nicht erzählen."

"Hm", machte Jonas versonnen. "Ich las mal die Reportage eines Kollegen, der behauptet hat, in solchen Fällen hätte ein Missbrauch durch enge Verwandte stattgefunden. Verstehen Sie? Der Missbrauch durch die eigene Art wird auf Außerirdische übertragen. Für ein Kind sei es angeblich leichter zu sagen, ein Alien ist in

mein Zimmer gekommen, anstatt den eigenen
Onkel oder Stiefvater zu verraten."

"Nein", rief sie empört aus, "so war's bei
mir sicher nicht. Vor allem, weil ich mit
meiner Mutter und Schwester allein in einem
Haus lebte. Auch kein Nachbar kam nachts
zu uns, nicht einmal am Tag, um meiner
Mutter zu helfen."

"Tja, die Menschen haben alle ihre eigenen
Probleme, wenige sind bereit, andern bei
irgendetwas zu helfen."

Um 21.51 unterbrach ein Page in
schmucker Uniform die Unterhaltung und sie
konnten schließlich auf ihre Zimmer, wobei
der Page Frau Kopplmayrs Koffer beförderte,
ja er entschuldigte sich sogar für die
Unbequemlichkeit des Wartens. Pragmatisch
wie Jonas war, hatte er nur einen Trolley als
leichtes Gepäck, daher gab er dem Pagen
auch kein Trinkgeld, als er sein Zimmer
erreichte und wünschte Janina noch
angenehme Träume und so schliefen beide -
unabhängig voneinander - friedlich ein.

Frühmorgens wollte sich Jonas schon auf
den Weg machen, um einen Wagen zu mieten.
Ohne fahrbaren Untersatz ist man angesichts
der Weite des Landes verloren. Doch ohne
kräftiges Frühstück schien ihm das nicht
bewältigbar. Das bereits um 7 Uhr 15
vorbereitete Buffet im weitläufigen Speisesaal
präsentierte sich appetitlich und reichhaltig.
Er wählte Schinken, Käse, Weißbrot und
Kaffee, so schwarz wie eine mondlose Nacht.

Zum Verzehr bevorzuge er wie immer bei solchen Gelegenheiten eine Sitzbank am Rand, um das Geschehen im Überblick zu haben. Momentan war nicht viel los. Eine ältere Dame stand vor der Etagere mit den Kuchenstücken und schien mit der Auswahl überfordert, endlich griff sie zu einem weißcremigen Stück, überlegte es sich anders und legte es wieder zurück. Immerhin hatte sie dabei schneeweiße Häkelhandschuhe an, die wunderbar zu ihrem rosa Chanel-Kostüm passten. Sie überlegte immer noch, als Jonas schon gesättigt den Saal verließ.

In dem Mietwagen-Büro wurde Jonas, der für sich für diese Gelegenheit neu eingekleidet hatte, von einer attraktiven Angestellten bedient. Vom Alter her hätte er sie noch an die High School verortet, doch gestaltete sie den Ablauf des Geschäftsfalles höchst routiniert. Sie machte ihm sogar ein Kompliment für seinen flotten Jeans-Anzug, den er mit einem weinroten T-Shirt kombiniert hatte. Allerdings ließ der Wagen, den sie ihm zudachte, sehr zu wünschen übrig. Es handelte sich um einen schwarz-grauen Pickup von Ford, welcher schon bessere Zeiten gesehen hatte.

Nicht vor Omas Gartentür möchte ich diese urige Affenschaukel geschissen haben, dachte er insgeheim, was wird wohl Frau Kopplmayr zu dem Gefährt sagen? Begierig, ihre Meinung zu erfahren, machte er sich zu ihr auf. Mittlerweile war es 11 Uhr 18 geworden.

In ihrem Hotelzimmer breitete sie gerade auf dem Bett umständlich den Stadtplan von dem Unbekannten aus, den Jonas für den Paranoiker hielt, den sie schon bei ihrem vorigen Besuch hier getroffen hatte. "Ich komme mir vor wie bei einer Schnitzeljagd."

"Was hat Chandler hier angekreuzt?" Jonas deutete auf eine mit rotem Edding markierte Stelle.

"Ich sagte doch schon, dass ich mir unsicher bin, ob das Paket mit dem Plan und dem Buch von Chandler sind. Ich habe doch noch mit einem andern Herrn aus den USA gechattet." Irritiert von dem von ihrer Schulter gerutschten Träger ihres mit roten Mohnblumen gemusterten gelben Sommerkleides, wandte sie sich ihm zu. Ihre Lippen zeigten den selben Rotton der Blumen.

"Das haben Sie mir bisher schamhaft verschwiegen", monierte Jonas mit säuerlicher Miene. "Nur von Ihrer Zufallsbekanntschaft erzählten Sie. Wenn Sie meine Hilfe wollen, sollten Sie mir schon alle Informationen geben. Warum rufen Sie den andern nicht einfach an, oder gleich Chandler?"

Enerviert stemmte sie die Hände in die Hüften. "Erstens hat sich Chandler nicht mehr gemeldet und es wäre ganz verkehrt, sich als Frau darüber groß zu beschweren. Und zweitens darf er doch nicht wissen, dass ich außer mit ihm noch mit einem andern Herrn von hier im Gespräch bin. Verstehen

Sie? Jeder muss denken, er sei der Einzige bei mir!" Ihr Blick verriet, dass sie ihn nun für total unerfahren im Umgang mit Chat-Affären hielt.

"Aha, so ist das, verzeihen Sie mir, aber ich chatte nur beruflich, wobei ich allerdings den normalen eMail-Verkehr bevorzuge. Nur wenige Leute haben meine Telefonnummer, sonst würde ich nämlich unaufhörlich mit Anrufen behelligt werden."

"Also dieser andere, Joey heißt er, ist ein noch größerer Verschwörungstheoretiker als Chandler."

"Ich wusste gar nicht, dass es davon Abstufungen gibt."

"Glauben Sie, ich schmeiße alle Männer in einen Topf?" Es klang entrüstet.

"Zurück zur roten Markierung", erinnerte Jonas.

"Wenn mich meine entzückenden Äuglein nicht trügen, dann steht da auf dem Plan Adventuredome - klimatisierter Freizeitpark mit Fahrgeschäften, Spielhalle, Minigolf und Jahrmarktbuden."

"Na toll! Das hätten wir im daheim alles billiger haben können, und zwar bei jedem Kirtag."

"Jetzt stellen Sie sich nicht so an, Herr Jericho", giftete sie und faltete den Plan wieder zusammen, "ich nehme stark an, das ist kein Ausgehtipp, sondern ein Hinweis auf irgendeine Sache, die wir erst noch rausfinden sollen."

Also lenkte er ab: "Ich hatte einen seltsamen Traum. Wenn ich mich nur daran erinnern könnte."

"Vielleicht hat man Sie entführt und Ihnen ein Metallimplantat eingepflanzt." Emsig ließ sie den Plan in ihrer Handtasche verschwinden und räumte noch einige Dinge aus einem ihrer Koffer hinein.

"Ja", nickte er, "daher kommt auch der komische metallische Geschmack in meinem Mund." Sogleich ließ er die Zunge hinter verschlossenen Lippen kreisen.

"Ach, das kommt von dem Junk-Fraß", winkte sie ab und schnallte sich bequeme Keilabsatz-Sandalen an ihre Füße, "den die Crew im Flugzeug serviert hat. Der wirkt bis in den nächsten Tag nach. Zeit für ein großzügiges Frühstück!

"Oder besser noch ein üppiges Mittagsmahl. Darf ich Sie einladen?"

"Yummi! Ich könnte auch ein Glas Wein vertragen", stimmte sie heiter zu und warf sich die Handtasche leger über die Schulter.

"Okay, dann entführe ich Sie gerne in meinem soeben gemieteten Pickup, der Traum aller 16-Jährigen, die frisch ihre Führerscheinprüfung bestanden haben."

8. Von Promis, Bullen & Banausen

Unweit des Hotels lud das *Cozy-Diner* ein, welches das gängige amerikanische Schnellimbiss-Lokal war und - typisch für Vegas - Spielautomaten zur Zerstreuung bot. Man durfte sich hier selbst einen freien Platz aussuchen und musste nicht warten, bis er einem zugewiesen wurde. Kaum saßen Janine und Jonas an einem Fensterplatz, der gute Aussicht auf die Autobahn bot, wollte er sie über ihre Pläne ausfragen, doch sie vertiefte sich sogleich in eine der Speisekarten auf dem Tisch und daher tat er dasselbe. Das Lokal zeigte sich gut besucht. Ein pickliger Teenager fütterte einen der Automaten mit Kleingeld und erfreute sich an dem Kling-bing-zing-doing-Geräuschen, die der einarmige Bandit von sich gab, obwohl er den Gewinn ohnehin aufgrund seiner Jugend nie ausbezahlt bekommen hätte.

KRACH! In der Küche des Diners wurde hörbar ein Berg Geschirr zerschlagen. Frau Kopplmayr und Jonas sowie der Teenager am Automaten erschraken gleichzeitig.

"Schrecklich", hauchte sie sichtlich nervös, "ich dachte einen Sekundenbruchteil, Wladimir Putin hat schon seine Atombombe abwerfen lassen."

"Ich glaube fast, die wird er eher über uns in Europa fallen lassen", befürchtete Jonas und winkte der Kellnerin zu, die aufgrund ihrer Körperfülle unter dem weiß-rosa Schürzchen wohl die beste Werbung für das Essen hier zu sein schien. "Ich sah auf der Karte eine Bouillabaisse - ist die auch frisch?"

"Machen Sie Witze mit mir?", fragte sie und blies sich eine pechschwarze Haarsträhne aus der Stirn. "Die ist so frisch, da schmecken Sie noch das Schwermetall in den Fischen."

"Schön, dann nehme ich einen Teller voll.
Dazu zwei Glas Weißwein."

"Ich hasse Fisch", bekannte Kopplmayr
und tippte dann auf die Karte, worauf die
Kellnerin nickte und verschwand. "Und selbst
wenn Sie recht hätten und dieser Russen-
Napoleon-Verschnitt würde Europa zerstören,
dann würden die Amis genauso ihr Fett
abkriegen."

"Kennen Sie den Blonden dort drüben?",
fragte er sie, um von dem leidigen Thema
Politik abzulenken. "Der hat grad zu Ihnen
rübergeguckt."

Sie drehte abrupt ihren Kopf - auffälliger
ging es gar nicht - kurz in dessen Richtung
und sagte dann: "WOW! Sicher, das ist David
Wilcock aus der Serie 'Ancient Aliens'. In
Natura sieht er sogar besser aus."

"Ich erinnere mich an die Sendung", fiel
Jonas ein, "hab zwar nicht alle Folgen
gesehen, aber mir blieb nur so ein Mann mit
einer komischen Frisur im Gedächtnis. Er sah
aus, als ob ein Tier auf seinem Kopf gestorben
wäre."

"Wahrscheinlich meinen Sie Giorgio,
dessen Nachname ich nimmer weiß, ich werde
mal zu David hingehen und ein Autogramm
von ihm verlangen", kündigte sie optimistisch
an. Nach einer kurzen Visite bei dem Blonden
kehrte sie deprimiert zurück: "Er verleugnet
sich. Ich bin mir aber zu 100 % sicher, er
ist's."

"Tja, so sind die Promis, die tun alles für

den Ruhm und wollen dann ihre Privatsphäre behalten", schüttelte Jonas den Kopf.

Nach wirklich kurzer Zeit bekamen sie ihr Essen serviert und prosteten sich mit dem erstaunlich wohl temperierten Weißwein zu. Dann fiel Frau Kopplmayrs Blick auf einen Mann in ihrer Nähe, der die Speisekarte studierte.

"Der Blonde dort drüben sieht dem Schauspieler ähnlich, der den Dämon im *House of the Dragons* gespielt hat. Ich verstehe nicht, dass so ein Fantasy-Mittelalter-Schinken einen derartigen Erfolg gehabt hat", schüttelte sie ihre langen Extensions.

"Der Erfolg von dem brutalen Epos verwundert mich nicht", offenbarte ihr Jonas. "Er beruht auf der traurigen Tatsache, dass die Menschheit intellektuell nie über das Mittelalter hinausgekommen ist."

"Das ist jetzt aber gemein von Ihnen", schalt sie ihn, während sie in ihrem Taschenspiegel ihr Makeup prüfte.

Jonas zuckte die Schultern, zahlte die Rechnung für beider Konsumation von 58 Dollar mit seiner Kreditkarte und ließ sich die Rechnung geben, um sie auf seiner Steuererklärung wie immer als Geschäftsessen absetzen zu können.

Mit einem manikürten Finger zeigte sie darauf: "Eins meiner Nachbarskinder sagte, eine Kreditkarte ist ein moderner Zauberstab, der alle Wünsche erfüllt."

Betroffen nickte Jonas: "Jaja, manche Kinder wissen gar nicht, dass man dafür arbeiten muss und glauben sogar, das Geld käme einfach aus einem Schlitz an der Wand."

"Mich ärgert immer, wenn ein Schulkind frühmorgens sich beim Billa eine Jause kauft und der Kassiererin die paar Cent Wechselgeld schenkt! Denen möchte ich die Ohren langziehen, die Spendierhosen im Namen ihrer Erziehungsberechtigten ausziehen und brüllen: DEINE MAMI MUSS FÜR JEDEN CENT HART ROBOTEN, DU GFRAST!"

Einige Gäste wandten sich nach ihr um, die Hälse wurden länger.

Mit vor Peinlichkeit leicht geröteten Wangen erhob er sich: "Wenn Sie sich bereit fühlen, dann können wir jetzt zur Polizei fahren."

"Satt bin ich jedenfalls und ich glaub fast, nach dem Besuch bei den Bullen werde ich die auch satt haben", unkte sie und dirigierte ihn nach dem Einsteigen aus ihrer Erinnerung zum Polizeirevier, wo sie ihre Anzeige gemacht hat und man ihrer Ansicht nach den zur berechtigten Notwehr verwendeten Schraubenzieher - mit den DNA-Spuren des Übeltäters - verschludert hatte, wie sie nicht müde wurde zu schildern.

Jonas fühlte sich am Steuer wie ein Teenager. Der Wind nutzte seinen aus dem Autofenster lässig gestützten linken Ellbogen als Rampe und versuchte, sein dunkles Haar zu zerzausen. Janina lächelte, dachte sich, er wolle sie mit seiner Attitüde beeindrucken.

Das Polizeirevier hieß hier *Sheriff's Office* und war gerade unterbesetzt, es gab jede Menge Schreibtische, doch nur einen Beamten, dessen Uniform nicht gerade frisch gebügelt erschien. An der Decke surrte ein Ventilator.

Der Polizist, der gerade Dienst schob, machte auf Jonas den Eindruck als wäre er stark sediert. Sein schlaff zwischen Schreibtisch und Stuhl lümmelnder Körper drückte gelangweilte Gleichgültigkeit aus. Die Lider halb gesenkt - womöglich durch den Luftzug des rotierenden Ventilators - hörte er sich die Nachfrage nach dem Fall von Mrs. Kopplmayr an, die sichtlich immer noch erregt von dem Überfall, den sie Gott sei Dank abwehren konnte, auf ihn einredete. Natürlich mit Akzent.

Nach einer Minute des Nachdenkens tippte er auf seinem Computer herum und sagte dann langsam: "Well, da gibt es keinen Fall."

"Wer sagt das?", fragte sie ihn forsch.

"Der Sheriff!"

"Über dem Sheriff ist noch ein Marshall, oder?"

"Wollen Sie über unsere Köpfe hinweg agieren?" Nun schien ein wenig Leben in ihn zu kommen.

"JAAA! Vor allem, weil in Ihren Köpfen nix drin ist", keifte sie.

Jetzt schien er vollends wach und konterte: "Warum hatten Sie als Tourist überhaupt einen Schraubenzieher dabei?"

"Dreimal dürfen Sie raten: 1. als modisches Accessoir, um hübscher zu sein. 2. als Werkzeug, um bei einigen Zeitgenossen lockere Schrauben im Gehirn anzuziehen, oder 3. als Waffe, um mich in berechtigter Notwehr verteidigen zu können. Denken Sie scharf nach, dann haben Sie vielleicht heut noch ein Erfolgserlebnis!", ratterte sie mit steigender Erzürnung herunter.

"Aus welchem Teil Europas stammen Sie?", erkundigte sich der Uniformträger mit echtem Interesse. "Aus Transsylvanien?"

Voller Abscheu im Blick wandte sie sich zu Jonas um: "Kommen Sie, wir gehen! Der Einzige, der in dem Kabuff arbeitet, ist der Ventilator!"

Unverrichteter Dinge trotteten sie also wieder davon.

"Der Bulle ist scheinbar grad aus dem Winterschlaf erwacht", zischte sie, kaum wieder im Wagen.

"In seiner beigen Uniform hätte man ihn fast übersehen können oder als Teil des Mobiliars verkennen. Scheinbar steht er unter dem Einfluss von Drogen, die ihn durch seinen harten Alltag tragen", versuchte Jonas, eine Entschuldigung für ihn zu finden. "Dazu gibt's auch einen Stones-Song *Mother's little Helper*, wo Pillen der geplagten Hausfrau Erleichterung verschaffen."

"Harter Alltag?", wiederholte sie ungläubig. "Der faule Bulle tut nichts anderes, als auf seinem fetten Arsch sitzen und vor sich hin dösen und zwischendurch von einer Beförderung zu träumen!"

"Womöglich hat er den Auftrag dazu, ich meine, der Bulle hat den Auftrag, Ihren Fall zu negieren", kombinierte Jonas. "Und die Kollegen sind eventuell alle auf Urlaub in Alaska, um der Hitze zu entkommen. Bedenken Sie auch, dass US-Bullen zehn Stunden am Tag malochen müssen und nur drei Wochen Urlaub im Jahr haben."

Das ließ sie alles ziemlich unbeeindruckt. "Fahren wir zu Joey, der wird Augen machen, wenn er uns sieht."

"Ich weiß nicht, so einfach ohne Vorwarnung?", gab Jonas zu bedenken, wobei er an einen Artikel denken musste, wonach es in den USA rund 200 Millionen Privatwaffen gab.

"Der hat mir doch immer geschrieben, ich soll mal vorbeikommen. Leider kam ich ja aufgrund des Überfalls beim letzten Mal nicht dazu. Merken Sie sich, wir sind Geschwister, sogar unsere Vornamen passen zusammen. Also vergiss nicht, mich zu duzen, Jonas", blinzelte sie ihm zu. "Obwohl's im Englischen sowieso kein Sie-Wort gibt."

"Okay, ich kauf im Drugstore noch ein Gastgeschenk!"

"Dort weiter vorn im Walmart kriegt man alles, was man will, noch dazu sehr preiswert", dirigierte sie ihn mit ausgestrecktem Arm hin. "Die Route zu Joeys Haus hab ich mir schon auf Google-Maps angesehen."

Ihm war bei der Sache nicht wohl, denn als ihr Bruder vorgestellt zu werden, obwohl jede Vertrautheit zwischen ihnen fehlte, würde leicht schiefgehen können, doch er wagte nicht, ihr zu widersprechen.

Joey Snodgrass wohnte in einem Bungalow in der Memory Lane 28 mit kleinem Vorgarten, in dem das Gras gelb verbrannt vor sich hin welkte. Auf den ersten Blick sah er aus wie Marlon Brando als Stanley Kowalski in *Endstation Sehnsucht,* auf den zweiten Blick wie Mundl Sackbauer frisch vom Friseur. Das leicht angeschmutzte Doppelripp-Unterhemd gab die Sicht auf den Bizeps frei. Adern wie Stromkabeln schlängelten sich um diesen herum. Im Schritt seiner dreckigen Jeans beulte sich sein Glied aus wie eine reife Banane und aus leicht zugekniffenen Augen traf sie beide ein Killerblick ähnlich dem Sylvester Stallones in *Rocky* Teil 1. Eher nicht der Typ, den man permanent hinter seinem Computer vermuten würde, wo er krasse Verschwörungstheorien mit Gleichgesinnten zu teilen pflegte - oder auch erst einmal heraufbeschwörte.

"Hi Joey, ich bin Janina aus Schwarzeneggers Heimat, du hast mich sicher von dem Foto erkannt, das ich dir geschickt hab, und das ist mein Bruder Jonas", zirpte sie ihn auf Englisch mit Akzent an. "Wir waren grad in deiner Gegend."

"Kommt rein", forderte er beide ebenfalls auf Englisch auf. Es gab wenige Amerikaner, die der deutschen Sprache mächtig waren. "Nette Idee, mich zu besuchen."

"Wir haben auch was mitgebracht", lächelte Jonas verlegen, wobei er die Flasche hochhielt, in einer sehr dezenten Weise, sodass der Beschenkte die Schenkung nicht für einen Angriff halten konnte. "Kleines Gastgeschenk."

"Thanks!" Joey griff sich die Weinflasche und deponierte sie im Kühlschrank, nichtsahnend, dass man Rotwein stets bei Zimmertemperatur lagern sollte.

Ein Kulturbanause, durchfuhr es Jonas, der womöglich Eiswürfel in Weißwein kippt.

Doch er ließ sich nichts anmerken, während Janina ihre Augen in alle Richtungen kreisen ließ, um das Inventar auf seinen Preis zu schätzen. Es stellte sich als genauso billig wie das Gebäude heraus. Ein schäbiges Sofa in nicht mehr so grellen Farben, ein wackliger Tisch mit vier Stühlen drumherum und in der Küche Schränke aus den 50ern. Der Kühlschrank produzierte enorme Abwärme und ein permanentes Summen, unterbrochen nur von gelegentlichen Brummern, die schon das nahe Lebensende des praktischen Geräts ankündigten. Oben an der Decke rührte ein Ventilator die abgestandene Luft um und auf dem Boden lag ein mottenzerfressener Teppich, der nach nassem Hund müffelte.

"Wo kaufst du deine Anziehsachen, Bruder?", erkundigte sich Joey. "Im Kostümshop?"

"Aber wir kommen doch aus Europa", erinnerte ihn Janina, die schnell ihr kurzes Kleidchen etwas tiefer zog.

"Ups, das hatte ich ganz vergessen", entschuldigte er sich und arrangierte seine Gesichtsmuskel zu einem milden Lächeln. "Sucht euch einen Sitzplatz!"

Leicht gesagt, denn überall, wo man hätte sitzen können, lagen Zeitungen, Illustrierte, Journale und Papiere, auf denen er irgendetwas gezeichnet hatte. Es sah aus wie Skizzen von fliegenden Untertassen.

"Bist du Grafiker für die Filmindustrie?", erkundigte sich Jonas.

"Häh? Ach so, nein, das sind nur meine persönlichen Aufzeichnungen von Dingen, die ich mit dem Night Vision-Fernglas beobachtet hab." Schnell raffte er alles zusammen und schob es unter das Sofa. "Und? Wart ihr zwei schon in einem Casino?"

"Hier ist faktisch in jedem Hotel eins", stellte Janina fest.

"Spielst du und gewinnst manchmal, Joey?", zeigte Jonas Interesse an seinem Broterwerb.

"Yeah, manchmal! Ich empfehle Casino-Besuchern, sich unbedingt von den Einarmigen Banditen fernzuhalten, denn dort gibt es außer blinkenden Lichtern sowie öder Taddelmusik nichts. Man vereinsamt. Der kalte, miese Blechkasten schluckt gierig das Geld der Probanden, das war's dann aber auch schon ... Am Pokertisch dagegen kann man zwar auch mal verlieren - trotzdem wiegt die soziale Komponente sehr vieles wieder auf. Und das Wichtigste: Man ist seines eigenen Glückes Schmied! Ich hab über die Jahre hinweg viele intelligente Leute an den Tischen getroffen. Einige davon sind heute noch meine Freunde."

Sein Telefon spielte die Melodie vom Tod, welche in einem uralten Western zu Ruhm gelangt war. Unhöflich nahm er das Gespräch an, horchte und beendete es, ohne Abschiedsgruß. "Freunde, ich muss euch leider loswerden, bekomm in ner halben Stunde wichtigen Besuch."

"Danke für deine Gastfreundschaft", verabschiedete sich Jonas.

"Keine Ursache", nuschelte Joey und zwinkerte Janina wohlwollend zu.

Kaum hatten sie Joeys Bungalow verlassen und saßen zusammen im Pickup, kehrten sie automatisch wieder zum 'Sie' zurück.

"Also ehrlich, wie fanden Sie den, Janina?"

"Sehr männlich!", antwortete sie.

"Wenn Sie damit das nicht mehr ganz schneeweiße Ruderleiberl mit Gelbstich meinen - die Metapher vom gelben Schnee drängte sich mir dabei auf - mit dem er seine Oberarmmuskel ins rechte Licht rücken wollte, dann kann ich nur sagen: armselig."

"Klingt fast nach Eifersucht", ätzte sie amüsiert.

"PF!" Jonas tat entrüstet. "Was ich nicht ganz kapiert hab, ist: Suchen Sie einen Mann oder Hilfe für den Reward, also die Belohnung nach dem Angriff dieses Unbekannten auf Sie?"

"BEIDES!", antwortete sie aufgekratzt, wobei in ihren Augen ein gewisses Funkeln trat. "Die Zeit vergeht, es dämmert schon. Wie wär's mit einem Absacker in der Hotelbar?"

"Yep! Nachdem uns Ihr Freund Joey nicht flüssig bewirtet hat, bin ich auch dafür. Wir süffeln, noch bevor sich bei uns der Jetlag einstellen kann. Wissen Sie, was ich beim Besuch von Joey vermisst hab? Der hat gar nicht über seine derzeit liebste Verschwörungstheorie palavert."

"Ich fasse sie für Sie gern kurz zusammen, denn ich hab sie ja schon von ihm vernommen. Also: Es gibt da so einen Captain Ritschi, oder so ähnlich, der war bei der Spaceforce, der geheimen USA-Raumflotte."

"Haha", musste Jonas lachen. "Was es alles so an geheimen Sachen gibt..."

"Die Amerikaner sind militärisch sicher schon weiter als sie zugeben", belehrte ihn Janina scharf. "Jedenfalls wurde dieser Captain Ritschi wegen Mordes eingebuchtet. Offiziell wegen Mord, inoffiziell, weil er sich geweigert hat, weiterhin Off-Planet zu fliegen. Es stank ihm einfach, immer für die

Amerikaner Einsätze am Arsch der Galaxis zu fliegen."

"Verständlich. Wurde der verschaukelte Captain von Joey in der Haft besucht?"

"Sind Sie irre? Joey outet sich doch nicht als dessen Fan, denn dann gerät er doch selber ins Visier. Nein, aber eine Journalistin hat das übernommen, mir fällt ihr Name nicht ein, die hat darüber auf ihrem YouTube-Kanal berichtet. So, jetzt hab ich aber Durst wie ein Kamel!"

"Die langen Wimpern von so einem Wüstenschiff haben Sie ja schon", grinste Jonas.

9. Barfly

In der Hotelbar begann dann ein Wetttrinken. Janina bestellte Martini auf die James-Bond-Art und Jonas orderte Whisky on the Rocks, schon wegen des guten Klangs. Dazwischen aßen sie noch einen Burger, den der Barkeeper in seiner adretten Hotel-Uniform mit Besteck servierte. Das blieb freilich unbenutzt.

"Puh, noch ein Whisky und ich lieg unterm Tisch", verkündete Jonas in feuchtfröhlicher Stimmung.

"Noch ein Martini und ich lieg unter Ihnen!", lallte seine Tischnachbarin verheißungsvoll.

"Haha, den Witz hab ich schon mal wo gehört, aber ich find ihn immer noch lustig." Kurz überlegte er, ob er nicht das Du-Wort anbieten sollte, unterließ es allerdings.

Janinas Handy läutete und ihre Schwester erkundigte sich nach ihren Erlebnissen.

"Nix passiert, die Bullen sind stinkfaul oder saublöd oder auch alles zusammen. Puh, ich hab reichlich getankt, muss mich heute früher als normal hinlegen. Ja, bis morgen dann, tschau!" Nach dem Anruf stopfte sie das Handy in ihre Handtasche und richtete sich schwerfällig auf. "So, ich geh auf mein Zimmer, gut' Nacht."

"Gute Nacht!" Jonas erhob sich, sah ihr nach und ließ sich wieder auf seinen Stuhl fallen.

"Ist hier frei?" Eine ältere Dame saß schon halb und setzte sich ganz hin, als er zustimmend nickte. Schnell ordnete sie ihr kariertes Plisseekleid.

Er orderte einen Espresso, um sich wieder etwas auszunüchtern.

"Wir sind nur der Pickel am Arsch eines andern Universums", eröffnete sie das Gespräch.

"Oh, das ist aber eine krude Theorie. Warum besuchen uns dann immer wieder Außerirdische in ihren UFOs?"

"Wenn alle wie paralysiert nach oben starren, dann behalte ich meine Augen auf dem Boden. Weil oft ist so eine angebliche UFO-Sichtung nur ein Ablenkungsmanöver, um Taschendieben eine Chance zum Griff zur Geldbörse zu geben."

"Sehr clever", lobte Jonas. "Es könnte allerdings auch der Fall sein, diese

Taschendiebe nutzen nur die günstige Gelegenheit. Verstehen Sie, dass ein echtes UFO aufscheint und jemand sich die Verwirrung der Menschen zunutze macht."

"Kann sein. Manchmal frage ich mich, ob nicht die falschen Leute in psychiatrischen Krankenhäusern landen", sinnierte sie plötzlich, "denn ich war mal Pflegerin dort. Wissen Sie, was man den meisten dort Internierten als Medikament gab?"

"Valium?"

"Placebos! Was schließen Sie daraus?"

Nun überlegte Jonas. "Dass man damit Nebenwirkungen vermeiden wollte?"

"Dass die Insassen im Grunde gar nicht krank waren!", kreischte sie, beruhigte sich und sprach normal weiter: "Man hat ihnen eingeredet, sie wären es und sie einfach so wegen ihres unerwünschten Verhaltens eingeliefert und behandelte sie dagegen mit nutzlosen Pillen, von denen sie dachten, sie würden helfen, während die Ärzte darauf warteten, dass die angeblich Kranken eine radikale Wesensänderung Richtung Opferlamm-Mentalität zeigten. Verrückt, oder?"

"Sie wollten eine Anpassung an das herrschende System erreichen, wenn ich recht verstanden habe", fasste Jonas zusammen.

"Haben Sie sich schon mal überlegt, warum die Außerirdischen überhaupt zu uns kommen sollten? Ausgerechnet zu uns, wo denen doch Trillionen Planeten zur Wahl stehen. Das ist eine Zahl mit ich weiß nicht wie vielen Nullen."

"Tjaja, mehr Nullen als bei uns im Europäischen Parlament hocken. Aber ich könnte mir denken, die kommen um mit uns zu spielen."

"Spielen? So, wie wir an Automaten in Vegas?"

"Mehr so ähnlich wie bei einem Waldspaziergang, wenn wir bei einem Ameisenhaufen mit dem Stock hineinbohren. Hab ich als Kind auch gemacht und meine Oma meinte, sowas tut man nicht. Ich erfreute mich daran, wie die emsigen kleinen Kriecher den von mir verursachten Schaden reparieren", gab Jonas offen zu.

"Aha, sie denken sich die von da oben als kosmische Kinder, als Weltraum-Teenager im Flegelalter."

"Ja klar, warum nicht? Sie könnten mental gar nicht mal so weit von uns entfernt sein wie räumlich."

"Ich könnte mich ja stundenlang mit Ihnen unterhalten, junger Freund, aber ich bin mit jemandem verabredet, würde es Ihnen etwas ausmachen, den Platz zu räumen, um woanders weiter zu trinken? Wie wär's mit der Shotgun-Bar, die ist nur ein paar Minuten vom Hotel entfernt. Dort hängen jede Menge lustige Typen rum, mit denen Sie Ihre Thesen weiter vertiefen können."

"Okay, warum nicht!", verabschiedete er

sich und machte sich - nach einem Besuch auf der Toilette, wo er seinen Magen und seine Blase entleerte - dorthin auf.

Die Shotgun-Bar zeigte sich eher schäbig, sehr wenig einladend mit abgetretenem Teppichboden und einem wurmstichigen Mobiliar, doch Jonas hatte Durst. Schon beim Reingehen stieß ihn ein Betrunkener, der soeben raus torkeln wollte, an. Nach dem Rempler sah dieser Kraftmeier ihn noch an, als wäre er selber schuld dran, zu nahe an ihm vorbeigegangen zu sein, ja, wurde sogar noch frech.

"Pass doch auf, Blödmann!"

"Auf welcher Universität haben Sie denn soziale Interaktion studiert?"

"Ich war nie auf ner Universität", lallte der Betrunkene mühsam. "Never ever!"

"Na, nachdem Sie *mich* getroffen haben, hat sich Ihr Wortschatz wenigstens um mindestens zwei neue Wörter erweitert!" Noch bevor der Kerl begriff, gerade beleidigt worden zu sein, verdünnisierte sich Jonas zur Bar.

Dort saß ein aufmerksamer Herr in einem braunen Anzug, der irgendwann in den 60ern modern gewesen war, aber es kommt in der Mode immer wieder zu unerwarteten Auferstehungen. Jedenfalls hatte er den Wortwechsel mitbekommen und grinste hämisch.

"Dem haben Sie's aber gegeben", lobte er Jonas, zeigte auf den Hocker neben sich und reichte ihm die Hand. "Walt Prongas!"

Vom Anschein her ein Rentner, den auch sein schlecht sitzendes Toupet nicht verjüngen konnte.

"Sehr erfreut, Jonas Jericho!"

Einige Drinks festigten die neue Freundschaft. Schon beim zweiten verriet ihm Jonas, womit er sich sein täglich Brot verdiente und erhielt Anerkennung.

"Oh! Welch schöner Beruf."

"Wie man's nimmt. Bei uns gibt's einen abgehalfterten Politiker, der Journalisten als die größten Huren bezeichnet hat."

"Bei uns gibt es auch solche Exemplare. Würden Sie gern in Amerika Ihrer journalistischen Tätigkeit nachgehen?"

"Das wär verschenkte Arbeit. 20 % aller US-Bürger beschränken ihre Zeitungslektüre auf die Überschrift und weitere 35 % auf den Vorspann. Bei uns in Europa kann man da locker 15 % dazurechnen."

"Klingt mir etwas zu optimistisch. Immerhin lesen, wenn Ihre Daten stimmen, in den USA 45 % der Leute die Zeitungsartikel von A - Z."

"Ja, aber die meisten vergessen sie gleich wieder."

"Außer es geht um etwas Wichtiges."

"Und was erachten Sie als wichtig?", wollte er erforschen, wobei er Prongas einen interessierten Blick zuwarf.

"Stimmt, für den einen ist Sport wichtig, für den andern die Witzseite der Zeitung mit den Comics. Für mich sind wichtige

Meldungen, alle, die sich mit Phänomenen beschäftigen, die ungewöhnlich sind. Also UFOs, geheime Verbindungen, Whistleblower-Nachrichten und so weiter."

"Sie glauben also an Außerirdische?"

"Unbedingt. Das Universum ist viel zu groß, als dass es nur mit uns diesen Lebensversuch gemacht haben soll."

"Und Sie denken, die sind schon hier?"

Die Bardame mit dem ausladenden Dekolletée brachte neu gefüllte Gläser, wobei sie mit den überschminkten Augen rollte. Jemand warf eine Münze in die Jukebox in der Ecke, worauf ein Song ertönte, den Jonas noch nie zuvor gehört hatte. Ein verliebtes Pärchen begann dazu zu schwofen.

"Vielleicht nicht sie selber, womöglich haben diese Außerirdischen auch sowas wie eine KI und die Kontrolle darüber verloren. Könnte doch sein, finden Sie nicht, Mr ... wie war gleich Ihr Name?"

"Jericho! Also, das wär sehr unangenehm für diese fremde Spezies, die Kontrolle über ihre Künstliche Intelligenz verloren zu haben. Das wäre ja so, als würden unsere Hunde nimmer das Stöckchen apportieren wollen."

"Treffender Vergleich. Aber soweit brauchen Sie den gar nicht herholen. Auch unsere KI macht manchmal Sachen, da frage ich mich, ob nur ein besoffener Programmierer dahintersteckt, oder doch ein eigener Wille der Maschine."

"Haha", lachte Jonas. "Das erinnert mich

an den Bericht über ein Smart Haus, dessen Bewohner von diesem etwas eigenwilligen Haus eingesperrt wurde. Es verweigerte ihm partout den Ausgang. Hat eine liebe Kollegin von mir recherchiert. Sie bekam keinerlei Auskünfte von der Firma, die das Haus gebaut hat."

"Wen wundert's! Kommen Sie, wir setzen uns an einen Tisch, dort redet sich's leichter." Ohne zu schwanken wechselte er zu einem freigewordenen dekorierten Tisch und nahm sein halbvolles Glas mit, in dem die Eiswürfel lustig klirrten.

"Und dann die Sache mit dem denkenden Auto, das eine Radfahrerin überfahren hat." Jonas fühlte sich nach dem weiß-nicht-wievielten-Drink schon etwas schwummerig und hatte sein leeres Glas am Tresen zurückgelassen. Kaum saß er an dem Tisch, bediente er sich an dem von seinem Vorgänger auf dem Teller zurückgelassenen Sandwich. Es schmeckte wie Schuhsohle mit Unkraut auf Pappendeckel, aber der Hunger trieb es flugs in seinen Schlund rein.

"Jaja, davon habe ich gelesen, schrecklich, auch ein Zeichen, dass uns die KI nicht freundlich gesinnt ist." Auf Prongas schien der Alkohol keine Wirkung zu haben. "Ich verrate Ihnen etwas: Unsere Regierung kann sogar schon Erdbeben erzeugen. Damit haben sie schon einmal Japan erpresst. 2011 in Christchurch, New Zealand, haben sie's schon mal rumpeln lassen."

"Warum im harmlosen Neuseeland und nicht im gefährlichen Nordkorea?"

Darauf wusste sein Gesprächspartner keine Antwort.

"Und all die Erdbeben, die früher stattfanden, wie z.B. in Pompeji, waren auch gefaked?", provozierte Jonas mit vollem Mund.

Sein Gegenüber geriet in Rage: "Stellen Sie sich doch nicht so dumm, Mann! Die waren damals natürlich echt! Dass man Erdbeben künstlich erzeugen kann, heißt doch nicht, es gibt keine natürlichen mehr!"

"Pst", mahnte ihn Jonas zur Ruhe. "Wir fallen auf!"

Tatsächlich hatten sich von den Barbesuchern um sie herum einige nach ihnen umgedreht. Murmelnd drehten sie sich gerade wieder weg. Die Jukebox spielte 'Solsbury Hill' von Peter Gabriel.

Mit einem Fingerschnippen orderte Prongas bei der Bardame eine weitere Runde Drinks für beide, die prompt serviert wurden. Den leeren Teller servierte sie mit übler Laune ab.

In gedämpftem Ton sprach Jonas weiter: "Wie verträgt sich Ihre Ansicht mit Ihrem Glauben an Gott, ich nehme doch stark an, Sie sind gläubig, obwohl wir uns nicht im Bi-bibel-äh-Bible Belt befinden."

Prongas grinste breit: "Ich bin Teilzeit-Atheist, immer wenn mir Böses widerfährt, zweifle ich an Gott! Aber das nur nebenbei.

Hören Sie mal gut zu..." Auch er dämpfte jetzt seinen Ton, rückte dafür seinen Kopf näher. Beim Sprechen wehte ihm eine Whisky-Fahne aus dem Mund. "Ich hatte Gespräche mit *Insidern*, verstehen Sie? Leuten, die berufsmäßig mehr wissen als wir alle zusammen. Einer verriet mir, dass sich über die Vorherrschaft auf unserem Planeten drei Arten von Aliens streiten und das schon seit Jahrmillionen. Und jetzt kommt die große Überraschung:" Er machte eine bedeutungsvolle Pause, ehe er fortsetzte: "Wenn die Reptilians die Macht übernehmen, dann werden sie unsere Mutter Erde erst einmal aufheizen!"

"Aha, *daher* kommt die Klimakrise", murmelte Jonas.

"So ist es! Lassen wir uns also von diversen Idioten nicht vorwerfen, *wir* wären an allem schuld! Damit nicht genug: Aus meinem Fernsehapparat drang ein Rauschen, das mich verrückt zu machen drohte. Und dabei war das ein ganz gewöhnlicher Apparat. Also, was glauben Sie, hab ich gemacht?"

"Sich einen neuen Apparat gekauft", schätzte Jonas, dem der Kopf ob des Alkohols schon zu brummen begann.

Der gedämpfte Ton geriet zu einem Flüstern, das Jonas kaum noch verstand. "Ja und nein, ich kaufte mir einen alten Apparat, der funktioniert besser als ein neuer. Aber das ist noch nicht alles. Auf einmal tauchten auf dem alten Gerät, ein wirklich schon antiquiertes Fernsehgerät, wie Sie es kaum noch irgendwo finden, außer in Hotels mit Retro-Charme, da tauchten plötzlich geheimnisvolle Zeichen auf."

"Geheimnisvolle Zeichen?", echote Jonas, sein Interesse wuchs trotz zunehmender Berauschung, er fühlte sich von seinem Gesprächspartner in einen Sog gezogen, den er sonst nur von Pageturnern kannte, Thrillern aus der Hand von routinierten Kriminalschriftstellern, die in einem früheren Beruf irgendwas mit dem Geheimdienst zu tun hatten.

"Ja, aber ich kann Ihnen hier in der Öffentlichkeit nichts Näheres darüber erzählen. Die Wände haben Augen und Ohren." Demonstrativ beugte er sich weg und winkte der Bardame, die ihn allerdings absichtlich zu ignorieren schien, da sie dachte, er hätte genug intus, was ihm allerdings nicht so vorkam, denn er fühlte sich noch stocknüchtern Also lehnte er sich wieder zu Jonas hin. "Haben Sie bemerkt, dass mich die Kleine auf einmal übersieht?"

"Ja, das fiel mir auch auf." Ein mulmiges Gefühl überkam Jonas, trotz der Hitze in dem schäbigen Bar-Bumslokal lief ihm eine Gänsehaut über den Rücken.

Prongas griff mit einer Hand unter die Tischplatte, befühlte sie, kratzte ein wenig an dem Holz, während er mit der andern Hand in der Blumendeko rumkrabbelte.

"Suchen Sie was, Mr. Prongas?", wisperte

Jonas.

"Das Mikro", hauchte er zurück, während er seine unter dem Tisch befindliche Hand auf einmal wieder erscheinen ließ und einen kleinen Metallwürfel auf deren Fläche präsentierte. Nach einer Sekunde schloss er die Hand wieder und ließ sie erneut unter dem Tisch verschwinden. "Machen wir, dass wir hier wegkommen!"

Mit einem Griff in seine Geldbörse holte Jonas einen 20-Dollar-Schein sowie einen 50er und noch etwas Kleingeld hervor und warf alles so wie diverse Filmhelden in den B-Movies, die er gesehen hatte, auf den Tisch, während er Prongas eilig aus dem Lokal folgte.

Das Apartment des alkoholresistenten neuen Freundes Walt Prongas stellte sich als gemütlich eingerichtet sowie in abgelegener Gegend befindlich heraus. Es war bereits kurz nach Mitternacht, dennoch lauerte kein lichtscheues Gesindel vor dem Haustor auf ein Opfer. Das führte Jonas auf die reichhaltigen Belustigungen zurück, welche die Stadt allen bis zum frühen Morgen zu bieten hatte.

Schnell zog Walt die Vorhänge zu, nachdem er den Lichtschalter betätigt hatte. Der Fernsehapparat sah aus wie aus der Schwarz-Weiß-Ära importiert, ein seitlicher Münzeinwurf legte den Verdacht nahe, dass er früher einmal in einem Motel Besucher unterhalten hatte.

"Hübsch haben Sie's hier", sagte Jonas, der auf der Fahrt in Prongas altem BMW total nüchtern geworden war. Vor allem, weil er vor dem Einsteigen noch schnell ins Rinnsal gekotzt hatte.

Während der Fahrt war Jonas noch Prongas' Nervosität aufgefallen: Permanent tat dieser so, als werde er verfolgt, obwohl die Wagen hinter ihm ständig wechselten. Auch erhöhte er manchmal das Tempo, wechselte ohne zu Blinken die Spur und fuhr noch eine Extrarunde um seinen Wohnblock, ehe er davor endlich parkte. Beim Hinaufgehen zu seiner Wohnung nahm Prongas immer zwei Stufen auf einmal. Zum Glück wohnte er nur im 3. Stock, denn Jonas keuchte bereits im 1.

Walt, der eher bescheiden lebte, wenn man nach seiner Möblierung und einer farbenfrohen Tapete im Stil der 70er-Jahre urteilte, schaltete den alten Apparat ein und nach einem kurzen Knacksen erschien ein Bild, sogar in Farbe. Der Film zeigte eine der unzähligen 08/15-Familienserien, wo die handelnden Damen ein wenig wie ein Mix aus einem verklemmten Hausfrauchen und unterdrückter Wildkatze wirkten. Jonas achtete gar nicht auf den Text, der zwischen den üblichen Konserven-Lachern gesprochen wurde.

"Typischer Hausfrauen-Schrott, der immer wieder auf irgendeinem der 164 Kanäle läuft", kommentierte Prongas. "Aber, was ich meine, könnte von einer KI stammen, über welche

Außerirdische mit uns Kontakt aufnehmen wollen."

"Bei KI muss ich immer an Bombe 20 aus dem Film *Dark Star* denken. Am Ende philosophiert sie, im Glauben sie wär Gottvater persönlich, hähä." Der Film aus dem Jahre 1974 zählte zu seinen absoluten Lieblingsstreifen, obwohl er heutzutage mangels Diversität niemals gedreht werden könnte.

"Passen Sie auf, Jonas, ich hab das Gefühl, es geht gleich wieder los, das Rauschen hör ich schon." Auf dem Gesicht Prongas' machte sich gespannte Erwartung breit.

Von einem Rauschen konnte Jonas nichts bemerken, führte das aber auf das feiner abgestimmte Gehör seines Gastgebers zurück. Dann ertönte eine Art von leisem Klopfen, nicht in der Art wie jemand, der an die Tür klopft, um Einlass zu begehren, sondern wie ein Störgeräusch, das man bei so uralten Geräten als normal vermutet.

Nach wenigen dieser leisen Klopfgeräusche wackelte das Bild, geriet zum grieselnden Schneegestöber, was einer Bildstörung nach Antennenausfall gleichkam, doch dann formierte sich der Schnee zu einem linearen bunten Geflimmer, das zuerst von der linken Seite her in eine Ordnung überging: es erschienen tatsächlich eine Reihe von helltürkisen Zeichen auf schwarzem Hintergrund, der sich streifenweise vertikal bildete. Desgleichen ging es von der rechten Seite her zu. Absolut lautlos breitete sich die Nachricht aus diesen geheimnisvollen Zeichen und Symbolen fast über den gesamten Bildschirm aus, um sich wohl bald in der Mitte zu treffen.

"Sehen Sie es? Sehen Sie das auch?", vergewisserte sich Prongas mit sich fast überschlagender Stimme.

"Ja, ja, ich seh's ganz deutlich, leider kann ich die hübschen Zeichen nicht entziffern." Schnell zückte Jonas sein iPhone und filmte den Vorgang. "Was kann das nur heißen?"

"Keine Ahnung, ich kenne leider keinen Kryptologen."

"Ich auch nicht, ... Kommt das oft vor?"

"Täglich. Es fing an, nachdem ich dem Gerät mal einen Tritt verpasst habe, weil das Bild unscharf war." Prongas lehnte sich locker mit einem Ellbogen auf das Gerät.

"Ich hab öfters unsern alten Röhrenfernseher mit dem Fussball getroffen, als ich vor 35 Jahren ein Kind war, aber der Guckkasten hat keinerlei solche abnorme Reaktionen gezeigt", versicherte ihm Jonas, immer noch gebannt auf die türkis leuchtenden Zeichen starrend, die in einer nicht enden wollenden Folge über den kleinen Bildschirm liefen.

"Natürlich habe ich mir auch noch Gedanken über diese seltsame Wendung gemacht, dann war ich zu fasziniert und versuchte zu verstehen. Wie sagte schon Mark

Twain: Die wichtigsten Tage sind der Tag deiner Geburt und der Tag, an dem du rausfindest, wofür du geboren wurdest! Es gibt sogenannte Portale auf unserer Welt, wie in Peru z.B. das Tor der Götter und noch an andern Orten, wo sogar so ähnliche Zeichen in die Felswände geritzt worden sind."

"Und keiner hat sie je entziffert?"

"Ich weiß jedenfalls von keinem. Also, was finden Sie, Jonas? Kennen Sie jemanden, der mir dahingehend weiterhelfen kann? Sie als Reporter haben doch jede Menge Kontakte."

"Stimmt, allerdings noch nicht in Ihrem aufregenden Land."

"Mir fehlt leider das nötige Kleingeld für zielführende Nachforschungen." In einer Verlegenheitsgeste griff sich Walt an die Nase.

Noch bevor sich die bisher kontinuierlich ablaufenden Zeichenbänder in der Mitte des Bildschirms endlich treffen konnten, verschwanden sie unvermittelt und es lief wieder ganz harmlos und unspektakulär die Familienserie wie zuvor.

Das Gesicht, das ihm Walt nun zeigte, war ein Mix aus Enttäuschung und unterdrückter Wut. "Sagen Sie nur nicht, ich habe Ihnen mein Geheimnis umsonst offenbart!"

Der Drohung ausweichend stammelte Jonas, der schnell sein iPhone einsteckte: "Geben Sie mir eine Chance, Walt, ich bin noch nicht lang vorher in Vegas gelandet. Es ist mein zweiter Tag hier. Vor ein paar Stunden traf ich schon einen ganz großen

Verschwörungstheoretiker namens Joey Snodgrass."

"Joey Snodgrass?", wiederholte Prongas und zog die Stirn kraus.

"Ja, wohnt in der Memory Lane 28. Sehr gesprächig war er nicht, doch wenn ich ihn wieder treffe, dann wird er mir bestimmt all das Okkulte verraten, das sich in seinem Hinterkopf verbirgt." Verlegen zückte er aus der Geldbörse eine der paar restlichen Visitenkarten, die er sich in einem 250-Stück-Pack für einen Spottpreis hatte drucken lassen, um sie seinem Gastgeber feierlich zu überreichen. Sogar mit beiden Händen, wie man das sonst nur bei Japanern zu tun pflegt.

"Great! Dann machen Sie sich am besten gleich zu ihm auf", wies ihm Walt mit der Visitenkarte wedelnd wenig freundlich aus seiner Wohnung.

Kaum an der frischen Nachtluft angekommen, sah er über sich ein Flugobjekt mit drei Lichtern dahin flitzen. Die Geschwindigkeit vermochte er nicht zu schätzen, plötzlich hielt es am Horizont an, als sei der Pilot auf die Bremse getreten, und änderte den Kurs himmelwärts, zischte also senkrecht nach oben, bis es - nur zum winzigen Punkt geschrumpft - verschwand.

Jonas überlegte, ob er es sich nur eingebildet hatte, wie spät es gerade daheim war und schätzte, es könnte ungefähr früher Vormittag sein, daher wählte er die Nummer seines Chefredakteurs, um ihm brühwarm die Neuigkeiten zu berichten. Scheinbar hatte er ihn zu Hause erwischt, weil er sich ziemlich verschlafen meldete.

"Sie haben sich geirrt, Herr Riasek, hier ist echt was los. Das alles kann gar keine Inszenierung für mich sein. Ich habe selbst grad ein UFO gesehen, kaum, dass ich aus der Wohnung eines Mannes kam, der kryptische Nachrichten von denen kriegt!"

"Wenn Leute nimmer den Existenzkampf ausfechten müssen - sprich im Geld schwimmen, dann kommen sie auf die exzentrischsten Ideen, auch auf die sogenannte UFO-Jagd. Ich glaub Ihnen ja gern, Sie haben was in der Luft herumfliegen sehen, okay-okay. Aber bedenken Sie, Jericho, die Amerikaner sind ein Imperium mit einer Riesen-Kriegsmaschinerie. Da kann man sich doch denken, dass die uns technisch, vor allem militärisch weit voraus sind."

"Herr Riasek, im Weltall gibt's Trillionen erdähnlicher Planeten. *Trillionen.* Glauben Sie echt, nur bei uns ist der Planet bewohnt? Das können Sie doch nicht glauben, da würde sich das Universum ja lächerlich machen, wenn es nur sowas wie UNS auf einem lumpigen Erdenball hervorgebracht hätte!"

"Jericho! Was Sie für ein Alien-UFO gehalten haben, stellt sich bei näherer Betrachtung vielleicht nur als Erlkönig der Lüfte heraus! Ein noch nicht serienmäßiger

Kampfjet!"

"Dafür war das Ding viel zu schnell, total lautlos und physikalisch ungesetzlich. Fast wie ein Hologramm am dunklen Himmel, das drei fahle Lichter an der Unterseite flimmern hatte. Und es verlieh mir ein Gefühl, wie soll ich's Ihnen nur beschreiben ... ähnlich wie als Kleinkind in der Geisterbahn."

"Dafür hätten Sie nicht nach Vegas fliegen müssen, das hätten'S im Wurstelprater billiger haben können, was haben Sie schon davon? Vom Gilet die Ärmel! Machen Sie also nicht gar soviel Aufhebens drum und - " Das Gespräch brach abrupt ab.

Was soll ich jetzt tun, überlegte Jonas, so ohne Auto mit leerem Akku in einer fremden Gegend. Von weitem sah er: Es leuchteten ihm einladend wie der Stern von Bethlehem gelb-rot-orange Cocktail-Gläser...

10. Treffen der einsamen Herzen

Die Bar gab sich gar keine Mühe, etwas anderes zu scheinen als sie war: Eine Kneipe, in die man kommt, um in Gesellschaft allein zu bleiben. Ein Mann von ungefähr 53 hievte seinen beachtlichen Hintern auf den Barhocker neben Jonas.

"Na, warten Sie auch auf eine Lady, Mister?" Lässig schnippte er mit den Fingern dem Barkeeper, einem sehr geschäftig tuenden Pykniker, ein Zeichen zu und dieser servierte ihm flugs einen Whisky on the Rocks.

"Nein, auf die Story meines Lebens."

"Ach was, und wie soll diese Lebensstory

aussehen?" Im Gesicht des Mannes flackerte sowas wie Neugierde auf.

"Naja, irgendwas mit Aliens, UFOs und so weiter. Darum bin ich ja auf der Suche nach Verschwörungstheoretikern, die viel mehr als wir Schlafschafe wissen."

"Gemeinhin haben diese ganzen, ach so intelligenten Verschwörungstheoretiker doch einen IQ von 50, und den auch nur, wenn zwei davon zusammenstehen." Grinsend fuhr er sich durchs Haar, das Jonas stark an Omas grau-schwarzen Persianermantel erinnerte. Sein übergroßes, schlammbraunes Hemd müffelte so, als hätte er es nach dem Waschen noch feucht in den Kleiderschrank getan. Ähnlich Frau Kopplmayrs Schwester, deren Kleidung genauso streng roch.

"Na, Sie gehen ja ganz schön hart mit denen ins Gericht, haben Sie schon mit einigen von den Spinnern zu tun gehabt?"

"Yeah, einige davon sind gefährlich. Man muss denen immer genau auf die Finger sehen, manche können von ihrem Heim aus staatliche Behörden besser hacken als ein chinesischer Spionage-Bot!"

"Wow, Sie sind ganz schön auf Draht!", schmeichelte ihm Jonas und trank sein Bier aus. "Aaah, immerhin gaben diese Kerle ihrem Leben auch einen Sinn mit ihren Theorien. Anders als mancher Depressive, der dann lebensmüde wird. Meinen Sie nicht auch, Mr. ...?"

"Baily, Hugh Baily! Ich war mal mit einer Lebensmüden in einem Hochhaus essen", erzählte er und bekam glänzende Augen, "während ich kurz auf der Herrentoilette war, stürzte sie sich spontan von der Terrasse."

"Hm, und Sie waren wirklich nur *kurz* weg, Mr. Baily?", erkundigte sich Jonas skeptisch.

"Okay, ich traf einen Bekannten, der mir noch von seinem Urlaub auf Hawaii vor schwärmte", gab er nun widerwillig zu. "Sollte ich zu dem unhöflich sein?"

"Natürlich nicht", antwortete Jonas automatisch. "Was halten Sie von der Area 51?"

"Area 51? Da hab ich sogar mal gearbeitet! Nix mit UFOs oder Aliens. Ich musste im Wagen das Gelände sichern. Nur besoffene Teenager, die Mutproben absolvierten, und bekloppte Touristen, die Selfies machten."

"Ich gehörte wohl zu Letzteren, allerdings ohne Selfies. Mein Name ist übrigens Jericho, Jonas Jericho."

Um das Thema zu wechseln erzählte Baily von den Bauarbeiten in der Nähe: "Die wollen hier ein neues Beton-Touristen-Belustigungs-Ghetto aufziehen. Das ganze Bauvorhaben mit Caterpillar, Kran und Abrissbirne unterzieht die Gegend einem neuen Stadtbild. Gruselige Dystopie, wie man sie sonst in Filmen wie *Blade Runner* sieht."

"Ist das so eine Art Anti-Disneyland?"

"Haha, yeah, so könnte man sprechen. Wussten Sie, dass versicherungstechnisch bei so einem Betonburgen-Bau schon mindestens zehn Tote inkludiert sind, Mr. Jericho?"

"Ich hab mal sowas über den Brückenbau gehört."

"Bei einer Brücke sind es fünf Tote pro

Brückenpfeiler." Selbstvergessen griff er nach seiner Brieftasche und winkte dem Barkeeper. "Ich habe jede Menge Visitenkarten in meinem Portemonnaie, drei Viertel der Personen, die drauf stehen, sind schon tot."

"Wie traurig, waren die alle in der Baubranche?"

"Nein, die stammen aus allen möglichen Berufen, allerdings hatten alle etwas mit Entertainment zu tun." Er begann einen Hit anzusingen: "That's Entertainment, that's Entertainment! - Glauben Sie mir, hier in Vegas ist es gefährlich, mit all den irren Glücksspielern und andern Vergnügungssüchtigen abzuhängen."

"Meinen Sie nur die Männlichen oder bezieht sich Ihr Resümeé auch auf Damen?"

Der Barkeeper kam dazu und Baily zahlte mit einem 50-Dollar-Schein. "Das bezieht sich auf alle menschlichen Wesen. Aber wer weiß, eventuell sind ja wirklich ein paar Außerirdische dabei." Mit einem kurzen Augenzwinkern verabschiedete er sich und ließ das Wechselgeld liegen. "Schade, meine Eroberung ist nicht gekommen. Machen Sie's gut!"

Kopfschüttelnd dachte Jonas: Kaum zu glauben, dass dieser Ami echt dachte, in einer Bar, die nach schalem Bier und Schweiß stinkt, einen Aufriss machen zu können, obwohl so ein Ort der Hirnzellen-Vernichtung hier wohl so gut dafür ist wie jeder andre.

Zirka zehn Minuten später tauchte eine

aufgetakelte Dame in den besten Jahren auf und schaute sich suchend um, doch trippelte dann auf den allein am Tresen sitzenden Jonas zu, der ihr Parfum roch und mit einer Senfgaswolke assoziierte.

"Hugh!?"

Grinsend dachte Jonas, dass er den Vornamen, den ihm Baily vorhin genannt hatte, aus ihrem Mund sonst für einen Gruß gehalten hätte. "Sorry, ich bin Jonas aus Österreich."

"Aus Österreich sind Sie?" Mit einer hochgezogenen Braue setzte sie sich neben ihn, wo zuvor ihr Blinddate saß. Ihr gelbes Spaghettiträger-Top ließ ihre gebräunte Haut wie warme Karamellcreme wirken.

"Yep, das Land mit dem knusprigen Brot, dem sauberen Hochquellwasser und den vielen Feiertagen", verkündete Jonas stolz.

Ihre Stimme schmierte ab und sie krächzte wie ein Rabe. "Die Österreicher haben doch nur deshalb so viele Feiertage, damit sie nicht so viel Schaden anrichten können, während sie Arbeit vortäuschen. Ha-ha."

"Da muss ich Ihnen recht geben, wenn ich an gewisse Landsleute denke, vor allem die Politiker. Aber, warum ich eigentlich hier bin, ist die Recherche über Menschen, die schon UFOs sahen oder Außerirdische trafen."

Nervös hustete sie, räusperte sich und hatte ihre Stimme wieder unter Kontrolle: "Da sind Sie bei mir falsch, obwohl mein Psychiater behauptet, ich hätte welche getroffen. Es war so, dass er mir mal eine Regression vorschlug und mich hypnotisieren wollte. Ich ging darauf ein, er spielte mir nachher das Band vor, das ich besprochen habe, und darauf erzählte ich etwas, was ich im Wachzustand nie erlebt zu haben glaubte. Es ging mir richtig unter die Haut, meine eigne Stimme zu hören, die fantasierte."

"Und wenn es doch keine Fantasie war?"

"Dann hoffe ich, diese komischen Kreaturen niemals wiederzutreffen!" Sie orderte beim Barkeeper einen Brandy.

"Apropos treffen", sagte Jonas mit leichtem Bedauern in der Stimme. "Ein Hugh Baily war vorhin hier und meinte, er warte auf eine Lady."

"Pech gehabt, er hat nicht lange genug gewartet. Echte Ladies kommen immer etwas später." Mit einer gezierten Geste fuhr sie sich durch ihre brünetten Locken.

"Tja, als Alleinstellungsmerkmal reicht pünktliches Erscheinen leider auch nicht! Der sympathische Hugh erzählte mir, er habe in der Area 51 gearbeitet."

"Der erzählt viel, vor allem im Chat. Ich war auch neugierig, wie so jemand aussieht, der angeblich so viel erlebt hat."

"Ich kann ihn für Sie beschreiben: Mitte 50, untersetzt, ein Gesicht wie ein Steuereintreiber, aber so spendabel, dass er seine Konsumation mit nem 50er bezahlte, und eine Stimme wie ein Hörbuch-Sprecher, sehr angenehm."

"Echt? Seine Stimme kenne ich nicht, nur seinen erfundenen Lebenslauf, aber wer kann's wissen, eventuell stimmen sogar Teile davon." Mit zurückgeworfenem Kopf ließ sie sich den Brandy in die Kehle rinnen. "Und wenn er spendabel ist, werde ich mich weiter an ihn klemmen."

"Als Journalist bin ich mit beruflicher Neugier gesegnet. Daher interessiert mich, was er Ihnen so alles über sich berichtet hat."

"Das mag Sie interessieren, aber es geht Sie überhaupt nichts an." Mit hochmütigem Blick ließ sie einige Sekunden verstreichen und fügte dann hinzu: "Allerdings könnte sich meine Zunge lösen, wenn Sie mich zum Abendessen einladen."

"Gebongt!"

Beim Hinabgleiten vom Barhocker ließ sie ihren kurzen blauen Rock hoch wippen. Darunter trug sie eine pinke Unterhose. "Setzen wir uns in eine Nische, ich mag nicht lang nach einem Lokal suchen."

Der Barkeeper beeilte sich, die Speisekarte zu bringen, stellte jedoch fest: "Steak ist aus. Ich kann die Hamburger empfehlen. Oder Lachs mit Soße, ideal für feine Ladies."

"Hihi! Dann nehm ich ihn, den Lachs, und ein Glas Chardonnay!"

"Für mich den Hamburger und einen Krug Bier."

Gespannt hing Jonas an ihren sichtbar aufgespritzten Lippen, die sofort begannen, über sich zu reden. Sie nannte sich Nancy, sah jünger aus als die 40 Jahre, die sie zugab und für die Berufe, in denen sie tätig gewesen zu sein behauptete, und wahrscheinlich hätte sie noch über ihre Kindheit samt High-School-Zeit gesprochen, wenn er das Thema nicht wieder auf ihr verpasstes Date gebracht hätte.

"Tja, wo soll ich anfangen. Am besten bei Hughes Behauptung, früher bei der CIA gewesen zu sein, nein, warten Sie, beim DIA, dem Department of internal Affairs. Dort kam ihm zu Ohren, dass auf der Erde drei unterschiedliche Alien-Rassen miteinander im Kampf sind."

"WOW! Das ist spannend. Hab ich auch schon mal irgendwo gehört. Hat er Ihnen auch Beweise mitgeschickt, Nancy?"

"Sind Sie verrückt? Schon für die Behauptung hätte man ihn drankriegen können. Wir haben immer in einer Geheimsprache miteinander kommuniziert." In ihren Augen glänzte die feucht-grüne Iris, welche Jonas an die frische Pfefferminze im Garten seiner Oma erinnerte.

"Na, diese zu entschlüsseln dürfte doch für die NSA nicht schwer sein."

"Sie überschätzen deren Fähigkeiten. Die suchen nach bestimmten Reizwörtern, wie Bombe, Explosion, und so weiter, wir verwendeten natürlich viel harmlosere Worte. Für Aliens, z.B. Visitors und für UFOs Kompottschüsseln und für Men in Black Fledermäuse."

"Jetzt wird's grotesk."

Der Barkeeper brachte die Bestellung und wünschte guten Hunger. Während des Essens gab sie keinen Laut mehr von sich, außer ab und zu ein Schmatzen. Nach fünf Minuten hatte sie Teller und Glas geleert und starrte am rechten Ohr Jonas' vorbei.

"Sind Sie in der UFO-Szene gut vernetzt?", begann Jonas wieder ein Gespräch.

"Es ist alles so verwirrend, da gibt's Leute, die behaupten, wir waren niemals auf dem Mond, dann gibt's welche, die behaupten, ja, wir waren oben und haben dort Aliens getroffen. Dann gibt's welche, die behaupten, UFOs sind wegen schlechten Wetters auf die Erde gecrasht, dann gibt's welche, die behaupten, die Aliens hätten die UFOs absichtlich gecrasht, um zu sehen, was wir dann tun, ... es kommt mir vor, als wäre alles nur Ablenkung von der harten Wirklichkeit."

"In der Welt der Verschwörungstheorien ringen einander widersprechende Ideologien, Falschbehauptungen, viele angebliche Experten und horrible Zukunftsszenarien nieder. Ich seh alles davon als ein Surrogat. Das Surrogat der hohen Erwartung tritt an die Stelle der Erfüllung."

"Ja, schon, aber da frag ich mich doch, wem soll man jetzt glauben?"

"Schätze, das kann man sich aussuchen, denn es kann ja nicht alles stimmen. Was ist Ihr persönliches Gefühl?"

"Schwer zu sagen ..." Aus ihrer Tasche

kramte sie ein Papiertaschentuch und wischte sich den Mund ab, welcher danach viel kleiner erschien. "Ich denke, es gibt bewohnte Planeten, aber dass deren Bewohner ausgerechnet alle zu uns kommen, auf einem verpesteten Felsbrocken, wo es erdähnliche Planeten in Hülle und Fülle geben soll, die nicht von der Menschheit verschmutzt sind, das glaub ich weniger."

"Da ist was Wahres dran", nickte er und leerte sein Bierglas, sodass es zum leeren Krug passte.

"In welchem Hotel wohnen Sie, Jonas?"

"Im MGM."

"Hui, das hab ich noch nie von innen gesehen", hauchte sie und setzte einen Schlafzimmerblick auf.

Natürlich verstand er, was sie bezweckte und fühlte sich auch - schon aufgrund seines Alkoholpegels - zu ihr hingezogen. "Darf ich Sie einladen, Nancy?"

Sofort stand sie auf und stolperte, fiel hin und grinste: "Ich wär gut in einer Komödie aufgehoben. Den Stunt hab ich nämlich vorsätzlich gemacht!"

"Exzellent, ich wär glatt drauf reingefallen", schmeichelte er ihr und half ihr hoch.

11. Ausflug in die Wüste

Der erste Griff Jonas' nach dem wackligen Aufstehen galt einer Flasche Evian aus seiner Minibar zwecks akuter Brandbekämpfung. Froh darüber, seine gestrige Eroberung nach vergnüglicher Interaktion hinaus begleitet und noch im Schutz des Dunkels losgeworden zu sein, duschte er und kleidete sich an, um sich zur Nahrungsaufnahme begeben zu können.

"Gestern hatte ich noch eine Begegnung der dritten Art", eröffnete ihm Janina beim Frühstück im Speisesaal, wobei sie ihn komisch ansah. Ihr Gesichtsausdruck bildete das Gegenteil zum strahlenden Antlitz von Minnie Mouse auf ihrem roten T-Shirt.

"Nananana, jetzt flunkern Sie aber, meine Liebe!", wehrte er gequält lächelnd ab, da ihm leichter Kopfschmerz den Tag zu verderben drohte. Sein nachtblaues Polohemd aus 100 % Merinowolle - auch teuer genug - hatte vom Essen gelbe Flecken abbekommen.

"Ich lüge nicht, ich habe höchstens eine andere Wahrnehmung der Realität! Einer von den *Men in Black* schwebte in mein Zimmer."

"Das haben Sie jetzt wirklich sehr schön formuliert", lobte Jonas. "Und wie ging es mit dem guten Manne in Schwarz weiter?"

Mit einem Schulterzucken fuhr sie fort: "Ich versuchte mich bei ihm an einem psychiatrischen Verhör, bei welchem man die Fragen verschleiert stellt. Mit eher bescheidenem Erfolg. Jetzt zu was ganz anderem: Wären Sie bereit und willens, mit mir nach Boulder City zu fahren?"

"Klar, wo is'n das?", mampfte er, während er seine Eierspeise löffelte, deren Dotter wieder auf sein Hemd tropfte.

"Boulder City liegt an der Grenze zu

Arizona in der Nähe des Lake-Mead-
Erholungsgebietes, ungefähr 30 Kilometer von
Las Vegas" leierte sie herunter, als lese sie
einen Textbeitrag auf Wikipedia. "Dauert per
Automobil nur höchstens eine halbe Stunde.
Dorthin könnten wir zwei Hübschen doch
einen Ausflug machen."

"Wenn Sie wollen, gern", stimmte er arglos
zu, hoffend, die Bergluft würde seinen Kater
vertreiben. Nachdem er seinen Kaffee in sich
hineingeschüttet hatte, kündigte er an: "Ich
geh mich nur rasch umziehen. Sagen wir, in
einer halben Stunde beim Auto!"

Für den Trip wählte er brandneue
Sportschuhe von Puma, helle Freizeit-Jeans
und ein weißes Allerwelts-T-Shirt ohne
Werbebotschaft drauf, da er fand, wenn man
solche Markenzeichen trug, sollte man
wenigstens dafür bezahlt werden. Sein
aufgeladenes iPhone, Pass sowie sein
Portemonnaie mit dem Führerschein darin
passten wunderbar in die hinteren Jeans-
Hosentaschen. Da ihm noch Zeit blieb, sah er
sich die gefilmte Zeichenreihe von Walt
Prongas Wunder-TV auf seinem iPhone an.

Hmm, dachte er, ich könnte versuchen, die
häufigsten Zeichen zu finden, könnte der
Buchstabe E sein, ... allerdings, wenn das
Hebräisch ist, dann fehlen die Vokale, dann
wär der häufigste Konsonant meines Wissens
das N. Ach, das ist mir jetzt zu kompliziert.

Pünktlich traf er beim Auto ein und
staunte: Janina hatte sich in ein enges beiges

Minikleid mit schwarzen Polkadots geworfen und trug Cowboystiefel. Sie schleuderte ihre Handtasche auf den Rücksitz, fast als wäre sie sehr ärgerlich, und schwang sich neben ihn, nachdem er eingestiegen war. Die Route hatte er sich auf einem reich bebilderten Plan von Nevada angesehen, den er an der Rezeption bekam, da der Pickup kein Navi hatte. Er bevorzugte die altmodische Akku-schonende Art der Orientierung und sogar auf einem Plan aus vergilbten Papier konnte man sich bei einem Blackout noch gut zurechtfinden.

"Dann wollen wir mal andüsen", zwinkerte er ihr zu. "VOLLGAS! Mit 140 Sachen durch die Prärie ohne nervige Lasermess-Pistolen, mit denen sich bei uns die Bullen unbeliebt machen. Das wird ein Fest!"

Irgendwie gab sie ihm das Gefühl, heute nicht in Bestform zu sein, denn sie reagierte nicht auf seinen Schmäh, sondern ermahnte ihn: "Aber Autostopper, vor allem Autostopperinnen nehmen wir keine mit!"

"Ja, geht klar, das erinnert mich an eine Reportage, die ich mal über solche Zugvögel machen musste, wo mir einer seinen Trick verklickerte. Er trug nämlich immer eine Gitarre bei sich, um mitgenommen zu werden. Hat oft funktioniert, weil die Autofahrer annehmen, böse Menschen hätten keine Lieder. Und zwischendurch verdiente er sich mit Straßenmusik noch seinen Proviant."

"Der scheint ein Lebenskünstler gewesen

zu sein. Naja, sind wohl alle Männer, schätze ich."

Er fühlte sich von ihr schief angesehen, überlegte, ob sie mit dem falschen Fuß aufgestanden war und versuchte, sie mit einem Kompliment aufzulockern: "Ihr Oberarmmuskel scheint mir hart trainiert zu sein. Machen Sie viel Sport?"

"Ä-Ä, das einzig Sportliche an mir ist mein Eisprung."

Pflichtbewusst lachte er kurz auf und fuhr los.

Aus dem künstlichen Paradies mit all den Kreativ-Bauten von Hotels in Pyramiden- oder Eiffelturm-Form führten schnurgerade Highways durch schier endlose Weiten. So flitzten sie also ohne große Ablenkung in dem gemieteten Pickup dahin und unterhielten sich.

"In vier Autostunden könnten wir in L.A. sein", sagte Janina, die sich extrem aufgestylt hatte, mit ihrer Schminke erinnerte sie Jonas an ein Showgirl auf dem Weg zur Peep-Show. "Wäre nur blöd, wenn uns in der Mojave-Wüste Wasser und Benzin ausgehen."

"Dort gibt's wenigstens keine gefährlichen Tiere wie in Arizona. Ich denke da an die 200-Kilo-Schwarzbären, Berglöwen mit rasiermesserscharfen Klauen oder die Tarantula Hawk, eine Giftwespe, die Vogelspinnen lähmt, um in ihren Unterleib ihre Eier abzulegen", glänzte er mit seiner Bildung. "Aber wissen Sie, was die gefährlichsten Tiere sind, die im Grand-Canyon-Nationalpark für die meisten Hospitalisierungen sorgen?"

"Sagen Sie's mir", verlangte sie mit kurzem Seitenblick.

"Eichhörnchen, die possierlichen Nager mit buschigem Schwanz, die es auch in unsrem Prater gibt. Die Touris wollen sie streicheln und zack!"

"Autsch! Dann sollten wir dorthin besser keinen Abstecher machen."

"Nein! Wir wollen ja nach Boulder City", erinnerte Jonas sie. "Der Staat Nevada nimmt übrigens jährlich rund zwei Milliarden Dollar jährlich am Glücksspiel-Betrieb ein. Die Naturschönheit am Straßenrand kümmert die Spieler am Roulette- und Würfeltisch gar nicht, sie lassen die Sonne draußen und bleiben drin im Casino sitzen, bis Tag und Nacht zu verschmelzen scheinen und die Zeit weder Anfang noch Ende mehr hat."

"Hm", machte sie nachdenklich. "Vor allem, wenn sie keinen liebenden Partner daheim haben, der sie erwartet."

"Heutzutage ersetzt der Einarmige Bandit den Gatten", scherzte er.

"Wirklich? Man, das heißt, vielmehr FRAU hat es wirklich schwer, einen halbwegs brauchbaren Partner zu finden", beschwerte sie sich und schielte ihn von der Seite her an.

"Glaub ich gern. Aber ich kann Ihnen verraten, als Mann hat man's auch nicht immer leicht, eine passende Partnerin zu kriegen."

"Ich will auch mal fahren", bestand sie plötzlich.

Daher blieb er am Straßenrand stehen, damit beide ihre Plätze wechseln konnten. Noch durchschaute Jonas nicht, was sie damit bezweckte. Das sollte ihm später leid tun. Bevor sie sich den Gurt anlegte, stellte sie den Fahrersitz noch etwas nach vor. Dann fuhr sie los und prüfte rasch ihr Augen-Makeup im Rückspiegel.

Nichts Böses ahnend nahm er den Faden der Unterhaltung dort auf, wo sie vorhin abgebrochen hatte: "Anfangs spielen wir dem gewünschten Partner noch unsere Idealversion vor. Später beschränken wir uns auf die Notversion."

"Sie stehen ja mehr auf Brünett", zischte sie.

"Wie kommen Sie jetzt da drauf?"

"Tun Sie doch nicht so unwissend, halten Sie mich für blöd? Ich rede von der Brünetten, mit der Sie gestern im Taxi ins Hotel gekommen sind."

"Sind Sie hinter uns hergefahren?", fragte er perplex.

"Ich konnte nicht schlafen, stand am Balkon und sah euch beide aussteigen."

"Janina, Sie tun ja so, als hätte ich Sie betrogen."

"Sie haben sich illoyal mir gegenüber verhalten", bestand sie uneinsichtig.

"Ich bitte Sie, wir gondeln hier durchs

sprichwörtliche Nirgendwo und Sie brechen einen Streit wegen Pipifax vom Zaun." Mehrmals tippte er sich gegen die Schläfe.

"Pipifax?", wiederholte sie.

"Ja, ich kann doch einen netten Abend verbringen, mit wem ich will, schließlich sind wir weder verlobt noch verheiratet."

"Oh ja, Sie können auch einen Ausflug unternehmen mit wem Sie wollen, jedenfalls nicht mit MIR!" Ihr rechter Fuß wechselte vom Gaspedal auf die Bremse und der Wagen blieb quietschend stehen. "AUSSTEIGEN!"

"Sie wollen mich hier mitten in der Pampa aussetzen?" Seine Augen vergrößerten sich in unendlichem Staunen. "Da draußen pfeift der heiße Wüstenwind und weht den Staub wie tanzende Derwische hoch."

Um ihrem Befehl Nachdruck zu verleihen, zauberte sie einen Schraubenzieher - Simsalabim - aus ihrem rechten Cowboystiefel heraus. "Aussteigen, oder ich schieb ihn dir in die Nase!"

Ihr Killerblick bestätigte ihm den Ernst ihrer Absicht und seiner misslichen Lage. Langsam stieg er aus, warf die Autotür zu und sah nach einer Sekunde nur noch das Kennzeichen des Wagens, den er gemietet hatte. Die Szenerie hatte etwas Unwirkliches, sodass er schon glaubte, er liege noch im Bett und träume.

Zuerst dachte er, dass sie nur Spaß machte, gleich zurückkommen und ihn wieder einsteigen lassen würde. Doch nach

einer halben Stunde allein auf weiter Flur
wurde ihm klar, dass sie fort war.
Mutterseelenallein mitten in der Wüste, die
von einem Asphaltstreifen durchschnitten
wurde. Was mit dem Auto nur ein
Katzensprung war, stellte sich für einen
Fußgänger unter ungünstigen
Klimabedingungen als Herkulesaufgabe raus.
Denn die gnadenlose Sonne zeigte ihm, wie
klein er war, hingekauert am Straßenrand wie
ein ausgesetzter Hund. In einer seiner
Jeanstaschen steckte noch der Faltplan der
Gegend, den er heraus fummelte und
studierte.

Sogar Fotos und blumige Schilderungen
vom Nachbarstaat California waren darauf:
*Die Mojave-Wüste fesselt mit ihrer Kargheit,
die im Verborgenen doch so viel Leben
aufweist. Eine besondere Freude aller
Besucher sind die grau gestreiften, mit
Eichhörnchen verwandten Squirrels, an deren
lustigen Sprüngen man sich kaum sattsehen
kann.*

Ja, wenn man sie nicht zu streicheln
versucht und ein Stück Fleisch von ihnen
herausgebissen bekommt, dachte Jonas.

*In die Riege der Rottöne reihen sich auch
die vielen atemberaubenden Stämme der
Mammutbäume im Sequoia National Park. Der
majestätische Anblick dieser Giganten, deren
Alter anhand der Jahresringe auf bis zu 3.500
Jahre geschätzt wird, macht ehrfürchtig und
beruhigt Herzschlag und Atem.*

Ja, das ist besonders wichtig, wenn man gerade von einer Schraubenzieher-Fetischistin bedroht und aus dem eigenen Wagen geworfen worden ist, ärgerte er sich.

Die berühmten Straßen von San Francisco in einem Cabrio hinunter zu kurven ist ein erhebendes Gefühl, wenn auch ohne Blaulicht-Sirenen wie in der berühmten Serie, sondern im Wohnmobil etwas behäbiger als die verbrecherjagenden Polizeiautos.

Ich muss aufhören, das zu lesen, nahm sich Jonas vor, Cabrio, Wohnmobil und ich steh hier auf Schusters Rappen und bade in meinem Schweiß - so eine Scheiße!!!

Kurzentschlossen hielt er sich den Plan über den Kopf. Zum Sonnendach umfunktioniert verursachte das unterhaltsam formulierte DIN-A2-Papier wesentlich weniger Unzufriedenheit.

Was muss ich komisch aussehen, dachte er, aber man muss der Tragik des Lebens noch einen Funken Komik abzutrotzen versuchen. Oder wie es Christoph Georg Lichtenberg formulierte: *Die Komik ist nichts anderes, als die Abweichung von der Wirklichkeit für die Wirklichkeit zu halten.*

12. On the Road

An einer einsamen Landstraße zu stehen, versetzte Jonas in seine Studentenzeit, wo er per Autostop durch Europa tingelte. Am liebsten wurde er natürlich von allein fahrenden Damen mitgenommen, was aufgrund deren Vorsicht natürlich selten

vorkam. So war es auch hier in den Staaten,
wo in dieser Einöde gleich überhaupt kein
Wagen vorbeikam. Ein Unglück kam wirklich
selten allein. Seine neuen Sportschuhe
drückten ihn und morgen würde er
wahrscheinlich wieder Blasen an den Füßen
finden, so groß wie Taubeneier. Wenn es
überhaupt ein Morgen für ihn gab, überlegte
er pessimistisch. Ein Taxi zu rufen, schied als
Option definitiv aus. Die Temperatur kratzte
schon an der 40-Grad-Celsius-Marke, dabei
war noch nicht einmal Mittag! Der Schweiß
brach ihm aus allen Poren, unter den Achseln
färbte er bereits Jonas' weißes Shirt in
uringelb um.

"Und ich Idiot hab keine Sonnencreme
aufgetragen", grummelte er vor sich hin,
wobei er kurz blinzelnd zum Zentralgestirn
hoch blickte, das erbarmungslos von einem
wolkenlosen Himmel auf ihn hernieder
brannte, "wenn mich nicht bald wer
mitnimmt, werde ich regelrecht geröstet. Trotz
meines Papierplan-Sonnendachs."

In der prekären Situation fiel ihm ein Zitat
aus der Schlacht bei Waterloo von Wellington
ein: *Ich wollte, es wäre Nacht, oder die
Preußen kämen.* - Von mir aus auch die
Russen, dachte er, ja, in Form einer
Oligarchin mit Luxuskarosse samt
eingebauter Bar.

Doch weder ein Pkw noch ein Lastwagen -
welcher Nationalität auch immer - verirrte
sich in diese öde gottverlassene Gegend, erst

nach einer schier endlos erscheinenden halben Stunde kroch ein hellblauer Buick vom Horizont heran, mit einem beleibten, ungefähr 42-Jährigen am Steuer, der wohl aus Neugier gepaart mit Mitleid langsamer fuhr und letztlich auch anhielt.

Jonas faltete seinen Plan zusammen und winkte damit wie ein Fünfjähriger, der den Santa Claus erspäht hat: "Hello Mister, ich bin Tourist aus Europa und wäre Ihnen ewig dankbar, wenn Sie mich bis in die nächste zivilisierte Siedlung mitnehmen könnten."

"Zivilisation?", schien der gutmütige Mann amüsiert. "Das ist doch nur eine mühsam, mit härtester Strafandrohung aufrecht erhaltene Illusion."

"Sie sind ja ein Philosoph, ich übrigens auch, das passt doch wunderbar zusammen für einen kleinen Plausch über Gott und die Welt", meinte Jonas schlagfertig.

"Okay, steigen Sie ein, sofern Sie kein Serienmörder sind." Der Fahrer trug ein purpurnes Polohemd, eine karminrote Baseballkappe und die unvermeidlichen Jeans.

"Nein, keine Sorge, ich bin so harmlos wie ein Koalabär", scherzte Jonas beim Einsteigen und wagte gar nicht, ihm zu eröffnen, dass er aus Österreich stammte, obwohl die meisten Amerikaner Hitler für einen Deutschen hielten, also sprach er über seinen Broterwerb: "Von Beruf bin ich Journalist und schnuppere mal in Ihrem großartigen Land nach der Story meines Lebens."

Der Fahrer grinste kurz und gab Gas. "Und ich bin Drehbuchautor und hab gerade eine Serie an Netflix verkaufen können."

"Pfüü", pfiff Jonas anerkennend durch die Zähne, "da bricht wohl bald der Wohlstand bei Ihnen aus." Insgeheim dachte er, aha, deshalb hat er mich mitgenommen: er sucht jemanden zum Feiern - na, mir soll's recht sein.

"Wie man's nimmt, der Hauptdarsteller darin, ein gewisser Burt Billy Bear Blanks, verdient dreimal mehr als ich." Ein leiser Ingrimm war aus dem Satz herauszuhören.

Öde Wüstenlandschaft flog wie ein Western-Epos mit dem Versprechen des baldigen Erscheinens berittener Helden an der blank gewienerten Beifahrerfensterscheibe vorbei. Die Luft im Wagen, eine Kombination aus Lavendel mit Moder oder morschem Holz, was Jonas zwar störte, doch auszuhalten war, schien abgestanden zu sein. Von offenen Fenstern hielt der Fahrer anscheinend nicht viel.

"Naja, ich bin zwar nicht über diesen Blanks informiert, doch nehme stark an, der hat auch das bessere Aussehen, als Sie."

"HA-HA, wollen Sie aussteigen und zu Fuß weiter marschieren?" Daraufhin verlangsamte er tatsächlich das Tempo seines Buicks.

"Pardon! Ich wollte zum Ausdruck bringen, Sie haben einen Charakterkopf und nicht so ein geschniegeltes, von einem

Schönheitschirurgen poliertes Gesicht, wie diese ganzen Filmfuzzies!"

"Na, das hört sich gleich viel netter an", schien sein Fahrer zufrieden, schob sich die Baseballkappe tiefer ins Gesicht und beschleunigte wieder. "Diese Schauspieler nerven, kann ich ihnen verraten, die einen improvisieren, weil sie den Text vergessen, und die andern wollen sogar meinen Text verbessern."

"Das ist ja direkt frevelhaft", äußerte sich Jonas mit gespielter Empörung.

"Kann man so bezeichnen. Reisen Sie immer per Autostopp?"

"Nein, ich hatte ne Panne mit meiner platonischen blonden Reisebegleiterin, weil ich gestern mit einer Brünetten in der Bar versifft bin. Die Blonde drohte mir einen Nasenabstrich per Schraubenzieher an, wenn ich nicht sofort aussteigen würde. Also, ich hab ja schon Frauen erlebt, die sich in meiner Jugend über meine Zudringlichkeit beschwert haben, aber eine, die sich offenbar über meine Teilnahmslosigkeit ihr gegenüber ärgert, ist für mich ein Novum."

"Die Weiber sind ein Enigma," grinste der Fahrer leicht hämisch, dessen Hände in hellbraunen Handschuhen steckten und in der 10-vor-2-Stellung auf dem Lenkrad ruhten. Die Fingerknöchel ragten vorwitzig aus den ausgestanzten Löchern, als wären sie geschwollen, was jedoch aufgrund der Hitze passiert sein konnte.

"Sie sagen es", stimmte ihm Jonas sofort zu, da er wusste: Mit Zustimmung macht man sich am schnellsten Freunde. "Immerhin haben wir heutzutage die Möglichkeit, in die digitale Welt abzutauchen, um uns von Synthie-Nymphen verwöhnen zu lassen. Es gibt ja schon im sozialen Netzwerk total lebensecht wirkende Frauen."

Der Fahrer wiegte bedenklich den Kopf: "Das hat auch seine Nachteile. Wir werden Zeugen zweier paralleler Revolutionen. Die Erste ereignet sich im Rampenlicht der Öffentlichkeit. Es sind die krassen Umwälzungen in der Informationstechnologie, also künstliche Intelligenz, Big Data und Co., die unser tägliches Leben spürbar verändern werden. Die zweite Revolution dagegen findet eher im Stillen statt, nämlich in den Laboren von Universitäten, Forschungseinrichtungen und Unternehmen. Es ist die Revolution in der Biotechnologie. Dann haben wir noch dazu Frauen, die uns körperlich überlegen sind."

"Die ideale Spielwiese für einen Drehbuchautor wie Sie. Habe ich Ihr markantes Konterfei nicht schon mal in der Zeitung bewundern dürfen?" Mit dieser Frage hoffte Jonas, ihm endlich seinen Namen entlocken zu können.

"Kann sein, denn ich wurde mal vom Clarkesworld Magazine interviewt, da ich auch Science-Fiction-Stories schreibe."

"Daher kenne ich Sie also, ich komme

leider wenig zu privater Lektüre. ... Außerdem hab ich verabsäumt, mir Ihren werten Namen zu merken, wie dumm von mir."

"Harold ... Harold McGoggins!"

"Freut mich, Sie in Persona zu treffen. Ich bin Jonas Jericho und ich danke Gott, dass er Sie mir zur Rettung geschickt hat. Die Entfernungen zwischen bewohnten Orten scheinen ja endlos zu sein."

"MHM, für diese Region das Adjektiv *unwirtlich* zu verwenden, wäre noch ein zynischer Euphemismus."

"Stimmt! Das Interview mit Ihnen konnte ich leider nur überfliegen", log Jonas, "weil ich das Clarkesworld Magazin in der Redaktion las und mein Chefredakteur die Unart hat, mich immer zur Arbeit anzutreiben."

McGoggins grinste: "Das Problem kenne ich als freier Schriftsteller nicht mehr. Hin und wieder setze ich mir selber eine Deadline."

"Und wie sieht's mit der politischen Korrektheit aus? Nehmen Sie darauf Rücksicht in Ihren Texten?"

"Mit der politischen Korrektheit ist das so eine Sache", grummelte McGoggins. "Sie wird wieder ins Gegenteil umschlagen, wie ein Pendel zur andern Seite rüberziehen. Ich warte nur darauf."

"Da sind Sie nicht der Einzige", versicherte ihm Jonas fröhlich. "Welchen Beruf übten Sie aus, bevor Sie sich der Schriftstellerei zuwandten, Mr. McGoggins?"

"Ich nutzte die Gelegenheit, in einer Menge Jobs zu werken, für die ich total unqualifiziert war. Die meisten dieser Jobs hatten innerhalb der Firmen kein Gewicht, sodass ich der Wirtschaft keinen Schaden zufügen konnte."

"Haha, Sie sind gut! Geht's in Ihrer Netflix-Serie vielleicht um Verschwörungstheorien? Ich hörte zuletzt auf YouTube, es soll eine krypto-terrestrische, humanoide Spezies im Verborgenen auf unsrem Planeten geben."

"Jaja, es gibt noch eine andre humanoide Spezies auf Erden, man nennt sie Demokraten", scherzte McGoggins, der sich somit als Republikaner outete.

Jonas lachte pflichtbewusst lauthals, obwohl er den Witz nur halb lustig fand.

Auf der öden Landstraße schien so etwas wie ein Stau nicht einmal vor Äonen stattgefunden zu haben - keine anderen Verkehrsteilnehmer weit und breit -, da querte eine kesse Anhalterin in engem Top und Shorts die Fahrbahn. Sie winkte, wollte schon vor dem Wagen stehen bleiben, doch McGoggins machte keine Anstalten, für sie zu bremsen und so hüpfte sie enttäuscht weiter.

"Die Brüste von der Nymphe hüpfen, als würden sie ein Eigenleben führen", scherzte er.

"Ja, BH-frei in einem Hauch von Nichts", kommentierte Jonas. Wollten Sie nicht lieber die Hübsche anstatt mich mitnehmen?"

"Nein, Frauen kommen womöglich auf die Idee, mich wegen Belästigung anzuzeigen, nur

weil sie sich davon ein paar Dollar
versprechen. Wir könnten dort einkehren."
Mit dem Kopf deutete er in Richtung schräg
nach oben.

An der Kreuzung vor ihnen hing ein
schiefes Werbeschild mit der Aufschrift *South-
West-Diner*.

"Prima!", stimmte Jonas zu. "Meine Leber
meldet mir ohnehin schon Leerstand."

McGoggins parkte außerhalb des
Parkplatzes im Schatten einer sogenannten
Billboard-Tafel, die Werbung für einen
Energydrink zeigte. Hastig stieg er aus.

"Warten Sie noch einen Augenblick, ich
muss nur schnell telefonieren", brummte er
Jonas noch zu, bevor er die Tür zuschlug.

Komisch, dachte Jonas noch, blieb jedoch
sitzen, da er annahm, nach dem offenbar
vertraulich bleiben sollenden Gespräch
abgeholt zu werden. Hungrig schielte er schon
Richtung Diner, dessen Tür er aus der Ferne
erspähen konnte. Am Parkplatz stand auch
ein Polizeiwagen. Ein Umstand, dem er nicht
viel Bedeutung beimaß, schließlich müssen
auch Polizisten einmal Pause zum Essen
machen.

Es mochten zehn bis zwölf Minuten
vergangen sein, in welchen Jonas noch seiner
Oma auf dem iPhone eine Nachricht
zukommen ließ, des Inhalts, er sitze nach
einem Streit mit seiner Reisegefährtin gerade
im Wagen eines neu gewonnenen Freundes
und werde bald schädliches Fastfood zu sich

nehmen. Kurz gefasst: Urlaub wie gewöhnlich, nur ein bisschen schlechter!

Als er aufblickte, stiegen gerade die Polizisten in ihren Dienstwagen und fuhren an ihm vorbei. Eine halbe Minute später schob der Dienstwagen zurück und die Polizisten stiegen wieder aus, um einen näheren Blick auf ihn zu werfen, bzw. auf das Nummernschild von McGoggins Buick. Ihm schwante noch immer nichts Böses, erst als einer der Uniformierten mit der Faust heftig an die Beifahrerscheibe hämmerte, wurde Jonas allmählich mulmig zumute. Polizeikontrollen in den USA liefen manchmal extremer als in Europa ab. Gehorsam ließ er die Scheibe runter und der Hüter des Gesetzes verlangte mit einer Hand an seiner Smith & Wesson seinen Führerschein zu sehen. Also holte er selbigen aus dem Portemonnaie, übergab ihm diesen wortlos und wartete.

Nach einem ihm unverständlich bleibenden Dialog des uniformierten Duos wurde er aus dem Wagen gewunken. Die Hände beider Polizisten waren nun an ihren Colts, die Mundwinkel herabgezogen, was Jonas noch zusätzlich den Ernst seiner Lage vermittelte. Schließlich ließen sie sich - nachdem sie ihn auf Waffen durchsucht hatten - dazu herab, ihm mitzuteilen, dass der Wagen gestohlen gemeldet worden sei und wollten in den Kofferraum sehen.

"Sorry, ich bin doch nur der Anhalter und

habe keinen Schlüssel, den hat der Fahrer abgezogen, als er kurz zum Telefonieren ausstieg. Er wird sicher gleich zurück sein."

"Wo ist Ihr Gepäck? Ich seh im Fahrerraum keins, also muss es im Kofferraum sein", kombinierte einer der Cops.

"Das ist ne lange Geschichte. Mein Gepäck ist im MGM-Hotel, mein Pickup-Mietwagen ist mit meiner rabiat gewordenen Reisebegleiterin ohne mich unterwegs", erklärte Jonas.

Nachdem sie ihn mit vernichtenden Blicken bedachten, konnten sie auch ohne Schlüssel den Kofferraum öffnen und zuckten zurück. Neugierig kam Jonas näher und erblickte zu seinem Entsetzen einen Albtraum darin: Einen offensichtlich leblosen Körper in einem schwarzen Plastikmüllsack nur notdürftig eingewickelt. Beim Anblick der Leiche machte Jonas dasselbe Gesicht wie damals vor über 30 Jahren, als ihn Alexander Röschmüller vor versammelter Klasse der Dauer-Masturbation auf einer Landschulwoche bezichtigt hatte.

Obwohl man diese beiden Peinlichkeiten eigentlich nicht miteinander vergleichen konnte. Ein ganzer Kronleuchter illuminierte seinen Denkapparat: *Darum hat mich McGoggins mitgenommen, als nützlichen Idioten, dem man ein Verbrechensopfer im Kofferraum eines gestohlenen Wagens unterschieben kann.*

Es dauerte geraume Zeit, bis man ihn zurück nach Las Vegas kutschiert hatte, ins

LVMPD, das Las Vegas Metropolitan Police Department.

Dort wartete Jonas, dessen iPhone plus Pass etc. beschlagnahmt wurden, in einem Verhörraum, mit Kamera und undurchsichtigem Schaufenster ausgerüstet, hinter denen die Kriminalbeamten seine Bewegungen studieren konnten.

Wie in den YouTube-Videos über die True-Crime-Fälle stellten sich ihm zwei Polizisten per Händedruck vor und boten ihm eine Halbliter-Flasche Sodawasser an. Gierig trank er sie zur Hälfte leer. Seine Gedanken tanzten wild durcheinander. Darum hat er die Anhalterin verschmäht, wurde ihm klar, einer Frau hätte man den Mord nicht zugetraut. Aber wieso hat er mir seine schriftstellerischen Ambitionen anvertraut? Oder hat er sich das nur ausgedacht? Oder den Lebenslauf eines andern Mannes herunter gebetet?

Vor ihm auf dem Tisch stand die noch halbvolle 500-ml-Sodawasserflasche, die er nun in großem Durst leerte und gedankenvoll zwischen seinen Händen zerquetschte. Dann fiel ihm ein, dass man ihn ja sicher charakterlich einstufte und diesen Akt des brutalen Zerquetschens einer hilflosen Plastikflasche womöglich als Zeichen seiner Aggressivität werten konnte. Rasch ließ er sie los und lehnte sich zurück, wartete in wachsender Ungeduld, sich selbst zu Ruhe sowie Sanftmut mahnend, bis das Duo geruhte, ihn verbal in die Mangel zu nehmen. Ihm war sauheiß, nachdenklich zog er die Oberlippe zwischen die Zähne. Normalerweise dehnt Hitze alles aus, doch in dem heißen Stübchen gegenüber den beiden einschüchternd wirkenden Uniformierten schrumpfte seine Selbstsicherheit erheblich zusammen.

13. Das Verhör

Für Autoritäten ist ein Verhör ein verbaler Tanz des Verdächtigen um den heißen Brei aus Fakten und Lügen. Die Beamten, die sich als Malcolm Slithers und Sam Leach vorgestellt hatten, konnten gegensätzlicher nicht sein. Dem einen war die Uniform zu groß, dem andern spannte sie über die wohlbeleibte Mitte - so nahmen sie Jonas nach geraumer Zeit verbal in die Zange. Er wusste gar nicht, wo er mit seiner Erzählung anfangen sollte, die sie ihm ohnedies nicht glaubten, war er überzeugt. So überzeugend wie möglich, vor allem gestenreich - was ihn verzweifelter wirken ließ als er war - stammelte er herum.

"Dachten Sie wirklich, es reicht, wenn Sie sich auf den Beifahrersitz setzen und den unschuldigen Hitchhiker spielen, um uns zu foppen?", herrschte ihn der offenbar untergewichtige Officer an. "Die Schuld auf den großen Unbekannten schieben hat noch keinem vor einer gerechten Strafe bewahrt!"

"Nein, er war doch kein Unbekannter, er nannte sich Harold McGoggins - das sagte ich

Ihnen doch schon - und hat gerade einen Riesen-Deal mit Netflix als Drehbuchautor gelandet." Auf Jonas' Stirn sammelten sich mehr und mehr Schweißtröpfchen, die langsam Richtung Augenbrauen abperlten.

Der Übergewichtige schien ein Phlegmatiker zu sein. Seine Oberlippe zierte ein Schnauzbart, über den er sich mit einer Hand strich, bevor er zu sprechen anfing.

"Wirklich?" Nach der Frage schüttelte er nur langsam in vollem Unglauben den Kopf, wobei ein Mundwinkel höher glitt als der andre.

"Dass ich der Mörder war, glaubt Ihnen doch nicht mal der senilste Richter." In dem kleinen Vernehmungsraum schien es immer heißer zu werden, Jonas kam nicht umhin, den Verdacht zu erwägen, sie würden ihn eigens für ihn noch aufheizen, um ihm derart ein Geständnis abzwingen zu können. "Ich bin ein ehrbarer Journalist und weiß zwar, dass das ein teilweise nekrophiler Beruf ist, der in seiner niedrigsten Manifestation am liebsten über Leichen schreibt, aber ich produziere sie nicht!"

"Z! Warum sollte der Fahrer ausgerechnet *Sie* - einen Ausländer - in einen von ihm gestohlenen Wagen locken und Ihnen eine Leiche im Kofferraum unterschieben?", stellte der Dünne die entscheidende Frage, die sich wohl jedem Polizisten aufgedrängt hätte, wobei er mit den Augen rollte.

"Vielleicht, um eine gewisse

Erwartungshaltung von uns zu erfüllen. Hollywood hat dazu unzählige Stories in unsere Gehirne versenkt", argumentierte Jonas, der zunehmend nervös wurde.

"Also da sollten Sie sich schon ein besseres Motiv ausdenken!", feixte lächelnd der Dicke.

Zusammen mit seinem Kollegen könnte er als Dick & Doof beim Villacher Fasching auftreten, schoss Jonas ein unpassender Gedanke durchs Gehirn. Sollte er nach einem Anwalt verlangen oder besser nach dem österreichischen Botschafter?

Der Verzweiflung näher als früher in seinem, an Aufregungen nicht sparsamen Leben, würgte er mit gepresster Stimme hervor: "Gibt es hier denn keine Volkshochschule, wo Mörder in einem Kurs lernen, wie benehme ich mich richtig?"

"Hier gibt es nicht einmal eine Volkshochschule, geschweige denn solche Kurse", ätzte der Dicke, der sich Jonas' Erinnerung nach Sam Leach genannt hatte.

"Ersparen Sie sich und uns Lebenszeit und gestehen Sie!", forderte ihn der Dünne, der demnach Malcolm Slithers sein musste, brüsk auf. "Bisher haben noch alle Mörder gestanden, wenn auch manche erst nach mehreren Stunden."

"Ich kenne diese Verhörzimmer und das Spiel Good-Cop Bad-Cop nur aus B-Movies, Officer Slithers. Hoffentlich wollen Sie mir nicht hier und jetzt demonstrieren, es ginge in der Realität genauso unglaubwürdig zu",

ereiferte sich Jonas, dessen peinliche
Berührtheit in Wut umschlug.

"Noch viel unglaubwürdiger. Glauben Sie
mir, was ich in meinen acht Jahren
Polizeidienst alles erfahren musste, ist dem
irrsten Hollywoodstreifen nicht würdig",
vertraute ihm der Dicke im Plauderton an.
"Jemandem, der wie Sie in einem gestohlenen
Wagen mit einer Leiche erwischt wurde, ist
vor Ihnen noch nie eingefallen, dass der
angebliche Mörder einen Deal mit Netflix
abgeschlossen hat."

"Das erzählte er mir jedenfalls, er sei freier
Schriftsteller namens Harold McGoggins und
hätte gerade einen Super-Deal mit Netflix
ausgehandelt. Und er beschwerte sich sogar,
dass der Hauptdarsteller Burt Billy Bear
Blanks in der Serie zehnmal mehr als er
verdienen würde, es klang absolut
glaubwürdig. Ich denke nicht, dass er selbst
so ein guter Schauspieler ist. Andererseits
wird mir klar, von ihm vorsätzlich reingelegt
worden zu sein." Jonas hielt inne, nicht nur
um Atem zu holen, sondern extra um des
dramatischen Effekts wegen. "Jetzt weiß ich
auch, warum er trotz der Hitze Handschuhe
trug. Darum werden Sie am Lenkrad seine
Fingerabdrücke nicht finden. Aber eventuell
ein Härchen von seinen Unterarmen, die hab
ich nämlich in der Sonne deutlich sehen
können. Und knapp bevor er geparkt hat, ist
uns eine Autostopperin über den Weg
gelaufen. Die hat direkt in den Wagen

geguckt, hoffend, wir würden sie mitnehmen, was aber aus naheliegenden Gründen nicht geschah. Sie muss ihn genau gesehen haben und war höchstens 19, strohblond, rotes Top, verwaschene Jeans-Shorts und einen Rucksack. McGoggins machte sich noch über ihre hüpfenden Brüste lustig, bekrittelte launig, diese führten ohne BH ein Eigenleben. Der war richtig misogyn, der Unsympath!"

Der dicke Beamte, wohl um einige Jahre jünger als der dünne, musste unwillkürlich grinsen. "Diese Hitchhikerin samt ihrer fleischlichen Accessoires kann ich mir lebhaft vorstellen. Wo soll denn dieser Harold McGoggins hinverschwunden sein? Ohne Auto kommt man hier nämlich nicht weit."

"Was weiß ich", kreischte Jonas, der Verzweiflung nahe, denn er sah sich schon in der Todeszelle. "Entweder er hatte hier in der Nähe einen andern Wagen geparkt und ist in den eingestiegen, was mir aber nicht aufgefallen ist, oder er hat selbst den Daumen hochgehalten und wurde von einem Trucker aufgelesen."

"Schwer vorstellbar. Solche nehmen nur Mädchen mit." Der Dicke kniff die Augen zusammen, nicht in böser Art, eher als wäre er schläfrig.

"Vielleicht hat er auch ein Pferd eingefangen oder sich ein Taxi bestellt. Wer war überhaupt die Leiche?", wollte Jonas wissen.

"Hatte keinen Ausweis bei sich, wir nennen

so eine weibliche Leiche Jane Doe", gähnte er
herzhaft beim letzten Wort.

"Vielleicht ist *ihr* Name ja McGoggins und
der Mörder hat sich ihre Vita angeeignet",
überlegte Jonas und wischte sich mit dem
Handrücken den Schweiß von der Stirn und
den Augenbrauen. "Jedenfalls handelt es sich
bei ihm um einen Weißen um die 40, er ist so
groß wie ich, also 179 cm, war gut genährt
und trug Jeans, ein purpurfarbenes Polohemd
und eine rote Baseballkappe."

"Und seine Haarfarbe?", hakte der Dünne
nach.

"Puh, auf die hab ich nicht geachtet. Unter
der Kappe sah ich das auch nicht so genau,
aber er hatte braune Augen, daher ist er
sicher so braunhaarig wie ich."

"Könnte fast Ihr Zwilling sein, was?",
spottete der Dicke.

"Kaum, denn ich bin schlanker! Er sah
total unfit aus, daher wird er kaum zu Fuß
unterwegs sein. Ich hab zwar kein Auto hinter
uns bemerkt, doch es könnte schon sein, er
hat einen Komplizen, der ihm nachgefahren
ist."

"Verstehe, McGoggins & Co", grinste der
dicke Leach. "Ich hab den komischen Namen
übrigens noch niemals gehört, obwohl ich
schon etliche Dienstjahre auf dem Buckel
hab."

"Tja, der ist ja bei Ihnen breit genug", feixte
Jonas in einem Anfall von Du-mich-auch-
Mentalität. "Sollte er sich vielleicht John Doe

nennen oder Charly Foxtrott aus dem Funkalphabet?"

Leach ließ sich nicht aus der Reserve locken und blieb stoisch ruhig. "Das bewiese zumindest Sinn für Humor."

"Werte Herren, mein Sinn für Humor ist im Versiegen begriffen. Bitte werden Sie allmählich tätig und tun etwas, außer einen Unschuldigen", an dieser Stelle zeigte Jonas mit beiden Daumen dramatisch auf sich, "zu verdächtigen!"

"Zu welchem Schluss würde denn so ein Unschuldsengel wie Sie an unserer Stelle kommen?", provozierte ihn Slithers, wobei er seine Vorderzähne bleckte.

Mit allen zehn Fingern massierte sich Jonas den Nacken, der ebenfalls schon schweißgebadet genug Flüssigkeit zum Händewaschen absonderte. Dann durchzuckte ein heller Gedanke sein Gehirn, er führte die Hände wieder nach vorn und klatschte sie kurz zusammen: "Ich hab's!"

Die Blicke der Beamten trafen sich kurz.

"Wer sagt, dass er überhaupt von der Leiche im Kofferraum wusste, dieser McGoggins? Er hat das Auto gestohlen, ohne vorher den Kofferraum zu sichten!" Mit leichtem Triumph in den Augen schaute Jonas langsam von einem zum andern.

Die Mienen der Cops verrieten Heiterkeit.

"Der gestohlene Wagen gehört einer alleinstehenden alten Dame", klärte ihn Leach auf.

"Na und? Glauben Sie vielleicht, alte Damen begehen keine Morde?"

"Die betroffene Lady ist 84, Ex-Bibliothekarin, schon leicht vergesslich, weswegen sie auch den Zündschlüssel im Buick stecken ließ, und rein körperlich gar nicht in der Lage, unsere Jane Doe in den Kofferraum zu wuchten", führte Slithers aus.

"Das besagt gar nichts!", protestierte Jonas resolut und stocherte mit einem Zeigefinger in die Luft. "Es kann ihr ja ihr Enkelsohn geholfen haben. Wenn mich meine Oma bitten würde, eine Leiche verschwinden zu lassen, würde ich ihr auch helfen!" Nun war er ziemlich bockig geworden.

"Vergessen Sie das", wies ihn der dicke Leach an. "Das passiert nur in Krimi-Komödien, nie in der Realität."

"Jedenfalls kann ich nur immer wieder beteuern *ICH WAR ES NICHT!* und auf meinen tadellosen Leumund verweisen. Ich hab nichtmal eine Vorstrafe wegen zu schnellen Fahrens in verkehrsberuhigten Zonen."

"Wir werden uns das Videoband vom Diner ansehen", kündigte der dünne Slithers an, ehe er den kleinen Raum widerwillig verließ.

"Ja, und geben Sie doch eine Fahndung nach Harold McGoggins raus!", krähte ihm Jonas hinterher.

"Wären Sie doch daheim in Europa geblieben!", rief Slithers von draußen noch herein. "Wir haben genug Schreiberlinge, die sich Journalisten nennen."

"Ein Journalist ist einer, der aus seiner Redaktion rausgeht und nach unangenehmen Fakten gräbt und Pressekonferenzen beiwohnt, um die Fragen zu stellen, die alle interessieren. Nicht einer, der wie ein Volksschüler daheim durchs Internet surft und in den Kommentaren auf diversen Plattformen seine kruden Gedanken reinschreibt", ereiferte sich Jonas, doch der Dünne hörte ihn nicht mehr.

Der Dicke döste noch eine kurze Weile, ehe er fragte: "Haben Sie noch mehr Kaninchen im Zylinder?"

"Man verhöhnt nicht einen Mann, der den Stachel der Erniedrigung schon in sich trägt", tadelte Jonas ihn und meinte damit seine Verhaftung samt Verhör.

Sam Leach musste diese Worte allerdings noch etwas sacken lassen, ehe er sich aus seinem Sessel stemmte und ebenfalls die Tür des kleinen Zimmers von außen schloss.

Letztendlich ließ man ihn laufen - vorerst!

Jonas wusste im Abgang gar nicht, worüber er sich mehr ärgerte: Über die Frechheit Harold McGoggins oder die Borniertheit der beiden Bullen. Ein Satz von Bruce Willis im Film *Stirb langsam* kam ihm in den Sinn: *Auf was reagiert der Metalldetektor bei Ihnen eigentlich? Auf das Blei im Arsch oder das Blech im Hirn?* Die ganze verzwickte Angelegenheit musste Stunden gedauert haben, doch die Sonne stand noch ziemlich hoch am Himmel.

Sein iPhone, das man ihm wieder ausgehändigt hatte, forderte seine Aufmerksamkeit, es war Riasek, der sich in grenzenloser Neugier nach Jonas' Erlebnissen erkundigen wollte und natürlich, ob er überhaupt noch am Leben war. So nah an der Polizeistation und gerade aus einem Verhör halb siegreich herausgegangen, wollte er seinem Chefredakteur eigentlich keine Auskunft geben, trollte sich schnell in eine Ecke des Parkplatzes und dennoch: Bei seinem Anruf konnte Jonas die Sache mit der Leiche im Kofferraum nicht verschweigen, denn Riasek erzählte ihm brühwarm, von der US-Polizei ausgefragt worden zu sein.

"Was haben Sie angestellt? Die amerikanischen Bullen haben mich mitten in der Nacht aus dem Schlaf geholt. Sie behaupteten, dass sie Sie in Gewahrsam hätten und auf Ihrem iPhone meine Nummer unter BOSS gespeichert fanden. Also nutzten sie diese Chance, mich nach Ihren bisherigen Verfehlungen, wie Vorstrafen und sonstige Konflikte mit dem Gesetz zu interviewen. Da konnte ich nicht umhin, denen von Ihrer lästigen Gewohnheit zu erzählen, sich immer in Mordermittlungen, egal ob daheim oder in England oder in Ägypten, einzumischen. Also, was war los?"

"Wieder so eine Mordgeschichte. Diesmal hat mich der Mörder freundlicherweise in einem gestohlenen Auto mit Leiche im Kofferraum als Anhalter mitgenommen. Und mir den Lebenslauf eines nicht existenten Schriftstellers Harold McGoggins aufs Auge gedrückt. War total glaubwürdig, nur die Bullen wollen mir keinen Glauben schenken, schon gar nicht, nachdem sie rausfanden, McGoggins existiert gar nicht. Meinen Pass haben die Brüder immer noch, nur das Telefon gaben sie mir zurück."

"Jericho, manchmal denke ich, Sie werden von Geiern verfolgt, die sich auf die Leichen freuen, über die Sie immer wieder stolpern."

Jonas stöhnte wie ein waidwunder Hirsch: "Ich fürchte fast, Sie haben recht, nur handelt es sich meist um menschliche Geier, die mir das Leben vermiesen!"

"Jaja, es gibt Tage, da ist der Wurm drinnen."

"Ach, Herr Riasek, Ich hab ausschließlich solche Wurm-Tage und das wurmt mich gewaltig. Die zwei Bullen, die mich verhört haben, hätten Sie sehen sollen. Der eine klein und schmächtig, zum namenlosen Mitläufer geboren. Der gab den Bad Cop, dem Ende seiner Tage nahe und daher anscheinend mit einer Kamikaze-Mentalität beseelt. Der verdrehte seine Augen, als würde er sein Gehirn suchen."

"Hähä, wie originell Sie manchmal sein können, so witzig sollten Sie Ihre Reportagen gestalten, Jericho!"

"Der andre, der den Good Cop gab, sah mit seinem leeren Ochsenblick aus, als kämpfte er vergeblich gegen sein Übergewicht und umgab sich mit einer nach faulen Eiern riechenden Aura. Er scheint schon mit seiner Verwesung angefangen zu haben, um später im Grab Zeit sparen zu können."

"Sie sollten vorsichtig sein, Jericho, die Amis könnten Spyware auf Ihrem Mobiltelefon installiert haben und Ihre abwertende Äußerung ins Englische übersetzen, sollte auch für minder sprachbegabte Amerikaner kein großes Hindernis sein."

"Oh! Äh, ich erwähnte die Einzelheiten nur etwas blumiger, um Ihnen das Lokalkolorit meiner herrlich spannenden Reise ins großartige Land der begrenzten Unmöglichkeiten noch farbenfroher schildern zu können, Boss!"

"Hm-mhm, hier noch ein wohlgemeinter Rat, Jericho: Stop talking to those who don't listen to you! Viel Glück noch!"

Gleich im Anschluss googelte Jonas den Namen Harold McGoggins. Erwartungsgemäß fand er diesen Namen nicht, nur etliche ohne das *Mc* davor. Aufgeregt scrollte er sich durch deren Facebook-Profile und fand Männer, die alle eins gemeinsam hatten: Sie sahen nicht im Entferntesten so aus wie Harold McGoggins.

14. Alien-TV

Kaum zurück im Hotel wollte Jonas sofort Janina mit seinem durch sie verschuldeten Malheur konfrontieren. Auf dem Weg zu ihrem Zimmer legte er sich schon die Story zurecht: *Weil SIE mich aus dem von MIR*

*gemieteten Wagen gewiesen haben, musste ich
ins Auto eines Serienmörders steigen, der die
günstige Gelegenheit ergriff, mir seine letzte
Frauenleiche im Kofferraum unterzuschieben.
Nach einem hochnotpeinlichen Verhör haben
die Bullen meinen Pass einbehalten, mich bei
meinem Boss schlecht gemacht und drohten
mir einen Prozess an.* - Leider kam er nicht
dazu, seinen Sermon an sie loszuwerden,
denn sie war nicht in ihrem Zimmer. Also eilte
er zum Hotel-Parkplatz, wo er den Pickup
vergeblich suchte. Sollte sie gar selber einem
Mörder zum Opfer gefallen sein? Hatte sie
Zuflucht zu ihrem Verehrer gesucht? Oder
einen neuen gefunden? Fragen über Fragen,
doch Jonas musste erst unbedingt ein Bad
nehmen, um sich den Staub der Wüste vom
Körper zu waschen.

Noch bevor er bereits nackt das
Badewasser einlassen wollte, hörte Jonas ein
laut-energisches Klopfen an seiner
Hotelzimmertür. Schnell warf er sich den
Bademantel über, den die goldenen
Buchstaben MGM zierten, und öffnete.
Draußen stand ein Mann in einem weißen
Leinenanzug von mindestens 50 Jahren.
Unter den blassblauen Augen fielen
Tränensäcke auf, die von schlaflosen Nächten
zeugten, und daraus Blicke, die dem
Gegenüber Schuld einzuimpfen schienen.

"Ja, was gibt's?"

Der hochgewachsene Mann in feiner
Zivilkleidung und sonnenverbrannter Haut

wies sich als Polizist namens Bo Tallcloud
aus, dessen exakter Bürstenschnitt seinen
Kopf beinahe flach erscheinen ließ, worauf
Jonas ihn ins Zimmer bat. Vor allem in der
Annahme, er käme wegen dieses McGoggins
mit neuen Erkenntnissen zu ihm, doch der
Mann in Weiß begann das Gespräch ganz
anders.

"Sind Sie Jonas Jericho, der in der
Wohnung von Walt Prongas zu Besuch war
und dessen Visitenkarte ich dort gefunden
habe?"

"Ja, ist der etwa auch tot?", fragte Jonas
spontan.

"Wieso *auch*?"

"Weil ich in letzter Zeit vom Pech verfolgt
bin!", sprudelte es aus Jonas heraus, der Bo
Tallcloud all seine absurd anmutenden
Erlebnisse mit dem falschen Möchte-gern-
Netflix-Autor erzählte, wobei er nicht das
kleinste Detail aussparte, und auch die
denkwürdige Begegnung mit Walt Prongas
und dessen offenbar begründeter Paranoia,
ebenfalls sehr detailreich. Nur die UFO-
Sichtung ließ er weg.

"Hm", machte Bo Tallcloud und ließ seinen
Blick im Hotelzimmer umherschweifen. "Mr.
Prongas ist hoffentlich nicht tot, sondern nur
verschwunden. Es kann allerdings sein, dass
jemand seine Leiche irgendwo in der Wüste
abgelegt oder vergraben hat..." Prüfend blickte
er zu Jonas.

"Na, Sie verdächtigen hoffentlich nicht

mich, denn wenn ich's gewesen wäre, dann hätte ich bestimmt nicht meine Visitenkarte dort liegen gelassen, wo sie von Ihnen gefunden worden ist."

"Wie man's nimmt, ich fand sie im Mülleimer. Die wenigsten Mörder investieren Zeit, indem sie dort nach Ihren Karten suchen, sondern indem sie die lästige Leiche entsorgen."

"Werter Mr. Tallcloud!" Enerviert atmete Jonas durch. "Wie Sie meiner Karte entnehmen können, übe ich einen ziemlich investigativen Beruf aus, der mir nahelegen würde, wo ich was zu suchen hätte. Allerdings interessiert mich aus nämlichem Grunde, was mit Walt passiert ist. Nehmen Sie doch Platz, dort auf dem Stuhl vor dem kleinen Schreibtisch am Fenster. Ich konnte auch in England schon einen Mordfall aufklären und erhielt dafür eine beträchtliche Belohnung!"

"Sie sind also Journalist aus Europa und wollen bei uns unbedingt Detektiv sein? Das wäre ja so, als ob Rembrandt Pianist geworden wäre", höhnte Tallcloud, während er sich auf dem ihm zugewiesenen Stuhl niederließ.

"Das hätte Beethoven eventuell zur Malerei getrieben. Da hätte er trotz beginnender Taubheit weitermachen können", parierte Jonas erhobenen Kopfes das Bonmot. Vom Fenster aus beobachtete er einige Touristen, welche gerade nach einem Taxi winkten, einer davon fiel hin und die andern stellten ihn wieder auf die Beine.

"In England haben Sie wahrscheinlich nur Glück gehabt. Haben Sie sich schon mal bei uns in so eine Rabitthole, eine Höhle wie aus Alice im Wunderland, hinein gewagt, hä?", forschte Tallcloud und belehrte ihn: "Da stoßen Sie auf allerhand Wunderliches. Leute lügen das Blaue vom Himmel und Sie fallen drauf rein, weil die alle so überzeugend sind, nur selten liegen Sie komplett falsch, wenn Sie denken, Sie sind in einer solchen Höhle."

"Was meinen Sie damit genau?", wunderte sich Jonas und widmete ihm seine volle Aufmerksamkeit.

"Sind Sie nicht auf die Idee gekommen, dass sich dieser Prongas den Metallwürfel, den er laut Ihren Angaben unterm Tisch hervor gezaubert und Ihnen doch nur einen Sekundenbruchteil unter die Nase gehalten hat, selbst mitgebracht haben könnte, um sich vor Ihnen wichtig zu machen? Sie haben immerhin die Drinks bezahlt."

"Die 75 Dollar reißen mir kein Loch ins Budget."

"Das kann ich mir schon denken, aber der vife Kerl finanziert sich auf diese Weise sein alltägliches flüssiges Brot und Sie denken nicht mal dran!"

Mit dieser Begründung ließ er den Reporter aus Österreich wie einen Idioten aussehen. Und das für diesen Besorgniserregende daran war, dass er sogar recht haben könnte.

Daher herrschte ihn Jonas an: "Sie wollen offenbar alles unter den Teppich kehren, aber so einen großen Teppich gibt's gar nicht!"

Tallcloud streckte die Handflächen nach oben. "Ich bin nur nicht so leichtgläubig wie Sie. Die Zeiten, in denen sich die Fluten teilten, damit man trockenen Fußes durchs Meer spazieren kann, sind lang vorbei."

"Jetzt seien Sie einmal ehrlich mit mir. Sie leben doch schon länger hier. Ist Ihnen da noch niemals etwas Ungewöhnliches aufgefallen, am Himmel oder sonstwo?", interviewte ihn Jonas, der sich an dem Vorhang neben dem Fenster festkrallte, um seine vor Ärger zu einer Faust mutierten Hand zu kaschieren. Gespannt beobachtete er Tallclouds Reaktion.

Dessen Augen wanderten nach oben, dann sah er nach links und begann zu reden: "Vor über zehn Jahren hatte ich eine Affäre mit einer Frau, die ich daheim besuchte. Ihr Sohn war da, also konnten wir nicht intim werden. Wir fuhren daher gemeinsam im Auto an eine stille Stelle und hatten einvernehmlichen Sex. Nachher sahen wir ein UFO. Das war das erste Mal, dass ich in fünf Minuten nichts gesagt habe, wenn eine andere Person in der Nähe war. Meine Partnerin fragte mich dann: 'Hast du das auch gesehen?' Ja, es war komplett erleuchtet, wie von tausenden Glühbirnen. Was wir gesehen haben, war real. Ich habe mich entschlossen, mit der Frau am nächsten Tag nochmal hinzufahren, um

Nachschau zu halten. Bei soviel Energie muss ja irgendwas zurückgeblieben sein. Aber nichts, keine Spur, nur in unserer Erinnerung."

"Wollen Sie damit sagen, dass Sie beide Opfer einer Einbildung wurden?"

"Nicht unbedingt. Es kann durchaus ein unbekanntes Flugobjekt gewesen sein. Aber drinnen müssen keine Außerirdischen gehockt haben, sondern nur einige Angehörige unseres Militärs, die eine neue Errungenschaft eines verschrobenen Wissenschaftlers getestet haben."

"Tja, das kann natürlich im Bereich des Möglichen liegen", musste Jonas nolens volens zugeben. "Angeblich hat Ihre Regierung - laut Verschwörungstheorie - schon Verträge mit Aliens abgeschlossen."

"Warum sollten Aliens mit Menschen Verträge machen, wo sie doch technisch viel weiter sind und sich einfach nehmen können, was sie wollen?" Tallcloud verschränkte die Arme.

"Eine berechtigte Frage, ich könnte mir vorstellen, dass diese Außerirdischen auch eine gewisse Ethik kennen."

"Und dann Verträge machen, so wie früher unsere Vorväter mit den Indigenen, an die sie sich dann überhaupt nicht zu halten gedenken?"

Da entkam Jonas ein lautes Lachen. "Ja-hahaha, das kann sein, dass diese Aliens auch nicht besser als wir sind. Däniken und seine Anhänger denken, die Götter waren Astronauten und hätten uns nach ihrem Image geschaffen. Also per Genmanipulation von schon existierenden Neandertalern oder Affen, wenn ich's richtig verstanden hab. Denken Sie nur an die Viehverstümmelungen, die Linda Moulton Howe schon in den 80er-Jahren dokumentiert hat."

Nun lachte Tallcloud: Na also! Dann wäre so ein Vertragsbruch von denen kein Wunder, denn sie bauten uns ja nach ihrem Vorbild. Und was die Rindviecher betrifft, mit denen sollen wir ja ne Menge gemeinsam haben."

"Dem kann ich gar nichts mehr hinzufügen, außer, dass es für uns letal enden könnte - als ganze Rasse meine ich."

"Warum sollten sie uns auslöschen wollen, wo sie uns doch angeblich erschaffen haben?"

"Weil's bei denen verschiedene Agenden gibt, kann ich mir zusammen reimen. Die einen haben uns geholfen, helfen uns wie Samariter immer noch mit obskuren Nachrichten in Kornkreisen, die andern wollen sich an uns bereichern oder ihr Ego bestätigen, und wieder andere wollen uns eliminieren, damit wir den Planeten nicht weiter zerstören. Wenn man nur wüsste, wer was will." Voller Ingrimm zerrte Jonas an dem Vorhang. "Und wo sie alle stecken."

Mit einer wendigen Bewegung erhob sich Tallcloud und strich sich durchs kurze Haar. "Die Diskussion bringt uns nicht weiter und sie führt mich nicht zu Prongas."

"Ich kann Ihnen nur den Rat geben, sich in
diese Bar, wo ich ihn getroffen hab, zu
begeben." Endlich ließ Jonas den Vorhang
los. "Kann möglich sein, Sie finden dort noch
wen, der ebenfalls mit ihm seine Theorien
vom Alien-TV gewälzt hat."

"Klingt vernünftig! Man muss sein Leid
schließlich pflegen - nicht, dass es plötzlich
verschwindet", scherzte er und schlenderte
zur Tür. Nachdem er sie geöffnet hatte,
wandte er sich nochmals um. "Übrigens:
Wenn Aliens nur Rindern Zunge und Anus
entfernen und in Bauer Krumpls Kornfeld
einen Kreis machen können, dann möchte ich
die Knilche gar nicht treffen."

15. Nächtlicher Schrecken

Mittlerweile war es stockdunkel geworden,
doch an Schlaf war nicht zu denken.
Abgesehen davon war es ohnehin zu früh
dafür, wenn man schon in einer Stadt mit so
vielen Lichtern und einem aufregendem
Nachtleben gestrandet war. Zum Ausgehen
fehlte ihm die Lust sowie auch der Mut. Auch
ins Kino zog es ihn nicht, allerdings brachte
ihn der Gedanke an Kino auf eine Idee: Auf
seinem Notebook googelte Jonas den Namen
des Schauspielers Burt Billy Bear Blanks, von
dem er noch nie gehört und der laut
Wikipedia bisher nur einige kurze Auftritte in
Horrorfilmen hatte. Eventuell ein Hinweis auf
die mörderische Ader seines Chauffeurs, des
Möchte-gern-Netflix-Autors? Man müsste ein
Interview mit diesem gut aussehenden

Nachwuchsstar machen, nahm er sich vor. Über die IMDb, die internationale Movie Database, fand er dessen Profil plus die Kontaktdaten seines Agenten.

"Na schau mal einer an, was man da so alles findet."

Also bat er via eMail den Agenten um ein Interview via Skype, da er sich zur Zeit beruflich in Las Vegas befand und der begehrte Jungstar in Hollywood. Eine Kopie seines Presseausweises schloss er als Attachment an. Dann beschloss er, seinen mehr als nur ereignisreichen Tag endlich doch noch mit einem Vollbad ausklingen zu lassen.

Leider funktionierte das Warmwasser nicht, denn aus dem Wasserhahn kam eiskaltes H_2O raus. Daher erfolgte prompt ein Beschwerdeanruf bei der Hotel-Rezeption. Bedachte man, dass er in einem Vier-Sterne-Hotel eingecheckt hatte, verwunderte so eine Panne.

Die junge Dame am Telefon erging sich in endlosen Erklärungen. Warmwasser sei in einem Bundesstaat mit solch hohen Temperaturen meist gar nicht erwünscht, versuchte sie ihm weiszumachen. Nach einigem Hin und Her schickte sie letztlich doch einen Installateur zu ihm ins Zimmer.

Der Mann in einem blauen Arbeitsoverall sah aus wie der berühmte Frauenmörder Henri Désiré Landru - Stirnglatze, schwarzer Vollbart, ebensolch schwarze buschige

Brauen, verschlagene dunkle Augen und ein muffiges Auftreten. Landru tötete mutmaßlich elf Menschen, davon zehn Frauen, während des Ersten Weltkriegs. In der Presse erhielt er den Namen der Blaubart von Gambais (le Barbe Bleue de Gambais).

Eingeschüchtert erklärte Jonas: "Nach einem schweren Tag brauche ich ein warmes Bad, daher muss ich Ihre Dienste in Anspruch nehmen."

"Von mir aus, aber ich sag Ihnen gleich: Meine Dienste werden extra verrechnet." Um die Schulter baumelte sein Werkzeugkasten, ähnlich einer etwas größer ausgefallenen Maschinenpistole.

Die Extra-Verrechnung fand Jonas eine Riesen-Frechheit, doch in der Nähe des Handwerkers mit der frappierenden Ähnlichkeit zu einem weltberühmten Mörder unterließ er jedwede Beschwerde darüber. Der Mann arbeitete schnell und die Zeit, die er benötigte, nutzte Jonas, um ihm ebenfalls über etwaige UFO-Sichtungen auszuhorchen.

"UFOs?", echote das Landru-Double. "Die gibt's nur in Filmen. Ich hab mein Leben lang keins gesehen."

"Soso, und Sie sagen das nicht nur, weil es die Politik der USA verlangt?"

"Die Politiker können mich mal!", schimpfte Landru. "Die gehören alle in ein Flugzeug und dann ohne Fallschirm über den Grand Canyon abgeworfen."

"Da sagt Volkes Stimme BRAVO!", lobte ihn

Jonas, dem in seinem Bademantel ziemlich unwohl wurde. Auch, wenn er keine Frau war, eventuell war dieser Landru hier auf Männer spezialisiert.

Und tatsächlich zeigte der Handwerker auf einmal seine feindliche Seite: "Mein Opa starb im Krieg für Leute wie SIE!"

Menschen mit einer dunklen Seite gelingt es oft, diese unter Verschluss zu halten wie einen Flaschengeist, den sie bei sich herumtragen wie ein unsichtbares Requisit, kam Jonas in den Sinn und ad hoc fiel ihm eine alte Weisheit ein, die er sogleich kundtat: "Jemanden zu hassen, ist wie Gift trinken und sich wundern, dass der andere nicht umkippt. Dabei schadet man sich damit nur selbst."

"Hähä", krächzte Landru und schien seine Reparatur beendet zu haben.

Schnell langte Jonas in sein Portemonnaie und reichte ihm einen 20-Dollar-Schein. "Danke für Ihren Fleiß!"

"Keine Ursache! Viel Spaß beim Vollbad!", wünschte der unheimliche Kerl Jonas noch.

Janina klopfte an seine Zimmertür, als er gerade aus der Wanne stieg. Es war ihm etwas peinlich, ihr nur mit einem Handtuch um die Hüften geöffnet zu haben, doch sie ging nicht darauf ein, sondern fing sofort an, eine ziemlich abenteuerliche Geschichte zu erzählen: "Ich war nachts in der Wüste. Es war magisch. Totale Stille. Sternenklares Firmament. Raten Sie mal, was ich dort am

Himmel gesehen habe?"

"Raten SIE mal, wie's mir erging, mutterseelenallein im fremden Land!", entgegnete er anklagend. Keine Sekunde dachte er daran, sie ins Zimmer herein zu bitten.

"Pah! Ob allein im fremden Land oder in der Heimat, umgeben von lauter Fremden, die von allen Erdteilen zu uns stürmen."

"Wenn die alle in IHR Nagelstudio als zahlende Kunden stürmten, hätten Sie nix dagegen, was?", ätzte er. "Aber bei Ihnen muss ein Araber ein Pferd sein und ein Perser ein Teppich!"

Kurz stutzte sie. "Sind Sie ein Gutmensch oder nur ein Hobby-Antagonist?"

"Janina, was bringt diese Diskussion." Enerviert atmete er aus. "Also, was haben Sie gesehen?"

"Eine silberne Scheibe, die eine Zeit lang über mir schwebte, lautlos und unheimlich. Vielleicht hat man mich entführt und untersucht - nur, ich kann mich nicht mehr daran erinnern."

"Das ist nichts im Vergleich zu dem, wie es mir ergangen ist, meine Liebe!" Frustriert ratterte er das lange Sermon-Sprüchlein herunter, das er auf dem Weg zu ihrem Zimmer auswendig gelernt hatte, froh, es endlich loszuwerden.

"Soll das ein Witz sein?", fragte sie mehr rhetorisch. "Sie vergleichen mein überirdisches Erlebnis mit Ihrem so profanen

Zwischenfall?"

"Profaner Zwischenfall? So nennen Sie es,
wenn ICH IHRETWEGEN direkt in eine
Mordgeschichte geschleudert werde?", konnte
er es nicht fassen. Vor lauter Ärger plusterte
er sich auf, wodurch ihm sein Handtuch von
der Hüfte rutschte und er unten ohne vor ihr
stand.

Automatisch glitten ihre Augen an ihm
herab und schienen sich kurz zu weiten, ehe
sie ganz sachlich ankündigte: "Ich werde
einen Arzt aufsuchen, der mich hypnotisiert
und herausfinden, ob ich einen Kontakt der
dritten Art hatte." Sie wandte sich um und
gab schnell auf, ihn von ihrer Sichtung
überzeugen zu wollen, was ihm zeigte, dass
sie sich ohnehin nicht viel mehr von ihm
erwartet hatte.

Hastig raffte er sein Handtuch hoch und
drapierte es sich wieder um seine
Kronjuwelen. "Das würde ich an Ihrer Stelle
hübsch bleiben lassen. Wer weiß, wem Sie in
die Hände fallen, eventuell einem alten
Geilspecht, der Sie während der
Hypnosesitzung missbraucht."

Mit vernichtendem Blick wandte sie sich
wieder ihm zu. "Pah, Sie sind ja deppat! Hat
man Ihnen während des Verhörs auf den Kopf
geschlagen?"

"Janina, wirklich, Sie sind ungerecht.
Zuerst werfen Sie mich aus Eifersucht auf die
Brünette aus dem Wagen, den ICH gemietet
habe, obwohl wir gar nicht miteinander liiert

sind, und dann-"

Schon fiel sie ihm ins Wort. "Also Ihr Geschmack bei Frauen lässt sehr zu wünschen übrig, Jonas. Das Weib wirkte wie Aschenblödels Stiefschwester, war abgebunden wie eine Presswurst und scheinbar notgeil im höchsten Grad. Sowas Geschmackloses, wie dieses Flittchen trug, würde nicht mal meine eigene Schwester in einem Anfall von Wahnsinn zum Fensterputzen anziehen. Wenn man dieses brünette Luder von hinten gehen sah, dann bekam man den Eindruck, als kämpften unter ihrer Gürtellinie zwei Schweine unter einer dünnen Decke."

"Bitte, Janina, lassen Sie uns nicht zwischen Tür und Angel streiten", flehte er sie förmlich an. "Ich könnte mir denken, dass Sie auf diese Weise schon einige Liebhaber vertrieben haben."

"Da irren Sie sich gewaltig, *ich* war's, die immer mit den Männern Schluss gemacht hat. Wenn Sie's genau wissen wollen: Meinem letzten Liebhaber mischte ich sogar mein Menstruationsblut ins Essen, um ihn magisch an mich zu ketten. Darum wurde ich ihn auch nur sehr schwer wieder los."

Der Ausdruck grenzenlosen Erstaunens nahm von seinem Gesicht Besitz, während er dachte: Wie kann man den angeborenen Wahnsinn dieser Frau heilen?

"Na? Hat's Ihnen die Sprache verschlagen?"

"Ach wissen Sie, als rasender Reporter bin ich schon wilderen Furien als Ihnen begegnet."

Wortlos trabte sie den Korridor entlang zu ihrem Zimmer. Endlich konnte er sich zu Bett begeben. Kaum hatte er die Augen zugemacht, als ihn lautes Gepolter aus dem Nebenzimmer aufweckte. Empört sprang er aus dem Bett und wollte sich beschweren, als er einzelne Worte eines Streits vernahm: Killer, Polizei, Verbrechen.

Unentschlossen kniff er sich mehrmals in die Armbeuge, um festzustellen, ob er nicht träumt, doch er war hellwach. Von Neugierde beseelt legte er sein Ohr an die Wand und lauschte angespannt. Es waren ganz deutlich zwei Männerstimmen zu hören. Eine ältere und eine junge Stimme. Eventuell Vater und Sohn, vermutete er.

Leider schienen sich beide beruhigt zu haben, denn sie redeten in Zimmerlautstärke, was Jonas' Lauschangriff mehr als nur schwierig gestaltete. Bruchstückhaft konnte er wieder nur einige Worte entnehmen: Syndikat, Neulinge anwerben, Dollars, ...

Es schien sich um einen Dialog zu handeln, der auf die Vergangenheit der Stadt Las Vegas anspielte, die von ein paar Kriminellen erst zu der Spielhölle gemacht wurde, die sie noch heute ist. Einer nannte Zahlen, keine größer als 36, was auf ein System beim Roulette-Spiel hinweisen konnte. Waren nebenan zwei System-Spieler einquartiert worden? Hatten die beiden vor, ganz regulär die Bank zu sprengen, wie man so sagte, wenn ein Spieler so viel gewann, dass das Casino ihn gar nicht auszahlen konnte? Dann herrschte eisiges Schweigen. Fast so, als wär den zwei Streithähnen eingefallen, dass man sie eventuell belauschen konnte. Jonas vernahm nur noch leises Flüstern.

Enttäuscht legte er sich wieder ins Bett. Die dünnen Wände des Hotels vereinten Jonas und seine beiden Zimmernachbarn alsbald zu einer unfreiwilligen Wohngemeinschaft. Besonders jetzt, bei Nacht, war das unangenehm, denn einer der Nachbarn schnarchte wie ein Sägewerk. Nach dem gehörten Dialog verzichtete er, an die Wand zu klopfen und schlief schließlich doch noch ein.

16. Das Interview

Erstaunlich schnell hatte Burt Billy Bear Blanks Agent einem Skype-Interview zugestimmt und ihm einen Katalog von zugelassenen Fragen gemailt. Alle total nichtssagend, z.B., wie er auf die Idee kam, Schauspieler zu werden, welche High School er besucht habe, welche Rolle er sich wünscht, in welcher Rolle er sich am authentischsten fühlte, ob er schon vergeben sei, was seine Eltern zu seinem großen Erfolg sagen und so weiter.

Die meisten Fragen hätte Jonas gar nicht gestellt, da sie schon für die Fans von geringem Interesse waren, geschweige denn für ihn. Da Burt Billy Bear Blanks wie fast alle Stars Langschläfer war, fiel der Termin für das Skype-Interview auf 12 Uhr - High Noon könnte man sagen. Jonas bestätigte mit Dank den Termin und begann sofort, alle Filme von Blanks zu googeln. Das konnte nie schaden, sobald sich eine Lücke im Gespräch ergab, oder der Star nicht so recht mit der Sprache rausrücken wollte, musste man als Reporter den Fan mimen und ihn in irgendeiner Rolle loben. Auch, um dem eventuell verstockten Star die Zunge zu lockern und in Stimmung zum Plaudern zu bringen. Die Kritiker waren sich bei den Filmen uneins, einer verriss sogar den letzten Horrorstreifen als Parodie auf *Halloween,* nur ohne Michael Myers, dafür mit einer lebenden Wachsfigur mit gleich drei Vornamen.

Lautes Klopfen riss Jonas aus seinen Internet-Studien, er schmiss sich in seinen Bademantel und öffnete. Draußen stand Janina in einem weißen Hosenanzug. Darunter ein T-Shirt mit dem Konterfei von Schockrocker Alice Cooper. Ein rosa Schleifchen in den Extensions ließ sie mädchenhaft und viel jünger wirken.

"Guten Morgen, noch böse wegen gestern?", säuselte sie.

"Nein, wollen Sie in der Little White Chapel heiraten, so ganz in Weiß?"

"Nein, Sie waren nicht beim Frühstück, da dachte ich, Sie schmollen..." Mit einer hochgezogenen Braue spähte sie ihm über die Schulter, als wollte sie rausfinden, ob er allein im Zimmer war.

"Nein, nein, ich hab mir für heut um 12 ein Skype-Interview mit Burt Billy Bear Blanks organisiert."

"Oh, das ist toll, ich hab ein Rendezvous mit Joey, der mich sowieso darauf hinwies, meinen Bruder daheim zu lassen."

"Dann wünsch ich viel Spaß. Haben Sie von dem andern Vogel schon was gehört?"

"Von Chandler? Nein, der lässt nix von sich verlauten. Da ich ihn nicht erreichen konnte, nehm ich stark an, er ist verschwunden. Ich hab mal auf YouTube gesehen, wie ein 60-Jähriger über seinen 21-jährigen Aufenthalt auf dem Mars palavert hat. Die Aliens haben ihn nach seiner 21-Jahres-Schicht einfach von ihrem Raumschiff in einen See plumpsen lassen. Er hatte keinen Beweis, wo er gewesen ist, nur zwei Dekaden keinen Eintrag in sein Social-Insurance-System. Niemand glaubte ihm, alle Skeptiker dachten, er hätte die ganzen langen Jahre im Wald als Eremit gelebt. Verrückt, was?"

"Und Sie denken jetzt, Chandler ist auch schon für die 21-Jahres-Zwangsarbeit von Aliens verpflichtet worden?" Mit Mühe unterdrückte Jonas ein Lachen.

"Könnte schon sein..." Ein Schulterzucken verriet ihre Unsicherheit.

"Janina, so weit entwickelte Wesen brauchen doch keine schwachen Menschen

für irgendwelche Hilfsdienste. Die haben
Roboter, die weder krank noch trotzig werden
und kontinuierlich perfekte Arbeit rund um
die Uhr leisten. Die Maschinen müssen weder
aufs Klo, noch brauchen sie Ausspeisung und
Ansporn zur Weiterarbeit. Welcher Mensch
kann das von sich schon behaupten?"

"Ich hatte eine Sprechpuppe, die auch
noch ganz eigenständig gehen konnte. Nach
einem dreiviertel Jahr war sie kaputt, aber die
Nachbarstochter, die ich über die Treppe
runtergestoßen hab, lebt heute noch!" In einer
spitzbübischen Attitüde hob sie mehrmals
ihre rechte Augenbraue.

"Sie können das doch gar nicht
miteinander vergleichen!"

"Wie Sie meinen." Das klang ziemlich
schnippisch.

"Äh... Was macht dieser Chandler
eigentlich beruflich?"

"Pfff, da hat er sich kryptisch ausgedrückt.
Er sei im Event-Wesen tätig."

"Die Markierung auf der Karte!", fiel Jonas
ein und er schlug sich mit der flachen Hand
auf die Stirn. "Da war doch der
Adventuredome angekreuzt."

"Ja und? Glauben Sie, er hat mir so
einfach seinen Arbeitsplatz rot markiert,
damit ich ihn dort aufspüren soll?"

"Wenn er ein verschrobener
Verschwörungstheoretiker ist, dann wird er
sich auch nicht wie der übliche Otto
Normalverbraucher benehmen."

"Wenn Sie denken, ich laufe jetzt dorthin, um ihn zu suchen, dann täuschen Sie sich! Also, bis später!", verabschiedete sie sich, die scheinbar keine Zeit für lange Diskussionen erübrigen wollte. Eine Wolke süßlichen Parfums verfolgte sie.

Puh, endlich allein, freute er sich. Den Bademantel wechselte er noch gegen die üblichen Jeans und ein rot-weiß-rotes Shirt für das kommende Interview.

Der Jungschauspieler meldete sich pünktlich am Bildschirm und sah einem Obdachlosen ähnlich: unfrisiert, unrasiert, übernächtigt, gähnend. Um seine Schultern hing etwas, das entweder ein zerrissenes Hemd oder ein löchriges Handtuch hätte sein können. Farblich ebenfalls undefinierbar.

Also ergriff Jonas gleich die Gelegenheit, eine Frage zu stellen, die nicht im Katalog des Agenten stand: "Hallo Mr. Blanks! Vielen Dank für die gewährte Ehre eines kleinen Interviews! Ihrem Aufzug nach zu schließen, befinden Sie sich schon in Ihrer nächsten Rolle als Schiffbrüchiger. Richig?"

"Häh? Nicht wirklich. Meine nächste Rolle ist der *Würger von Boston* als er noch kein Würger war." Im Hintergrund hing ein Filmplakat seines Films *Allein unter intelligenten Zombies*, das die Arbeit einer fleißigen und preiswürdigen Maskenbildnerin zeigte.

"Wow! Das klingt schon spannend. Ihre Fans werden sich freuen, Sie einmal in einer authentischen Rolle bewundern zu dürfen."

"Mein Agent teilte mir mit, Sie stammen aus Europa?"

"Ja, das ist richtig. Und ich darf Ihnen verraten, dass Ihre Synchronstimme hervorragend zu Ihrem Typ passt", schmeichelte ihm Jonas.

"Ich hab auch einen Agenten in England. In Australien hab ich noch keinen."

Scheinbar verwechselte er Austria mit Australien, wie bei Amerikanern öfters der Fall war. Zudem schien er Australien in Europa zu verorten, was auch nicht ganz untypisch für amerikanische Stars war. Seinen stark rot-geäderten Augen entnahm Jonas, dass er noch unter dem Einfluss der Rest-Promille vom Vortag stand. Daher verzichtete er auf die Fragen aus dem Katalog und machte weiter mit dem, was ihn wirklich interessierte.

"Stellen Sie sich vor, Mr. Blanks, ich traf einen Mann, der sich Harold McGoggins nannte und als Netflix-Autor ausgab. Er erzählte mir, *Sie* würden in einer von ihm geschriebenen Serie mitspielen."

"McGoggins?", wiederholte Blanks. "Nie gehört."

"Der wollte wohl nur mit Ihnen angeben. Ich fand Sie toll in dem Horrorfilm *Der Teufel kommt um 3 Uhr früh*. Da spielten Sie ja die Rolle des Pedro Pimple mit geradezu fulminanter Wut."

"Jaja, wütend werden kann ich schnell

grundlos."

"Übrigens finde ich die Idee, sich gleich drei Vornamen zu geben, fabelhaft. So bleiben Sie Fans, Reportern und Kritikern eindrücklicher im Gedächtnis."

"Die Idee stammt von meinem Agenten. Original heiße ich Brandon Buddy Benson."

"Wow, das ist aber auch ein klingender Name, mit dem man durchaus Karriere hätte machen können."

"Das müssen Sie meinem Agenten verklickern, ich hab mich mit Burt Billy Bear Blanks abgefunden." Von der Seite nahm er einen Becher, auf dem ein großes Superman-Logo prangte, und trank gierig einige Schlucke. Ein kleines Rinnsal einer gelben Flüssigkeit lief ihm dabei über das Kinn.

Krampfhaft überlegte Jonas, wie er das Gespräch wieder auf McGoggins bringen konnte. Es war ihm nämlich ad hoc aufgefallen, dass jener damals im Auto eine Pause zwischen der Namensnennung gemacht hatte. Er sagte Harold - Pause - Harold McGoggins. Daraus konnte man schließen, dass er wohl spontan seinen richtigen Vornamen genannt hatte, nicht aber den Familiennamen, den er womöglich auf die Schnelle erfunden haben könnte. Also versuchte Jonas nun, das Thema auf den Namen Harold zu bringen.

"Wissen Sie, in welcher berühmten Rolle ich Sie mir ausgezeichnet vorstellen könnte, Mr. Blanks?"

"Hm? In welcher?" Mit einer Hand wischte er sich den Mund und das Kinn ab.

"In der Rolle des *Harold* aus dem Film *Harold & Maude*, eine fantastische schwarze Komödie, die eigentlich schon lange nach einem Remake verlangt."

Blanks Gesicht nahm einen fröhlichen Ausdruck an. "Ja, jetzt, wo Sie es vorschlagen, bin ich auch dieser Meinung. Werde mal mit dem Produzenten drüber labern. Nennen Sie mich einfach Burt!"

"Sehr gerne, Burt! Apropos *Harold*, welcher Zufall, ich habe einen Onkel, der ebenfalls Harold heißt. Jetzt wär's lustig, wenn Sie auch jemanden in der Familie hätten, der so heißt, Burt."

"Ne, ne, s'gibt keinen Harold in meiner Familie ... hmm" Angestrengt schien er nachzudenken. "Aber einer meiner Nachbarn hieß so. Der war creepy. Hat immer so komisch von Sachen geredet, die kein Mensch verstanden hat. Einmal hat er sogar vor uns Quecksilber aus einem alten Fieberthermometer getrunken."

"Wow, Sie erleben ja was, das man auch sofort verfilmen sollte, Burt. Ich wette, dieser creepy Harold-Nachbar ist dann weggezogen."

"Yep, Wette gewonnen! Der zog von Jefferson City, Missouri, wo ich damals bei meiner Grandma gelebt hab, nach Denver, Colorado. Hat mir eine Karte von dort per Schneckenpost geschickt. Ich wusste gar nicht, dass es sowas noch gibt."

"Wie hochinteressant. Wissen Sie zufällig noch den Familiennamen Ihres Nachbarn, ich interviewe nämlich außer Stars noch außergewöhnliche Leute." Das stimmte sogar, überlegte er innerlich grinsend. "Einer, der Quecksilber konsumiert, fehlt mir noch in meiner Sammlung."

"Klar weiß ich den Namen noch, der hieß Harold Copswater. Das Interview mit Ihnen macht direkt Spaß. Die andern Journalisten stellen mir immer die gleichen blöden Fragen, welche High School ich besucht hab, wie ich auf die Idee kam, Schauspieler zu werden und ähnlichen Quatsch, der sowieso keine Sau interessiert."

"Tja, manche Journalisten sind eben einfallslos und wissen nicht, wie man mit einem Jungstar umgeht. Bekommen Sie viel Fanpost, Burt?"

"Kriegt alles mein Agent. Säckeweise. Ich kümmere mich gar nicht darum. Autogrammwünsche werden ebenfalls von ihm bedient. Der Kerl kann meine Unterschrift wie ein alter Gauner fälschen."

"Was man da so alles erfährt. Wenn man schon den Ruhm schmecken kann, so wie Sie, Burt, gibt's sicher auch Leute, die sich darin sonnen wollen, hab ich recht?"

"Yep! Die gibt's. Einer gab sich als mein Cousin aus und wollte bei mir einziehen. Ich hab den Kauz noch nie zuvor gesehen und zum Teufel geschickt. Der hat vielleicht geflucht, gebrauchte Worte, die ich gar nicht kannte."

"Das hört sich gefährlich an. Was, wenn der Kauz zornig wird - haben Sie einen Leibwächter, Burt?"

"Nur bei Filmpremieren und Fan-Conventions. Aber Sie haben recht, es wird die Luft oben immer dünner." Mit beiden Händen fuhr er sich durch sein dunkelblondes Strubbelhaar.

"Aber ein Stalker ist noch nicht in Erscheinung getreten, oder?"

"Ne, bisher noch nicht."

"Dennoch würde ich Ihnen aus meiner Erfahrung mit Interviews von US-Stars empfehlen, sich zur Vorsicht jemanden zu suchen, der für Ihre Sicherheit sorgt. Solche Irren tauchen meist aus dem Nichts auf, wenn man es am wenigsten erwartet."

"Danke, Mann. Da ist was Wahres dran." Jetzt sah er grüblerisch drein. "Ich würd gern noch weiter quatschen, aber ich hab in einer Stunde Fechtunterricht für so nen Mantel- und Degenfilm."

"Oh, dann will ich nicht länger stören und wünsch viel Erfolg, Burt!"

"Ihnen auch. Wenn Sie Harold Copswater treffen, grüßen Sie ihn von mir!"

"Werd ich machen! Alles Gute!"

Das Interview war so verlaufen, wie es sich Jonas insgeheim erhofft hatte. Er hatte tatsächlich einen Anhaltspunkt. Schnell tippte er das soeben geführte Gespräch in sein Notebook, fügte zwei, drei Sätze hinzu, um auf die erforderliche Länge zu kommen, und ließ den Namen des Nachbarn natürlich aus. Per Mail schickte er stolz seine journalistische Arbeit an Riasek, der das Star-Interview für den Fernsehteil der Kleinen Zeitung verwenden konnte, sobald ein Film mit Blanks ins heimische Fernsehen kam. Was beim ORF, der - trotz Kulturauftrag und Haushaltsabgabe, selbst von Leuten, die keinen Fernseher mehr besaßen, einfach zwangsweise eingefordert - billige Schundfilme in Bausch und Bogen zu kaufen pflegte, bald vorkommen könnte...

17. Der Tod und das Mädchen

Begierig, seine neuen Infos mit den hiesigen Behörden zu teilen, machte sich Jonas auf den Weg zum Wagen, ehe ihm einfiel, dass Janina noch immer die Schlüssel dazu in ihrer Handtasche mit sich rumträgt, sie wahrscheinlich schon damit unterwegs zu Joey Snodgrass war, und er sich wohl oder übel ein Taxi suchen musste.

Der Fahrer, ein Deutscher, der ihn sofort am Akzent erkannte, begann ihn auszufragen: "Was machen Sie so in Vegas, außer Ihr Geld zu verspielen?"

"Als Journalist hab ich grade ein Interview mit Burt Billy Bear Blanks geführt."

"Wer is'n das?" Im Rückspiegel ließ er in seinen blauen Augen zusätzliche Fragezeichen aufblitzen.

"Was, Sie kennen den Jungstar mehrerer Horrorfilme nicht?"

"Nein, ich komm wenig ins Kino. Bin immer unterwegs, um mir die Kohle fürs Studium zu verdienen. Nebenbei arbeite ich noch in einer psychiatrischen Einrichtung." Mit einer Hand arrangierte er nervös seine schmutzig-grauen Dreadlocks.

Auf Jonas machte er den Eindruck, als wär er selbst ein Patient dort. "Das stelle ich mir spannend vor."

"Geht so. Was wollen Sie denn bei dem Polizeirevier? Sind Sie überfallen worden?"

"Nein, reingelegt."

"Hähä, nicht dass ich schadenfroh bin, es hört sich nur so lustig an."

"Für mich war's eine mittlere Katastrophe. Ich bin jetzt bemüht, die ganze Angelegenheit aufzuklären."

"Mann, Sie werden doch nicht die Arbeit der Scheiß-Bullen machen?" Trotz viel Verkehr auf der Straße drehte er sich um und warf ihm einen vorwurfsvollen Blick zu.

"Nein, natürlich nicht", beruhigt ihn Jonas, nunmehr sicher, dass er von einem Psychiatrie-Patienten chauffiert wurde. "Sicher nicht! Nur insoweit, als ich meinen guten Namen reinwaschen will."

"Pah, Namen sind Schall und Rauch." Weiter sagte er nichts mehr und brachte ihn ohne befürchteten Umweg zum Sheriff's Office, das er gestern gütig verlassen durfte.

Der dicke Sam Leach empfing ihn: "Ein Anruf bei Netflix ergab, dass dort Ihr Harold McGoggins unbekannt sei, doch es gab einen

Rowan Goggins, welcher in der Buchhaltung für die Abo-Abrechnungen zuständig war, ist allerdings in seiner Wohnung erschossen worden."

"Von wem?"

"Keine Ahnung, ist nicht mein Fall."

"Naja, immerhin hatte er kein *Mc* vorm Nachnamen, da scheidet er aus."

"Was treibt Sie schon wieder zu uns?" Leach zeigte den Ansatz eines Grinsen, als er so hinter seinem Schreibtisch fläzte, ähnlich einem vom Unterricht angeödeten Schüler. Polizisten mussten auch in den USA viel Schreibarbeit erledigen.

"Mir fiel noch was ein. Dieser McGoggins war eindeutig Republikaner", eröffnete Jonas Officer Leach und erzählte die witzige Bemerkung, die sein mörderischer Chauffeur gestern gemacht hatte.

"Haha, der war gut. Tja, ich glaub' Ihnen sogar, dass dieser Mann existiert, nur leider kommt's auf mich nicht an."

Traurig nickte Jonas. "Woran starb diese Jane Doe, darf man das wissen?"

"Messerstich ins Bein, genauer in den Oberschenkel. Wäre gar nicht tödlich gewesen", erklärte Sam Leach im Plauderton, "wenn man die Blutung gestoppt hätte, so aber konnte innerhalb weniger Minuten das ganze Blut aus der Schlagader quellen. So wie im Film *The Shining*. Kennen Sie den?"

"Ja, sicher. Wo das Blut so wunderschön malerisch aus dem Aufzug heraus strömt.

Davon träumte ich, nachdem ich den Kinofilm
sah. Mit einem wichtigen unterschied: Bei mir
waren das Erbsen", bekannte Jonas. "Habe
ich als Kind immer gehasst."

Leach ging auf den Witz nicht ein.
"Irgendwo muss es von Blutflecken nur so
wimmeln. Wahrscheinlich bräuchten wir gar
kein Luminol, um es sichtbar zu machen."

"Tja, Mr. McGoggins hat mir leider nicht
seine Adresse verraten. Selbst wenn, wäre sie
mit an Sicherheit grenzender
Wahrscheinlichkeit falsch gewesen. Aber den
Drehbuchautor nehm ich ihm sogar ab, denn
dieser Mensch hat sich im Auto so eloquent
ausgedrückt."

"Das kann er auch aufgrund eines
abgebrochenen Literatur-Studiums."

"Möglich. Kennen Sie einen Kollegen von
Ihnen, einen gewissen Bo Tallcloud? Weißer
Anzug, ähnlich dem von Elvis, nur ohne
dieses ganze Flitterzeug dran und ein Gesicht,
wie gemacht für einen Western: wettergegerbt,
leicht zerfurcht, dennoch zuversichtlich
genug, das bevorstehende Duell zu
gewinnen."

Seine Leibesfülle formte eine Art
Schulterzucken. "Nein, warum sollte ich den
kennen? Ich mach keine Duelle!"

"Er besuchte mich im Hotel wegen des
Vermisstenfalls Prongas." Noch immer stand
Jonas vor dem Schreibtisch, denn Leach hatte
ihm keinen Sitzplatz angeboten.

"Mir nicht bekannt. Mir reichen die Fälle,

für die *ich* verantwortlich bin. Es kann
möglich sein, dieser Knabe ist nur ein
Privatdetektiv, der auf einen Vermissten
angesetzt wurde."

"Sie meinen, weil er einen Anzug trug,
anstatt die staatliche Tracht wie Sie?"

"So eine Uniform ist wie ein roter Teppich",
zwinkerte ihm Leach zu. "Die Leute nehmen
Haltung an und sie behandeln einen
manchmal wie einen Star."

Unaufgefordert setzte sich Jonas auf den
leeren Stuhl vor dem Schreibtisch und tat
geheimnisvoll: "Mag sein. Jetzt kommt's erst,
Officer Leach! Ich hatte ein Interview mit Burt
Billy Bear Blanks."

"Der Heulboje aus den Gruselfilmen?"
Leach gähnte, er schien entweder noch immer
im Dienst zu sein, oder hatte nur eine sehr
kurze Nachtruhe genossen.

"Genau dieser! Ich sprach ihn auf den
Namen McGoggins an, der ihm nichts sagte,
doch der Name Harold sagte ihm was."

"Wissen Sie, wie viele Harolds es in den
Staaten gibt?"

"Ja, sicher, nur, dass McGoggins zwischen
seinem Vor- und Nachnamen eine
bedeutungsvolle Pause machte, verstehen
Sie?"

"Nein." Leach verengte die Augen, fühlte
sich wohl von Jonas geprüft, ohne sich darauf
vorbereiten zu können.

"Ich meine, es könnte ihm auf meine Frage
nach seinem Namen sein echter Vorname

rausgerutscht sein, dann machte er eine Pause, um sich rasch einen falschen Nachnamen ausdenken zu können."

"Ach sooo", zuckte er mit einem Zeigefinger kurz in die Höhe. "Verstehe. Und wie weiter?"

"Also der Jungstar Blanks, den Sie als Heulboje zu nennen belieben, hatte einen creepy Nachbarn namens Harold Copswater, welcher von Missouri, wo Blanks bei seiner Oma lebte, nach Denver, Colorado wegzog."

Misslaunig verschränkte Leach die Arme vor seinem breiten Brustkorb. "Und Sie vermuten, der wanderlustige Nachbar namens Copswater sei von Denver nach Nevada gezogen?"

"Exakt!" Jonas rieb sich erwartungsfroh die Hände. "Was liegt näher, als rasch eine polizeiliche Anfrage nach ihm zu machen. Oder aber Sie haben ihn etwa schon in Ihrem Verbrecheralbum geknipst? Das hab ich gestern schon vermisst, dass Sie mir keine Verdächtigen gezeigt haben."

"Was sollten wir Ihnen zeigen? Sie sind von dem weder bestohlen, noch verprügelt und leider auch nicht ermordet worden. Daher zeigten wir Ihnen keine von den Typen, die auf diese Übeltaten spezialisiert sind. Und jemanden, der Ausländern Leichen in gestohlenen Autos unterjubelt, haben wir nicht im Sortiment. Was soll also der Vorwurf?"

"Es sollte doch kein Vorwurf sein, Officer, wir wollen doch beide den Frauenmörder finden. Wissen Sie schon den Namen der armen Frau?"

"Nein, und ihre Beschreibung passt auch auf keine Vermisstenanzeige."

"Dann wird sie noch gar nicht vermisst", folgerte Jonas. "Was auch logisch ist, wenn wir gestern erst die Leiche gefunden haben."

"Gar nicht so logisch. Was, wenn der Kerl sie schon vor Wochen entführt hat und erst gestern abgemurkst?" Mit einem schwer zu deutenden Gesichtsausdruck beugte sich Leach nach vorn.

"Ja, so könnte es auch sein. Die Anonymität einer Großstadt macht es solchen Verbrechern leicht. Eine allein lebende Frau wird nicht so schnell vermisst, erst, wenn sie ihre Rechnungen nicht mehr pünktlich zahlt, kommt Bewegung in die Sache", stellte Jonas traurig fest. "Wie steht's, Officer Leach, können Sie rausfinden, ob ein Harold Copswater hier sein Unwesen treibt?"

Müde ließ er sich wieder zurück auf seine Sessellehne fallen. "Yeah, werd's in Angriff nehmen." Es sah nicht so aus, als würde er das an die oberste Stelle seiner Agenda stellen.

"Vielen Dank, dann will ich Sie bei Ihrer schweren Arbeit nicht länger behindern. Wenn Sie mich telefonisch verständigen, sobald Sie Copswater ausfindig machen konnten, helf ich Ihnen gern, ihn dranzukriegen."

"Sind Sie lebensmüde? Wenn dieser Harry

Copswater der Mörder ist, der Ihnen die Leiche untergeschoben hat, wird er Sie doch wiedererkennen. Oder gedenken Sie, sich zu verkleiden?"

"Nein, ich hab mich in den Vokabeln vertan, ich meinte, ich nehme Ihnen gern dessen Auskundschaften ab. Schließlich werden Sie aufgrund meiner Aussage eher keinen Hausdurchsuchungsbefehl bekommen, wenn er im gestohlenen Wagen immer brav seine Handschuhe anbehalten und seine Fingerabdrücke nirgends verteilt hat."

"Okay, das ist ein Angebot. Bye!"

Mit einem Gefühl der Machtlosigkeit verließ Jonas das Gebäude und nahm ein Taxi zurück zu seinem Hotel. Dort wartete eine Überraschung in seinem Zimmer. Janina saß auf seinem Bett. Ihr Teint erschien noch weißer als ihr Hosenanzug, dessen linkes Hosenbein ein rotes Fleckchen verunzierte.

"Ich hab dem Zimmermädchen gesagt, das wär mein Zimmer und ich hätte mich ausgesperrt." Dann fügte sie mit geweiteten Pupillen hinzu: "Joey ist tot. Bitte helfen Sie mir, ihn würdig zu bestatten." Aus ihrer Handtasche entnahm sie den Leihwagen-Schlüssel und warf ihn neben sich auf Jonas' Bett.

"Haben Sie ihn mit dem Schraubenzieher?" Er machte eine Stichbewegung mit seiner rechten Hand.

"Nein, natürlich nicht, es sah aus wie eine

kleine Schusswunde!"

"Warum haben Sie nicht 911 gerufen? Die
hätten ihm vielleicht noch helfen können."

"Das Einschussloch befand sich mitten auf
seiner Brust, seine Augen starrten weit
aufgerissen ins Leere und er war EISKALT! Da
gab's nix mehr zu helfen!" Eine Träne trat in
ihrem Innenlid auf und ließ eines ihrer Augen
glänzen.

"Ist das Blut auf Ihrer Hose?"

Erschrocken sah sie an sich herab. "Das
muss mir auf den Stoff gekommen sein, als
ich mich zu ihm gekniet habe."

"Und was gedenken Sie jetzt zu tun,
Janina?"

Gefasst sah sie ihm ins Gesicht. "Ich hab
nachgedacht. Sie sprachen von der
Möglichkeit, dass Außerirdische keine
Menschen brauchen, weil sie Roboter haben,
die angeblich ökonomischer arbeiten oder so
ähnlich. Aber was, wenn sie Leute brauchen,
die Gefühle haben, um gewisse Tätigkeiten
auszuführen."

Verwirrt erwiderte er ihren Blick. "Janina,
was fangen Sie jetzt für ein Gespräch mit mir
an? Wo Sie vorhin einen Toten gefunden
haben, Ihre Hose blutbefleckt und ein
Schraubenzieher in Ihrer Tasche versteckt ist.
Einen Toten, den Sie und ich kannten, seine
Wohnung ist doch voll von unser beider
Fingerabdrücken. Meine sind noch immer auf
der Rotweinflasche, die er so achtlos in den
Kühlschrank gestellt hat. Jetzt erwarten Sie

von mir hoffentlich nicht, dass ich Ihnen helfe, seine Leiche zu entsorgen! Sollte er doch nicht an einer Schusswunde gestorben sein, sind Sie als letzte Besucherin die Hauptverdächtige!"

"Jonas, begreifen Sie nicht? Wenn es wirklich Aliens gibt, die sich auf unserem Planeten schon breitgemacht haben, dann ist sowas doch völlig belanglos."

Sein iPhone summte und riss ihn aus dem Erstaunen. Der Blutfleck auf ihrem Hosenbein schien ihr jedenfalls nicht zu belanglos zu sein, um ihn sich in seinem Badezimmer auszuwaschen. Die Tür ließ sie offen.

Sam Leach meldete sich zuversichtlich: "Hello! Ich hab schon rausgefunden, dass dieser Copswater im Plaza-Hotel gewohnt hat. Ist erst vorgestern abgereist."

"Officer, ein Glück, dass Sie anrufen. Ich muss Ihnen verraten, dass ich zusammen bin mit meiner Begleiterin, deretwegen ich erst in die Bredouille mit McGoggins kam, und sie vorhin einen Toten gefunden hat. Die Adresse des Opfers Joey Snodgrass ist Memory Lane 28. Ich komme gleich mit ihr zu Ihnen ins Büro."

Mit Trauermiene kam Janina aus seinem Badezimmer, ihr linkes Hosenbein war nass und der Blutfleck darauf verschwunden. "Wer hat Sie angerufen?"

"Die Polizei. Nehmen Sie's mir nicht übel, aber ich hab denen schon Joeys Adresse gesteckt. Es sind überall Kameras, wir hätten deren Nachforschungen niemals entgehen können. Kommen Sie, wir fahren direkt ohne Umwege zu den Officern, die ich bereits kenne."

"Das wird eine zähe Sache", befürchtete sie, machte allerdings keine Szene, wie er befürchtet hatte.

Wenig später saßen sie getrennt voneinander in Verhörzellen. Jonas sprudelte in seiner Zeller den beiden ihm bekannten Polizisten die ganze Geschichte detailreich - schließlich hatte er ihnen beim ersten Mal den Grund, warum er überhaupt als Anhalter bei dem falschen McGoggins einsteigen musste, nicht ganz so ausführlich erklärt, um sie nicht zu sehr zu verwirren - heraus.

Ermattet zog er ein bitteres Resümé: "Ich hab keine Ahnung, ob das arme Schwein wirklich erschossen worden ist, doch mir kommen ernste Zweifel. Zuerst bedroht mich diese Furie mit einem Schraubenzieher aufgrund ihrer unberechtigter Eifersucht - denn ich bin ja nicht mit ihr liiert -, dann will sie meine Hilfe bei der Beseitigung einer Leiche, die sie angeblich schon tot aufgefunden hat, wohlwissend, dass in dessen Wohnung nach einem gemeinsamen Besuch auch meine Fingerabdrücke sind, und erklärt mir dann, angesichts der Möglichkeit von Außerirdischer auf unserem Planeten wäre ohnehin alles belanglos."

"Z", machte Slithers und verdrehte wieder

einmal die Augen.

"Jetzt beruhigen Sie sich erstmal", forderte ihn Leach auf.

"Sie glauben mir nicht", war Jonas überzeugt, zerrte an seinem, ihm immer enger zu werden scheinenden Shirt und stöhnte.

Doch Slithers nickte. "Ich glaube Ihnen schon, so eine blödsinnige Story könnte sich doch keiner ausdenken."

Erleichtert atmete Jonas hörbar aus und kratzte sich dann am Hinterkopf: "Was diese Jane Doe betrifft. Kann es sein, McGoggins alias Copswater logiert jetzt in ihrer frei gewordenen Wohnung?"

"Möglich", sagte Leach. "Dazu müssten wir erst einmal wissen, wer sie ist. Der Kerl hat ihr nämlich die Finger verätzt. Kein Abdruck mehr möglich. Außerdem fehlt ein Stück Haut an ihrem Steißbein. Es könnte eine auffällige Tätowierung der Grund dafür gewesen sein."

"Ja, ein sogenanntes Arschgeweih vielleicht. Eine Ex-Freundin von mir hat sich das auch stechen lassen, war ganz große Mode in den 2000ern. Meine Freundin war damals 23 - zweieinhalb Jahre älter als ich, heute also ..." Angestrengt rechnete er im Kopf aus. "47! Stimmt das Alter mit dem von Jane Doe überein?"

Malcolm Slithers nickte wieder. "Der Pathologe schätzt sie zwischen 35 und 45. Selbst, wenn sie wirklich so ein Steißgeweih gestochen hatte, wäre es immer noch immens schwer, sie aufgrund dessen zu identifizieren.

Jetzt dürfte Ihre Freundin weich sein. Ich werde mich ihr widmen."

Jonas tat sie schon im Voraus leid. Auch Leach erhob sich und machte Anstalten, seinem Kollegen zu folgen.

"Darf ich gehen?"

"Ja, aber verlassen Sie unser schönes Land nicht!", zitierte Leach einen seiner Filmkollegen aus ähnlicher Situation.

18. Auf Holmes Spuren

Der Rezeptionist maß Jonas mit strengem Blick, es schien fast, als schätzte er die imaginären Preisschilder an seiner Kleidung und befand sie zu billig für ein Zimmer im Plaza-Hotel.

Triumphierend präsentierte ihm Jonas daher aus seinem Portemonnaie seinen Presseausweis. "Schönen guten Tag, ich mache eine Reportage über Vermisste in den USA und erfuhr, dass Mr. Copswater hier logiert hat."

"Die Polizei hat schon nach ihm gefragt. Er ist bereits abgereist, ich muss bedauern."

"Ja, ich weiß, die haben mich ja hergeschickt. Ich wollte Sie fragen, ob der Gesuchte mit einem der andern Hotelgäste näheren Kontakt hatte, um zu recherchieren, was für ein Mensch er überhaupt war."

"Haben Sie ein Spesenkonto?" Der Rezeptionist hielt unverschämt die Hand auf.

Missmutig legte Jonas einen 100-Dollar-Schein in seine Handfläche. "Ähnlich einem Detektiv muss ich das Geld auslegen und hoffen, es nachher rückvergütet zu bekommen."

"Zimmer 215, Mrs. Fleggeler hat mit Mr. Copswater ganz offen einige Male im hauseigenen Restaurant gespeist."

"Vielen Dank." Im Sauseschritt eilte er zum Lift. Auf der Fahrt nach oben dachte er an Janina, die immer noch im weißen Hosenanzug und Alice-Cooper-T-Shirt bei den Bullen schmorte. Ein Lächeln formte sich auf seinen Lippen.

Mrs. Fleggeler öffnete in einem sehr verführerischen zyklamfarbenen Negligée, das rote Haar, zum großen Teil aufgetürmt, verdeckte mit einer breiten Stirnlocke neckisch eins ihrer Schlafzimmeraugen. In dem Raum hing ihr orientalisches Parfum wie ein Versprechen auf eine heiße Nummer. Irgendwie erinnerte sie Jonas an die Comicfigur Jessica Rabbit.

Auch ihr präsentierte er seinen Presseausweis: "Schönen guten Tag, Mrs. Fleggeler, ich bin Journalist, der nach den Motiven von Vermissten recherchiert. Ich erfuhr, dass Sie mit Mr. Copswater, der aus Missouri spurlos verschwand, zusammen speisten und wollte-"

"Treten Sie ein", unterbrach sie ihn und ging ihm voraus zum Doppelbett, auf dem ein offener Lederkoffer mit einem eingestanzten Emblem auf der Innenseite des Deckels stand. Offensichtlich war sie mit Packen beschäftigt. "In meiner Suite spricht sich's gemütlicher."

"Ich hoffe, ich störe Sie nicht."

"Nein, Sie können gern Ihre Fragen stellen." Um ihren Schwanenhals baumelte eine dicke Goldkette mit einem grünen Stein, ein Smaragd, passend zu den Steinchen in ihren Ohrringen - sie musste steinreich sein.

Das Emblem ihres Koffers zeigte eine Schlange, die sich selbst in den Schwanz biss, wobei sie einen perfekten Kreis formte.

Jonas stellte sich ihr mit seinem vollen Namen vor und fügte gleich stolz seine Heimatstadt hinzu.

"Wien?", wiederholte sie lächelnd. "Da hab ich eine Zeit lang Zeitungen verkauft in meinem Auslandsstudienjahr, obwohl ich es nicht nötig gehabt hätte, doch während der Arbeit lernt man die Leute eines Landes am besten kennen."

"Wie hat Ihnen Wien gefallen?"

"Das ist eine interessante Frage, aber ich möchte sie nicht durch die Antwort verderben." Aus dem Schrank entnahm sie einige Anziehsachen und legte sie sehr ordentlich in den Koffer.

"Verstehe, aber Missstände gibt's schließlich überall. Denken Sie nur an Ihren alten Präsidenten!"

Nun grinste sie verstohlen: "Der ist so dement, dass er die Schweiz mit Swazi-Land verwechselt."

"Haha, sehr witzig. Ist diese Schlange auf Ihrem Koffer Ihr Familienwappen?"

"Nein, das Zeichen der Bruderschaft, in der mein Mann Mitglied ist. Ich bin ziemlich enttäuscht, dass Harold so einfach abgehauen ist, ohne sich von mir gebührend zu verabschieden."

Einen Augenblick überlegte Jonas, inwieweit er sie über den Mord in Kenntnis setzen sollte, verwarf diese Absicht jedoch wieder. "Haben Sie ihm verschwiegen, dass Sie verheiratet sind? Womöglich hat er es rausgefunden und war-"

Erneut schnitt sie ihm das Wort ab: "Noch nie was von Polyamorie gehört? Mein Mann Randolph und ich führen eine offene Ehe und Harold wusste das. Sie scheinen ein Spießbürger zu sein, Mr. Jericho."

"Zu meiner Entschuldigung muss ich anführen, von einer konservativen Großmutter aufgezogen worden zu sein."

"Sie müssen doch schon über 40 Lenze zählen, wie man so schön sagt", schätzte sie ihn richtig ein. "Da sollte sich diese meiner Ansicht nach unangenehme Konditionierung schon in Wohlgefallen aufgelöst haben."

"Ich gestehe, ein Spießbürger aus Überzeugung zu sein und niemals eine offene Ehe führen zu wollen. Aber ich sehe vollkommen ein: Wenn das Animalische Oberhand gewinnt, gibt's keine Rücksicht auf Ehepartner, Verwandte oder Freunde mehr!"

"Hihihi", kicherte sie amüsiert. "So gefallen Sie mir schon wesentlich besser."

"Was ist Harold Copswater für ein

Mensch?"

Nun unterbrach sie ihre Pack-Tätigkeit und setzte sich auf eine Doppelbett-Hälfte. Mit einer gold-beringten Hand strich sie sich die Haarsträhne aus den Augen und überlegte eine Weile.

"Er ist ein Mensch, dem schnell langweilig wird. Wenn er an eine Frau mit Vermögen gerät, mit dem sie ihm Abwechslung in Form von Reisen und so weiter verschaffen kann, dann erstreckt sich sein Interesse an ihr sogar für eine längere Zeitspanne", beschrieb ihn die hübsche Dame. "Mir persönlich ist aufgefallen, dass alle Männer mit einem eher kleinen Penis eine große Versuchung spüren, diesen so oft wie möglich einzusetzen, in der Hoffnung, dass er noch wächst."

"Bei solchen Vermessungen der Menschheit ist die Möglichkeit eines Irrtums groß. Und noch gefährlicher sind die Deutungen demoskopischer Untersuchungen durch Laien."

"So? Geben Sie mir ein Beispiel!"

Jonas überlegte kurz und erwiderte: "Man fand heraus, dass Alkoholikerinnen öfters unerwünscht schwanger werden. Das heißt natürlich nicht, dass Alkohol fruchtbar macht, verstehen Sie?"

"Also so blöd kann doch kein Mensch sein." Grimmig sprang sie auf und packte eilig weiter, ihre Kleidung schien kein Ende nehmen zu wollen.

"Haben Sie eine Ahnung", winkte Jonas

flapsig ab. "Wer so oft beruflichen Kontakt mit Menschen wie ich hat, wird diesbezüglich immer aufs Neue überrascht."

"Weil Sie es grad ansprechen, ich wurde auch mal überrascht, als ich einen Army-Angehörigen im Gefängnis besucht habe. Er sitzt wegen Mord ein und behauptet stur, dass ihn Aliens, deretwegen er überhaupt mit dem Mord in Verbindung gebracht worden ist, aus der Todeszelle rausholen und durch einen Doppelgänger ersetzen würden."

"Hm, ein guter Anwalt hätte für den armen Irren bei uns daheim eine Psychiatrie-Einweisung beantragt, der wär' schon längst wieder draußen und bekäme monatlich die Mindestsicherung. Wie heißt denn der seltsame Knabe?"

"Den Namen behalt ich besser für mich, sonst werden Sie auch noch mit reingezogen. Genügt doch, wenn die alle hinter mir her sind."

"Ach, werden Sie verfolgt, Mrs. Fleggeler?"

"Davon kann man wohl sprechen, wenn einem immer irgendwelche flotten schwarzen Schlitten mit Männern am Steuer folgen, denen man nicht allein im Dunkeln begegnen will. Wenn Sie mal rausgehen, sehen Sie sich um, der Wagen mit den undurchsichtigen Scheiben wartet auf mich. Sobald ich losfahre, tut er's auch."

"Oje, gab's auch konkrete Drohungen?", erkundigte sich Jonas anteilnehmend.

"Und ob!" Sie hob die Hände und ließ sie

resignierend wieder sinken. "Doch die Polizei glaubt mir nicht."

"Nehmen Sie's nicht tragisch. In 99 von 100 Fällen bleibt es bei leeren Drohungen."

"Sicher?"

Mit einem Schulterzucken gab Jonas zu: "Na schön, in 97 von 100 Fällen, aber vielleicht gehören Sie nicht zu den gefährdeten Drei."

"Sehr tröstlich, ich hoffe, man kann im andern Fall meine Leiche identifizieren", spottete sie, hielt im Packen inne und wurde ernst: "Er wusste Dinge über mich, die ihm nur Gott verraten haben kann."

"Heutzutage steht doch alles in den Sozialen Medien."

"Ich bin weder auf Facebook, noch auf Hassbook, oder wie die Plattformen alle heißen. Nur ab und zu auf Tinder", gestand sie. "Und dort hab ich das, was er über mich wusste, natürlich niemals veröffentlicht."

"Komisch...... Aber das mit den Doppelgängern...", überlegte Jonas kurz. "Soweit ich weiß, haben all die Despoten einen solchen im Sold stehen. Putin hat auch einen."

"Angeblich ist Hillary Clinton schon verstorben und durch eine Doppelgängerin ersetzt worden", flüsterte sie hinter vorgehaltener Hand, obwohl weit und breit kein Lippenleser anwesend war. Vielleicht vermutete sie versteckte Kameras in den Steckdosen.

"So ein Austausch von berühmten Personen hat auch seine Vorteile", überlegte Jonas, "da kann man so einem Ausgetauschten leicht einreden, man kennt sich von früher."

"Hihi, auf die Idee bin ich noch gar nicht gekommen, allerdings muss man bedenken, dass man an solche hochgestellten Personen nicht so leicht rankommt. Auch nicht mit einem Presseausweis, Mr. Jericho."

"Bitte nennen Sie mich Jonas!"

"Gern, dann nennen Sie mich Gloria."

"Stimmt Gloria, diese ehrwürdigen Eierköpfe schirmen sich meistens ab. Nur im Wahljahr sind sie zugänglich."

Auf nackten Sohlen wieselte sie geschmeidig zu einem Schminktisch, vor dem ein Stuhl mit Kleidung stand. Ohne ihren Besucher zum Umdrehen aufzufordern, wechselte sie ihr Negligée, unter dem sie Slip und BH in einem Nude-Ton trug, gegen verwaschene Designer-Jeans und eine hellblaue Bluse aus Seide. Der feine Stoff legte sich wie Glanz auf ihre Haut, während der zyklamfarbene Hauch von Nichts in ihren Koffer wanderte, welcher sich nicht schließen ließ, also setzte sie sich darauf.

"Soll ich Ihnen helfen?", bot ihr Jonas an.

"Danke, selbst ist die Frau. Aber wenn Sie mir einen Gefallen tun wollen, dann könnten Sie den Lenker des schwarzen Wagens, der vor dem Hoteleingang auf mich wartet, ablenken." Sie hatte es doch geschafft, den

Koffer zu schließen und schlüpfte in weiße
Leder-Pantoletten, die neben dem Bett parat
standen.

"Gern. Es wird sicher nur ein
Privatdetektiv Ihres Mannes drinsitzen."

"Da kennen Sie meinen Göttergatten
schlecht, Jonas. Für sowas würde der niemals
Geld verschwenden. Dann schon eher für
einen Fremdenlegionär, der mich in der
Wüste spurlos verschwinden lässt." Mit
beiden Händen nestelte sie an ihrer
Turmfrisur herum.

"Vielen Dank für die Auskunft bezüglich
Copswater, Gloria", verabschiedete sich
Jonas, nicht ohne ihr noch seine Visitenkarte
in die Hand zu drücken. "Nehmen Sie meine
Karte, falls Sie mal einen journalistischen Rat
benötigen. Ich versuch mein Bestes und halte
Ihren lästigen Schatten so lang wie möglich
auf."

"Das wär nett, dann kann ich leichter
verschwinden und Sie in bester Erinnerung
behalten, mein Freund!"

Vor dem Plaza-Hotel stand tatsächlich ein
schwarzer Wagen der Marke Jeep Avenger,
schnittig und scheinbar frisch gekauft. Jonas
schlenderte an ihm vorbei, überquerte vor
ihm die Straße und überlegte, wie er den
Fahrer - falls gerade einer drin saß - ablenken
sollte. Da klatschte er sich mit einer Hand an
die Stirn und tat so, als wäre ihm was
eingefallen. Langsam schlenderte er zurück,
stolperte, hielt sich an der Kühlerhaube des

schwarzen Wagens fest, hob einen seiner Füße und betrachtete seine Schuhsohle. Es dauerte keine Sekunde und er wurde angehupt. Erschrocken drehte er sich um und ging zur Fahrertür. Die verspiegelte Scheibe senkte sich und ein Durchschnittsgesicht erschien. Es hätte einem Versicherungsmakler gehören können, der seine Leistungen dem Nächstbesten anbieten wollte, oder auch einem Berufskiller, der aus seinem Jackett eine Pistole hervor zog, um ihn einfach abzuknallen.

"Sorry", sagte Jonas. "Ich habe Ihre Heilige Kuh bestimmt nicht mit meiner Hand beschmutzt."

"Immer so witzig, du Clown?" Die Stimme klang nach unzähligen Zigaretten - heiser und rauchig.

"Sind Sie Berufschauffeur?" Mit vorgetäuschtem Interesse schielte Jonas an ihm vorbei in den Wagen. "Dieser Luxusschlitten muss sicher ein Vermögen wert sein. Schätze 75.000 Dollar. Wrighty?"

"Wrongy! Schätze, du willst meine Faust ins Maul!"

"Sie sind sehr unfreundlich, Mister!"

Die Wagentür öffnete sich und ein 1,90-Meter-Mann stieg aus. Sein nougatbraunes Jackett war leicht verknittert, wie bei Leuten üblich, die viel Zeit in ihren Autos verbringen mussten. Das Durchschnittsgesicht bekam nun einen brutalen Zug und in den Augen blitzte Mordlust auf. Automatisch wich Jonas zurück.

"Ist das ein deutscher Akzent, du Schabrackentapir?"

Die Tatsache, für einen Deutschen gehalten zu werden, amüsierte Jonas zwar, doch die Anrede mit einem Tier, dessen Namen er noch nie gehört hatte, beunruhigte ihn und er überlegte sich schon einen wohlerzogenen Satz, mit dem er den Hünen bezähmen könnte. Doch in dem Augenblick tönte eine melodische Frauenstimme an sein Ohr.

"Louis, was gibt's denn schon wieder für Ärger?"

Ein Blick hinter sich zeigte Jonas eine junggebliebene Dame, deren blonde Hochsteckfrisur samt Makeup an die verblichene Ivana Trump erinnerte.

"Der Aushilfskomiker hat mich angemacht."

"Hab ich nicht", verteidigte sich Jonas. "Ich hab lediglich den schönen, teuren Wagen bewundert."

"Wir verkaufen ihn nicht!", stellte die Dame klar und ordnete ihr teures sienarotes Chanelkostüm, ehe sie sich - zufrieden mit der eigenen Spiegelung in den Scheiben des Wagens - ans Einsteigen machen wollte. "Wenn Sie das gleiche Modell wünschen, empfehle ich Ihnen Shrimptons Autohaus an der Eastside 77."

"Vielen Dank, Lady!" Mit einer kleinen Verbeugung erwies ihr Jonas die Ehre und beobachtete, wie ihr Louis den Schlag öffnete und sie elegant einstieg.

"Und jetzt verpiss dich, du Mücke!", zischte ihm dieser noch zu, bevor er selber einstieg.

Sicherheitshalber notierte sich Jonas das Kennzeichen, AUNT 4 U, um es bei Gelegenheit Officer Leach zwecks Ausforschung zu übergeben. Ein kleines Notizbüchlein samt Mini-Stift trug er als Reporter immer in seinem Portemonnaie mit - das hatte sich schon öfters bewährt. Sein iPhone summte und es meldete sich eine ihm wohlbekannte Stimme...

19. Das Minibar-Besäufnis

Nach ihrem Anruf blieb Jonas nichts anderes übrig, als sie von der Polizeibehörde abzuholen. Und das, obwohl er sich in der Zwischenzeit eine kleine Flasche Grand Dad Bourbon Whisky gegönnt hatte. Die Sonne stand schon tief und auf ähnlichem Niveau befand sich auch beider Laune.

Ziemlich abgekämpft stieg Janina zu ihm in den Pickup. "Dieser krepierte Slithers hat mich beinahe zum Weinen gebracht. Das ist definitiv das letzte Mal, dass ich in die USA reise, wo Verbrecher ihre blutige Spur ziehen."

"Die Gesetzeshüter haben Sie immerhin laufenlassen. Nur den Schraubenzieher haben die Cops Ihnen sicher abgenommen, was?" Vorsichtig fuhr er los.

"Ja, die haben schon eine Sammlung davon." Ihrem müden Gesicht entkam kein

Lächeln über ihre witzige Bemerkung. Ihr
Parfum war verflogen, sie duftete nicht mehr.
"Aber ein guter Kartenspieler hat immer noch
ein As in der Hinterhand."

"Wo hatten Sie den eigentlich her?", wollte
er wissen.

"Na aus dem Walmart, wo Sie den Wein für
Joey gekauft haben. Ich besorgte mir gleich
ne Doppelpackung! Das heißt, im
Hotelzimmer ist noch einer."

"Ist mir gar nicht aufgefallen, dass Sie
überhaupt ausgestiegen sind."

Verträumt blinzelte sie in die untergehende
Sonne. "Jetzt könnte ein UFO kommen und
uns entführen."

"Nur nicht das auch noch", stöhnte er.

"Ich glaub fast, wir sind denen sowieso
nicht gut genug."

"Diese Sehnsucht nach Außerirdischen
gerät bei Ihnen ja schon zur Manie", tadelte er
sie. "Ich könnte mir nur vorstellen, diese
Kreaturen aus dem All sind genauso verspielt
wie wir und sie wollen ihren Spaß mit uns.
Vor allem, wenn sie merken, wie manche
Damen sie herbei wünschen."

Daher sagte sie nichts mehr. Erst nachdem
er den Wagen geparkt hatte und sie an der
Rezeption ihre Zimmerschlüssel holten,
erwachte sie wieder zur Gesprächigkeit: "Wie
sieht's aus? Kommen Sie noch kurz mit mir
aufs Zimmer? Dann plündern wir die
Minibar."

"Nur, wenn die Flaschen nicht vom

Vormieter mit Shampoo aufgefüllt worden sind", scherzte er.

"Glaub ich kaum. Wir machen es so wie im Film *Ein Ticket für zwei*, wo Steve Martin und Dan Aykroyd die Fläschchen miteinander leeren." Im Lift klimperte sie mit den Wimpern.

"Nein, ich glaub, das war nicht Dan Aykroyd, sondern John Candy, aber ich will nicht den Oberlehrer spielen."

Kaum in ihrem Zimmer, zog sie sich die Schuhe aus und kickte sie in eine Ecke. Ihre Füße zeigten bereits eine Verformung der großen Zehe und Jonas hoffte, dass sie nicht noch in *etwas Bequemeres* schlüpfen wollte und plötzlich in Reizwäsche vor ihm stand, denn *dem* Anspruch hätte er nicht mehr standgehalten. Doch sie zog sich nur die weiße Jacke aus, trippelte sofort zur Minibar und holte die ganzen bunten Fläschchen heraus. Ausatmend ließ sie sich auf dem Teppich vor dem Bett nieder und reichte Jonas ein blaues Fläschchen.

"Gruß aus der Karibik", säuselte sie, die in dem Alice-Cooper-T-Shirt und ihren blonden Extensions wie ein Groupie wirkte, das sich schon in Stimmung für den erwarteten Star bringt.

"Oh, Blue Curacao!" Schlürfend ließ er sich ebenfalls auf dem blauen Teppich nieder und den Alkohol in seine Kehle laufen, hoffend, dass er nicht bald ebenso blau sein würde, schließlich hatte er ja eine kleine Flasche

Grand Dad Vorsprung.

"Aha, also kein Shampoo", grinste sie selig und trank ebenfalls ihr Fläschchen aus.

"Nein, echte Promille, kein Schuppen-Wasser! Sagen Sie mal, auf welchen Verschwörungstheorien war Ihr anderer Kontakt, dieser Chandler eigentlich drauf?"

"Pfft, auf alles quer durchs Angebot. Von die Welt sei ein Hologramm, in der Area 51 züchten sie Alien-Hybride bis zur Wiederkehr vom Planet Nibiru. Vor allem schwor er sich auf die Theorie von Jacobo Grinberg ein."

"Nie gehört von dem Knaben."

"Ein mexikanischer Neurobiologe, sah ein bisschen so aus wie Philip K. Dick, jedenfalls war er diesem bezüglich Paranoia ebenbürtig. Kluger Kopf, der sich mit Telepathie, Astrologie und Schamanismus beschäftigt hat. Leider verschwand er auf einem Trip nach Kathmandu im Dezember 1994", dozierte sie mit einer Gebärde nach der Jahreszahl, welche einerseits Unwissenheit, andrerseits Bedauern ausdrücken sollte. "Seine Frau übrigens auch."

"Hm, hatte Chandler diesbezüglich irgendwelches Material gesammelt? Ich meine, sofern es irgend eine Geheimsache betraf, könnte es mit seinem Verschwinden zu tun haben."

"Soweit ich weiß, hat er nur sein Buch gelesen, das in sieben Sprachen übersetzt worden ist, fragen Sie mich nur nicht, wie das Pamphlet heißt."

"Kann man ja auf amazon.de bestellen, nehm ich an."

"Oh ja, sicher, dort kann man fast alles bestellen, obwohl man's gar nicht braucht, hihihi."

Ihrer Miene entnahm er aufkeimendes Desinteresse an der Sache und so entschloss er sich, das heikle Thema zu wechseln. "Mögen Sie seine Musik?" Mit einer Hand deutete er auf Alice Coopers geschminkte Larve auf ihrem T-Shirt.

"Oh ja, und seine für Rockstars untypische Art, noch immer mit derselben Frau verheiratet zu sein." Das klang ein wenig bitter, so als würde sie Mrs. Cooper um ihr Eheglück beneiden.

"Wo viel Licht ist, ist auch viel Schatten! Quälen Sie sich also nicht, es wird schon irgendwann einmal der Richtige für Sie daherkommen. Und bis dahin können Sie sich ja weiter mit Verschwörern rumärgern und denen Ihre aktuelle Stichwaffe in die Nase schieben", zog er sie auf, wobei er ihr verschwörerisch zuzwinkerte.

"Weißt du was, Jonas, trinken wir doch Bruderschaft", bot sie ihm nun jovial das Du-Wort an und reichte ihm ein oranges Fläschchen.

"Okay, Janina", stimmte er zu und verhakte sich kurz mit einem Arm in den ihren, um das Ritual, in welchem sich beide in dieser Stellung den Alkohol einverleibten, zu vollenden. Kaum hatte er sich daraus

gelöst, scherzte er: "Ich hab schon einen
Kosenamen für dich: Schraubzilla!"

"Pffa-hahahaha!", prustete sie los. "Das
mag ich an dir, Jonas, du hast funny bones,
so nennen die Amis die lustige Ader."

"Ja, mit Humor lässt sich das Leben
leichter ertragen und mit Musik! Schon
Nietzsche sagte: Ohne Musik wäre die Welt
ein Irrtum!", glänzte er mit seinem Wissen.

"Irrtum?" Mit einer Hand strich sie sich
eine Haarlocke aus der Stirn, ihr Antlitz nahm
nachdenkliche Züge an. "Oh Gott, Jonas, was
sind wir im Grunde? Ein Irrläufer der
Evolution, ein Zoo oder ein soziales
Experiment für die Aliens? Sind wir für sie
nur das Unterhaltungsprogramm oder
studieren die uns wie wir die Insekten?"

Die Dialoge mit ihr glichen Jonas' Ansicht
nach Dramoletten, in denen sich all ihre
Ängste abspielten, daher wusste er keine
Replik darauf, also sprach sie weiter: "Es
klingt ja ein bisschen verrückt. Aber hast du
dir zum Beispiel schon einen Japaner genauer
angesehen? Ihm beim Sprechen zugehört?"

"Äh, nein, auch keiner Japanerin. Das
heißt, ich hab mal Yoko Ono singen gehört.
Warum fragst du?"

"Weil ich mir manchmal denke, die Japse
stammen von einem andern Planeten. Was,
wenn sie und noch andere Exoten einfach von
den Außerirdischen hierher transferiert
worden sind? Nur, um zu sehen, wer nach
Jahrhunderten noch übrig bleibt. Wer weiß,

vielleicht haben die eine galaktische Wette am Laufen. Wer auf die Japaner setzt, der gewinnt."

"Sag nicht, dich hat mal ein Japaner belästigt und du hast ihn auch..." Er machte mit dem Zeigefinger eine flinke Bewegung in eins seiner Nasenlöcher.

"Nein, keinen Japaner..."

"Schraubzilla!", neckte er sie, doch wartete vergeblich auf das erneute prustende Lachen.

"Stell dir vor,..." Leise rülpste sie. "Ich hab schon mal jemand mit dem Schraubenzieher in den Solarplexus gestochen. Ich meine ein, zwei Jahre vorher, vor meinem Vegas-Urlaub. Im Prater war's. Der irre Kerl stand vor mir, schlug grundlos auf mich ein, ich kannte den überhaupt nicht."

"Und? War er tot?"

"Nicht sofort! Beim Einladen in den Rettungswagen hat er noch gelebt. Die waren sehr schnell da, muss ich sagen. Wär ich verletzt gewesen, wären die nicht so schnell dahergekommen. ... Der senile Richter sah mich bei der Verhandlung an wie den Staatsfeind Nr. 1 und keifte: 'Ihr Opfer ist tot!' Da darf man nicht sagen: Hörst, alter Trottel, ICH bin das Opfer, ein wehrhaftes zwar, aber ein Opfer, sondern: 'Hat man ihn ins AKH gekarrt? Dann starb er wahrscheinlich an einem Krankenhauskeim!'"

"Haha, du bist guuuut", lobte Jonas sie erheitert und überschwänglich und nahm sich sein drittes Fläschchen, diesmal wählte er ein grünes.

"So gut auch wieder nicht. Darauf sagt nämlich der Staatsanwalt, ein zaundürrer Knochen: 'Dort ist mein Bruder Oberarzt.'"

"Auweh!" Bedauernd leerte er den Kiwi-Likör auf Ex.

"Ja! Das ist eine Familie! Die Figuren haben doch alle Schlüsselpositionen schon besetzt. Bestimmt sitzt einer von denen neben der Flinten-Uschi! Und weißt du, wie der dürre Knochen hieß?"

"Nein, wie hieß er denn?"

"Ratzenberger, klingt das vertraut?"

Ratlos und von dem Genuss der bunten Alkoholika schon leicht benebelt, lallte er: "Nein, eigentlich nicht. Sollte ich den Namen kennen?"

Vorwurfsvoll klärte sie ihn auf: "So hieß doch Papst Benedikt, der Deutsche, mit seinem sterblichen Namen!"

"Ach soo, jetzt fällt's mir wieder ein. Und du denkst, die zwei waren miteinander verwandt?"

"Davon gehe ich aus. Wahrscheinlich ist noch eine Urstrumpftante hierher ausgewandert und sitzt zur Linken vom Präsi." Mit einem Zug trank sie ein blutrotes Fläschchen leer. "Aaah! Also machte ich vor dem dürren Knochenmann widerwillig einen halben Kotau und flötete: 'Ja, wo Ihr Herr Bruder der Chef ist, wird tüchtig und antiseptisch gearbeitet, aber der kann ja nicht überall sein.' PUH!"

"Und wie ging's weiter?"

"Mit einem vernichtenden Blick! Der Staatsanwalt blätterte in seinen Unterlagen und es kommt raus: Die miese Kreatur hat schon 19 Vorstrafen angesammelt. Und alle gegen Frauen. Meiner Meinung kam der Irre direkt aus dem Höllenschlund. Kein Wunder, CERN hat ja ein Portal zur Hölle geöffnet."

Ihre lebhafte Schilderung wurde begleitet von intensiver Mimik, so als wolle sie Gesichtsgymnastik zur effizienten Faltenvorbeugung betreiben.

"Haha, das denk ich mir auch manchmal, wenn mir missliebige Zeitgenossen das Leben versauern! Diese Quälgeister hat alle der Teufel nach oben zu unsrer Bestrafung geschickt."

"Da schlug die Stimmung im Saal zu meinen Gunsten um und die verhärteten Visagen der Schöffen wurden weicher, als das bekannt gegeben wurde."

"Und die Visage vom Staatsanwalt?"

"Für mich schauen die ja alle gleich aus, diese aalglatten Staatsanwälte mit ihrem Ich-weiß-alles-du-bist-schuldig-Blick! BRRR! Es blieb dem Richter nix andres übrig als FREISPRUCH!" In Gewinnerpose warf sie kurz die Hände über den Kopf.

"Gratuliere!" Frech fischte er sich ein gelbes aus den noch vollen Fläschchen neben ihr heraus. Sie lagen so da wie Spielzeug, Spielzeug für Erwachsene.

"Leider kostete mich der Anwalt 800 Euro.

Ein teurer Sieg!" Ihre Hände sanken wieder, ebenso ihre Mundwinkel beim Gedanken an den Verlust dieser Riesensumme. Denn dafür hatte sie bestimmt sehr viele Fingernägel maniküren müssen. Langsam schraubte sie ein oranges Fläschchen auf. "Und ich versicherte dem Richter noch: 'Herr Rat, ich wollte ihn nicht umbringen, weil ein Toter hat ja keine Schmerzen.' Ich wollte, dass er jeden Tag an mich denkt. Ja, jeden Tag seines verschissenen Lebens mit *meinem* Gesicht vor den Augen aufwachen, das wär die richtige Strafe für den Kretin gewesen."

Leicht verwundert musterte er sie, wie sie orange Flüssigkeit in sich hineinschüttete und nicht mehr begriff, dass sie sich mit dem letzten Satz praktisch selbst herabsetzte. Es kam ihm vor, als konnte sie den Alkohol nicht so gut vertragen wie er. Genüsslich leerte er sein gelbes Fläschchen, es schmeckte nach Williamsbirne.

"Die Zeit, die mir bei einer Haftstrafe gestohlen worden wäre, nütze ich jetzt voll aus." Ihre Stimme geriet zu einem Flüstern. "Sie vergeht viel zu schnell. Im Handumdrehen ist man alt..."

"Ja, die Zeit ist grausam", pflichtete ihr Jonas bei und kratzte sich im Schritt. "Oder wie es der Wiener in der Vorstadt gern ausdrückt: Kaum fallst nieder, liegst schon da."

Janina war eingeschlafen, verkrümmt ans untere Bettende geschmiegt, das Gesicht von

Alice Cooper zeigte nur noch die Augen über ihrem zu engen Hosenbund. Jonas überlegte kurz, sie zu entkleiden und aufs Bett zu legen, ließ es dann aber bleiben. Ächzend rappelte er sich hoch, sein Kreuz gab ihm einen Stich, jaja, die Zeit, die grausame Zeit machte auch vor ihm nicht halt und quälte ihn mit den Spuren, die seine Lebensweise noch zusätzlich zu ihrem erbarmungslosen Vergehen in seinem Körper hinterlassen hatte. Leise sammelte er die leeren Fläschchen auf, schlich sich aus der Tür und löschte noch das Licht, bevor er sie hinter sich schloss.

20. Die Spur wird heiß

Vorsichtig öffnete er ein Auge, sein Schädel schien auf die doppelte Größe anzuwachsen, Auge schnell wieder zu! Noch halb dösend, halb leidend, versuchte er, die gestrige Nacht zu rekonstruieren. Langsam bröselten einige Brocken der Ereignisse aus der Erinnerung heraus: Eine heißblütige Rothaarige packt ihren Koffer, wirft ihm Blicke zu, die man als aufreizend auffassen kann, Schraubzilla taucht mit blutbefleckter Kleidung auf, sogar ein UFOnaut tritt auf, klein, graue Hautfarbe mit riesigen Kohleaugen, Leach drängt sich in seiner zu eng gewordenen Uniform dazwischen und rettet ihn, ein Japaner wird von dem Alien entführt, in einem Buick, in dessen Kofferraum eine Leiche zum Zombie erwacht.... *NEIN! Das träum ich doch alles nur.* Hellwach sprang er aus dem Hotelbett, oder besser ausgedrückt, wollte er springen, denn er fiel hart auf den Teppich, wo leere Minibar-Fläschchen herum kugelten.

"Jetzt weiß ich wieder", murmelte er und fuhr sich über seine schmerzende Birne, die ihm den gestrigen Alkohol-Übergenuss übel nachtrug. "Ich hab mit der reizenden Janina Bruderschaft trinken müssen, die immer noch als mordverdächtig gilt, oder auch nicht."

Noch ziemlich benommen torkelte er ins Badezimmer und stellte sich unter die Dusche. Das eiskalte Wasser erfrischte ihn und vereiste seine Kopfschmerzen. Schon etwas besser gelaunt trocknete er sich ab und cremte sich mit seiner Bodylotion ein. Ein Blick in den Spiegel empfahl ihm eine Rasur, die er mit dem Elektro-Shaver vornahm. Wie ferngesteuert kleidete er sich an. Automatisch schlüpfte er in die Sachen von gestern, wobei ihm ein Spruch von Keith Richards einfiel: *Ich hab einfach das angezogen, was ich heut morgens auf dem Boden gefunden hab.*

Daher zog er sich wieder aus und eine neue Unterhose an. Die Oberbekleidung hielt er ähnlich wie gestern. Es wurden wieder die bequemen Jeans und ein marineblaues Hemd mit zwei großen Brusttaschen, in welche er sein iPhone und ein Päckchen Papiertaschentücher steckte. In die hintere Hosentasche wanderte sein Portemonnaie, in die vordere der Leihwagen-Schlüssel. Konzentriert schnürte er sich die Sneakers zu, da klopfte es.

"Oh Gott, lass das nicht Schraubzilla sein", betete er mit Blick nach oben.

Sein Gebet wurde erhört, ein wohlgenährter, ihm schon leidlich bekannter, uniformierter Amerikaner trat ein.

"Es gibt was Neues, ich weiß nur nicht, inwieweit ich Sie ins Vertrauen ziehen soll", zeigte sich Leach unwillig, seine neue Information zu teilen. Sein Schnauzbart schien frisch gestutzt worden zu sein.

Ein dicklicher Mann war altersmäßig schwerer einzuschätzen, Jonas schloss aufgrund seiner Unsicherheit, dass er noch nicht einmal 30 war.

"Ach, geben Sie sich einen Ruck, ich fühl mich schon wie das gallische Dorf ohne Zaubertrank."

"Da komm ich nicht mit", gab der Officer zu, der noch nie etwas von dem Comic Asterix gehört hatte. An seinem Gürtel baumelte eindrucksvoll sein Colt, jederzeit zum Schuss bereit.

"Immerhin bin ich Journalist, der schon einige nützliche Hinweise bei Mordfällen beisteuern konnte", brüstete sich Jonas nicht ohne Grund, während er sich locker die Daumen in die Gürtelschlaufen seiner Jeans einhakte.

"Also schön. Wir wissen, wer unsere Jane Doe ist."

"Super!" Jonas rieb sich die Hände, die noch nach seiner Bodylotion rochen - Kaffee mit Phyto-Algen.

"Der Pathologe kam etwas spät darauf, er hat die Seriennummern ihrer Brustimplantate zurückverfolgt. Jedes Implantat hat sowas eingeprägt. Die Tote ist 38 Jahre alt und heißt Moira Milky Benson."

"BENSON? Damit ist die Verbindung zu Burt Billy Bear Blanks klar!", kam Jonas blitzartig die Erleuchtung und er deutete einen Freudensprung an.

"Ich komm schon wieder nicht mit", ärgerte sich Leach und stemmte die Hände in die Hüften. "Drücken Sie sich klar und deutlich aus, Mann!"

"Hab ich Ihnen nicht von meinem Interview mit der Heulboje, wie sie ihn zu nennen beliebten, erzählt, dass Blanks' echter Name Brandon Buddy Benson ist?"

"NEIN!"

"Ich hätte schwören können, ich hab's erwähnt, egal, jedenfalls erzählte mir Blanks, wie er in echt hieß, und bei derselben Gelegenheit, dass sein Nachbar-"

"Jaja, das mit dem Nachbarn namens Harold Copswater hab ich mitgekriegt. Jetzt versteh ich den Zusammenhang, den Sie meinen. Ich wiederhole zur Sicherheit, was daraus zu folgern ist: Copswater hat sich auf den Weg zu Blanks gemacht, traf unterwegs zufällig dessen Verwandte Miss Benson, brachte sie um und dann traf er zufällig SIE."

"Nicht immer zufällig. Ich seh das leicht anders, Officer: Copswater hat sich auf die

Suche nach Benson alias Blanks, seinem ehemaligen Nachbarn, gemacht, und dazu hat er aktiv, also vorsätzlich, zuerst Moira Milky Benson aufgesucht, über die er an Blanks ranzukommen hoffte. Es kam zum Streit, warum auch immer, er brachte sie um und dann traf er leider zufällig auf mich."

"Ja, das ergibt Sinn!", stimmte Leach erfreut zu. "Der Grund für den Streit könnte durchaus sein, Moira Milky Benson fühlte sich von Copswater als nützliche Idiotin missbraucht und es kam zum Streit, den er letal beendet hat."

"Endlich kommt Licht in die Sache", jubelte Jonas. "Eventuell hatte sie hier in Las Vegas womöglich gar keine Wohnung und logierte im Hotel. Vielleicht sogar im selben Hotel wie Mrs. Fleggeler."

"Wer ist Mrs. Fleggeler?"

"Das ist die Kurzzeit-Affäre von Copswater im Plaza-Hotel. Ich traf sie dort zum Recherche-Gespräch, sie ist bereits abgereist ins traute Heim zum sehr toleranten Ehegespons, nachdem ich den Fahrer eines schwarzen Wagens, der angeblich auf sie zwecks Verfolgung wartete, abgelenkt hab."

"Aha. Paranoia ist wirklich weiter verbreitet als ich dachte. Aber nun, wo Jane Does Identität endlich klar ist, lässt sich das leicht feststellen", beruhigte ihn Leach.

"Was?", hakte Jonas irritiert nach, noch immer unter dem Einfluss von reichlich Restpromille.

"Ob sie auch im Plaza-Hotel gewohnt hat."

"Ja, genau. Hm-und womöglich hat Copswater alias McGoggins dort noch andere Bekanntschaften gemacht."

"Kann sein, werd ich auch noch überprüfen. Allerdings juckt mich da noch eine Frage."

"Ja? Nur immer raus damit!", ermutigte ihn Jonas.

"Warum will Copswater alias McGoggins eigentlich zu Blanks alias Benson?" Skeptisch kniff er ein Auge zu.

"Das ist für mich glasklar: Blanks alias Benson ist zum Filmstar avanciert und Copswater, sein creepy Ex-Nachbar aus Missouri, will sich jetzt entweder in seinem Ruhm sonnen oder in seinem Geld baden."

Leach strich sich über seinen Schnauzbart. "Ja, das leuchtet mir ein, werde also intensiv nach diesem Copswater fahnden."

"Allein? Hilft Ihnen Ihr Kollege Slithers nicht?"

"Lieutenant Slithers! Der wird heute befördert!"

"Was? Obwohl er Miss Kopplmayr den Mord an Joey, dem Verschwörungstheoretiker, nicht unterschieben konnte?", amüsierte sich Jonas.

"Stop!" Nach dem Wort vollführte er mit beiden Händen eine Abwehrgeste. "Wir schieben niemandem einen Mord unter, nur damit wir ihn schnell vom Schreibtisch kriegen, merken Sie sich das, Mr. Jericho. Das sind alles die üblichen Klischees, die man aus den billigen TV-Serien kennt, wo der private Ermittler immer schlauer als wir Cops ist."

"Naja, ich gucke mir oft im Internet Gerichtsfälle an und habe danach oft den Eindruck gewonnen, dass manchmal auch offenbar Unschuldige verknackt werden."

Gestenreich erklärte ihm Leach mit etwas lauterer Stimme: "Hören Sie mir mal genau zu, mein Freund! Das ist ziemlich deprimierend im Rechtssystem der vereinigten Staaten, denn hier wird man im Gerichtssaal nicht auf Basis bloßer Fakten eines Verbrechens verurteilt, sondern aufgrund so einer gottverdammten Theorie eines Bezirksstaatsanwalts und der eines andern verdammten theatralischen Hurensohns, der einen vertritt. Und das alles ist nichtmal die Wahrheit! Das ist das Schlimmste daran, die stellen der Jury nur Teile der Wahrheit dar und das ist nicht die Wirklichkeit!"

"Wow, von einem Officer der USA hätte ich mir solche Bekenntnisse nicht erwartet. Hatten Sie mal mit so einem Hur-äh-Staatsanwalt Streit?"

"Meine Ex-Frau ist mit so einem verheiratet", gab er mit einer Leichenbittermiene zu. "Ein Sergeant wie ich konnte ihr nicht genug bieten."

"Oh, das macht die Sache klar... Tja, soll

ich Sie nicht lieber begleiten? Ich konnte der Polizei schon in England und in Ägypten dienlich sein."

"Nein, das bewältige ich allein. Übrigens hat auch das Alleinsein ohne Ehefrau seine Vorteile."

"Das weiß ich aus Erfahrung, ich war nie verheiratet! Und wenn Sie den Fall gelöst haben, können Sie dank Rangverbesserung schnell eine Nachfolgerin finden", gab sich Jonas optimistisch.

"Yeah, wer weiß. Also dann, Bye!"

"Good Bye!" Unschlüssig, was er nun, nach dem Abgang von Leach tun sollte, verharrte Jonas eine Zeitlang hinter der zugeworfenen Hoteltür. Das Bitte-nicht-stören-Schild schaukelte am Knauf hin und her, so als wollte es ihn hypnotisieren oder auch vor dem Rausgehen warnen.

Ob ich Janina besuchen sollte und ihr für die gestrige Gastfreundschaft danken, überlegte Jonas, nein, lieber nicht, die bringt's fertig und klagt mich dafür an, sie nicht sexuell missbraucht zu haben. Entschlossen verließ er sein Zimmer und wollte sich zum Frühstück in den Speisesaal begeben. Doch knapp davor stand Bo Tallcloud, wieder in seinem Unschuldsanzug und winkte ihm zu.

"Mr. Jericho."

"Ah, Mr. Tallcloud, konnten Sie Walt Prongas schon auftreiben?"

Betrübt schüttelte er nur das Haupt. "Ich

konnte nur über ihn rauskriegen, wie gesprächig er üblicherweise ist. Der redet eine Meile pro Minute, redet und redet und redet-"

"Jetzt nicht mehr", unterbrach ihn Jonas.

"Woher wollen Sie das wissen?"

"Weil er ja verschwunden ist. Ich nehme an, er ist tot."

"Ach, hat er's wieder einmal geschafft, sich in den Mittelpunkt zu stellen? Genau das hat mir eine seiner Verflossenen gesagt, als ich ihr klar machte, nach ihm zu suchen."

"Ist das alles, was ihr dazu einfiel?"

"Nein, er hat - laut ihrer Aussage - auch gern TikTok geguckt. Da ist ein Boogeyman inside, verstehen Sie? Die haben Beiträge, die ihn hoffnungslos gemacht haben, ihm wahrscheinlich zum Selbstmord geraten haben. Jedenfalls wurde sein Computer, ein herkömmliches Notebook, das er ihr zur Aufbewahrung aus Angst vor Einbrechern gab, gründlich gelöscht. Ich konnte nur einen geringen Content wiederherstellen."

"Und wenn er es selbst gelöscht hat, damit der Inhalt nicht in die falschen Hände gerät?"

"Möglich wär's, aber das glaube ich nicht."

"Warum nicht?"

"Weil er das Notebook dann gar nicht herumgetragen und in ihre Obhut gegeben hätte."

"Und wenn die Verflossene es gelöscht hat?"

"Warum sollte sie es mir dann überhaupt zeigen. Da wäre es doch logischer gewesen, seinen Besitz total zu verschweigen."

"Ach, Frauen! Die handeln nicht immer logisch, glauben Sie mir, ich spreche da aus reichhaltiger Erfahrung", tat Jonas demonstrativ weltmännisch.

"Okay, was ist mit seinem Apartment? Schon mal dort gewesen?"

"Ja, davon erzählte ich Ihnen doch, denn er zeigte mir ebendort die geheimnisvollen Symbolreihen auf seinem alten Fernseher."

"Ja, jetzt fällt's mir wieder ein." In einer Geste der plötzlichen Erinnerung griff er sich an seinen akkuraten Bürstenhaarschnitt. "Könnte aber auch nur so eine Art Bildschirmschoner gewesen sein."

"Bildschirmschoner? Für einen ur-uralten Fernsehapparat?"

"Okay, klingt abwegig. Dann lassen Sie uns einfach mal gemeinsam dorthin pilgern." In Tallclouds Auftritt lag etwas Bestimmendes, sehr Überzeugendes, das absolut keinen Widerspruch zu dulden schien. Auch nicht die Ausrede, noch kein Frühstück zu sich genommen zu haben.

21. Nette Nachbarn

Was blieb Jonas andres übrig, als mit ihm in seinem vermüllten Toyota RAV4 zu Prongas' Adresse zu fahren. Zwischen leeren Eispackungen, zerknüllten Zeitungen und einzelnen schon schimmligen Fressalien fühlte er sich weniger wohl als rückblickend im Buick mit der Leiche. Immerhin verging Jonas so sein Appetit auf Frühstück. Auch außen zeigte sich Bo Tallclouds Beförderungsmittel total verdreckt, ja, man konnte die Farbe des Lacks nicht mehr sehen. Etwaige Unfallzeugen würden sie als eher grau beschreiben, sie konnte auch gewollt, also serienmäßig staubgrau sein. Jonas wunderte sich, dass jemand, der so gern blütenweiße Anzüge trug, in so einer Dreckschleuder unterwegs war, aber eventuell wollte er damit nur eine geschickte Tarnung erzeugen und hatte insgeheim mit Zwangsneurosen, wie z.B. Waschzwang zu kämpfen.

Ein als berühmter Filmpirat kostümierter Statist huschte über die Fahrbahn und veranlasste Tallcloud, seine ganz subjektive Meinung über Las Vegas vom Stapel zu lassen: "Käpt'n Jack Sparrow auf dem Weg zur Black Pearl, die für zahlende Touristen allabendlich zum schönen Schein versinkt. Die ganze verfluchte Stadt ist nur eine einzige Kitschorgie, gepaart mit billigen Showeffekten, die einer kollektiven Überemotionalisierung Vorschub leisten."

"Tja, massentaugliche Unterhaltung für die arbeitende Bevölkerung eben", erlaubte sich Jonas festzustellen. "Das, was die alten Römer als Brot und Spiele bezeichneten."

"Nur, dass es sich manchmal auch um verbotene Spiele handelt", grummelte der Weißgekleidete hinter dem Lenkrad.

Endlich kamen sie in die Gegend, die Jonas nur bei Nacht gesehen hatte. Am Tag

sah sie heruntergekommen aus, hier wehte
der Wind der Vergänglichkeit. Tallcloud
parkte neben einer halb umgestürzten Planke,
die eine deprimierende Sicht auf eine
verfallene Hütte freigab, die früher einmal ein
Einfamilienhaus gewesen sein musste. Längst
von den Bewohnern verlassen und dem Abriss
entgegen bröckelnd, von struppigem, gelb-
braunen Gras umgeben, schienen es sogar
Ratten zu meiden.

"Hier könnte man auch mal wieder einige
Dollar in die Bewohnbarkeit reinpumpen",
bemängelte Jonas. "Wäre keine unnötige
Investition."

"Wär's doch! Kein Politiker gibt Geld aus,
wenn es ihm keine Wählerstimmen einbringt.
Und wie viele all unsrer Stimmberechtigten,
glauben Sie, mein Freund, kommen hier
vorbei?" Tallcloud wandte ihm sein
Westerngesicht zu und verengte die Augen.

"Verstehe", nickte Jonas, "hier
verflüchtigen sich alle Illusionen auf eine
bessere Welt."

"Illusionen", wiederholte er, als überlegte
er, ob er noch selbst welche in sich barg. "Wir
sind nicht zur Kontinuität gezwungen und wir
können unsere Vergangenheit schwer
abstreifen, unsere Erinnerungen
umprogrammieren. In manchen Fällen ist es
notwendig, um eine Zukunft haben zu
können. Dieser Ort hier hat keine Zukunft, er
hat noch nicht einmal mehr eine Gegenwart",
urteilte er hart.

Seite an Seite spazierten sie zu Prongas' Wohnhaus. Keiner sprach dabei ein Wort, keine Passanten tummelten sich auf der Straße, nur teils glitzernder Asphalt und von oben brannte die Morgensonne auf das Dach von Walt Prongas' Behausung aus billigem Holz und Ziegeln.

Wenig später drangen sie ein, Tallcloud hatte einen Dietrich, der die Tür von dem Apartment wie von selbst aufspringen ließ und wollte sich sofort an dem ur-uralten Fernsehgerät zu schaffen machen, aus seiner hinteren Hosentasche holte er ein Schweizermesser.

Sogleich protestierte Jonas: "HALT! Wir können das Gerät nicht einfach ruinieren!"

"Wollen Sie wissen, was dahinter steckt oder nicht?" Nach einer Pause fügte er hinzu: "Ich seh mich nur mal drinnen um." Seine Finger mit dem Schraubenzieher-Teil des Messers machten sich flink ans Werk und ließen erkennen, dass er das nicht zum erstenmal macht. "Sehr sauber, das ist schon verdächtig, denn normalerweise sammelt sich in so uralten Geräten der Staub von Dekaden."

"Was schließen Sie daraus?"

"Dass er entweder Reinlichkeits-Fanatiker war oder jemand kam vor uns auf die Idee, hier Einsicht zu nehmen. Fragt sich nur, was der Jemand gefunden hat, denn ich kann absolut nichts entdecken, was nicht in den Kasten reingehört."

"Wenn es aber gar nichts mit dem Innenleben des Kastens zu tun hat?", stellte Jonas die Frage in den Raum. "Wenn die Symbolreihen aufgrund einer andern Sache auf dem Bildschirm aufgepoppt sind, Mr. Tallcloud?"

"Welcher andern Sache?" Nebenbei schraubte er die hintere Wand des alten Gerätes wieder zu. "Nachricht von kleinen grauen Männchen?"

"Na, irgendwer hat ihm diese Zeichen jedenfalls reihenweise gefunkt oder so!"

"Dazu bräuchte irgendwer die Möglichkeit, in dem alten Kasten einen Empfänger zu erreichen. Oder glauben Sie, so ohne alle Hardware kann man dem alten Apparat etwas übermitteln?"

"Denken Sie an die Strahlen, die für das Mobiltelefon vonnöten sind."

"Ein Mobiltelefon ist für diese Strahlen gerüstet, dieses alte Unikum hier nicht."

"Aber ich sah doch mit meinen eigenen Augen, wie auf dem Bildschirm die Zeichen in Reihen abliefen. Ich hab sie sogar gefilmt." Schon wollte er sein iPhone zum Beweis zücken.

"Das glaub ich Ihnen schon." Eine wegwerfende Geste folgte. "Allerdings sahen Sie nicht, was zu dieser Zeit hinten im Gerät angeschlossen war. Was immer es war, es ist weg - verschwunden - futsch! Und ich kann mir denken, warum."

"Hm, eventuell war das nur so eine Art

Testbild des Universums, ähnlich der von Astronomen festgestellten kosmischen Hintergrundstrahlung ...", überlegte Jonas und tippte auf den Fernsehapparat. "Sowas gibt's bei uns in Europa längst nicht mehr. Ein Testbild, meine ich."

"Sie verstehen's immer noch nicht", kritisierte ihn Tallcloud kopfschüttelnd. "Sind Sie sicher, dass Sie nicht Kafka heißen? Was Ihnen Walt Prongas so geheimnisvoll gezeigt hat, war ein von ihm konstruiertes Kunstwerk, das Sie auf seine Theorie einschwören sollte."

"Alles nur ein Fake? Um mich zu überzeugen, dass er von Außerirdischen Nachrichten kriegt?"

"Exakt!", freute sich Tallcloud und steckte sein Schweizermesser wieder ein.

"Sachen gibt's..." Jonas schüttelte den Kopf. "Wenn ich mir ausmale, wie eloquent der Kerl mich rein-"

An Prongas' Eingangstür pochte es zaghaft und unterbrach seinen Redefluss.

"Da kommt wahrscheinlich schon einer, den er genauso gelinkt hat wie mich", ahnte Jonas.

Tallcloud öffnete und eine unscheinbare Frau in einem rosa-grauen T-Shirt und weißen Jeans kam in gelben Sandalen herein. "Hello! Ist Walt nicht daheim?"

"Nein, er wird vermisst", gab ihr Tallcloud Auskunft.

"Wie schade", bedauerte sie und zwang

sich für Jonas ein Lächeln ab. "Darf ich fragen, wer Sie sind?"

"Mein Name ist Jonas Jericho, Journalist und Freund von Walt."

"Und ich bin Bo Tallcloud, mit dem Auffinden von Walt beauftragt."

"Was? Er ist verschwunden?" Ihre Rehaugen unter dunkelbraunen Stirnfransen weiteten sich in großem Unglauben.

"Hatten Sie eine Verabredung mit ihm?", forschte Jonas.

"Nein, das nicht gerade, ich kam immer mal rüber, ich bin Belinda von nebenan." Sie mochte höchstens 33 sein, roch nach Marihuana, was allerdings auch nur ihrem süßlichen Deodorant geschuldet sein konnte, und sah von einem zum andern.

"Hat er Ihnen auch sein Wunder-Fernsehgerät gezeigt, Belinda?" Tallcloud verbiss sich ein Grinsen.

"Ja, es ist faszinierend", bekannte sie und ging näher zu dem Apparat, fast so, als hätte sie große Ehrfurcht davor.

"Lassen Sie mich mal raten", fuhr Tallcloud mit seiner Konversation fort. "Als Dank für sein Vertrauen haben Sie ihn zum Essen eingeladen."

"Hat er Ihnen das erzählt?" Wieder ein erstaunter Ausdruck in ihren verträumten Augen.

"Das konnte er nicht, da wir uns nie persönlich trafen. Aber er hat Mr. Jericho in einer Bar einige Drinks abgenötigt, bevor er ihn auch in *sein Geheimnis* einzuweihen für würdig hielt."

Belinda machte den Eindruck, gleich in Tränen auszubrechen.

"Haben Sie ihm auch Geld geliehen?" Mit schief gelegtem Kopf musterte Tallcloud die zarte Frau.

Betreten nickte sie.

"Das können Sie abschreiben!"

"Mr. Tallcloud!", rief ihn Jonas zur Ordnung. "Falls Sie ihn finden, kann Miss Belinda ihn immer noch auf volle Rückzahlung klagen."

"Oder als Lehrgeld auf dem Gewinn- & Verlust-Konto verbuchen", konnte es Tallcloud nicht lassen, seinen Sarkasmus zu zeigen. "Auf das Geld wartet sie ewig."

"Was heißt schon EWIG? Nicht einmal unsere Sonne existiert ewig, sondern nur ein paar Milliarden Jahre, obwohl für einen Himmelskörper ist das nur ein Klacks", erwiderte sie trotzig. "Es war kein Riesenbetrag, der mich arm macht."

"Sie wären besser dran gewesen, das Geld in Bitcoins zu investieren", ließ Tallcloud genüsslich verlauten. Er schien mit Frauen Probleme zu haben. "Ich drehe jetzt noch eine Erkundungs-Runde bei Ihren andern Nachbarn, um sie über unsern gemeinsamen Freund auszufragen. Sie können gern mit Mr. Jericho aus Europa hier auf mich warten, ob er etwa in persona auftaucht und wieder einen Anpump-Versuch bei Ihnen startet."

Nachdem er fort war, erkundigte sich Belinda: "Arbeiten Sie mit diesem Ekel zusammen?"

"Nein, nein! Kränken Sie sich nicht, Miss Belinda. Was andre sagen, muss wie Seife an einem abrutschen, wenn man unter der Dusche steht. Er scheint ein ruppiger Typ zu sein, wie alle Cops. Apropos Cops..." Jonas wurde nachdenklich. "Beginnt die Polizei nicht erst nach 48 Stunden mit der Suche nach Vermissten?"

"Ja, sofern es sich nicht um Kinder handelt. Da treten sie früher die Suche an."

"Es sind nämlich noch keine 48 Stunden her, die Walt Prongas vermisst sein kann. Ich war mit ihm kürzlich in seiner Wohnung, um das interessante Programm zu sehen, das ihm sein TV-Gerät bietet."

"Dann ist dieses Ekel nur ein Privatdetektiv, der Walt hinterherspioniert. Gibt eine miese Imitation von Philip Marlowe ab. Solche Machos kenne ich zur Genüge, auf diesen Typ Mann würde ich niemals reinfallen."

"Sie sollten mal sein Auto sehen, darin herrscht das pure Chaos", verriet ihr Jonas.

Die Frau zählte zur großen Gruppe der Leute, die sich aufgrund ihrer vielen negativen Erfahrungen für klüger als alle andere hielt. "Chaos ist nicht berechenbar, Dummheit auch nicht! Diese Einsicht bewahrte mich bisher davor, ein Kind zu bekommen. Solange ich keinen genialen

Mann kennen lerne, verweigere ich
Nachkommenschaft."

"Das hilft Ihnen nichts", enttäuschte Jonas
sie. "Denken Sie an Einstein und seine erste
Frau Mileva Maric, die ebenfalls ein Genie wie
er war. Unter dem ersten Entwurf seiner
Relativitätstheorie standen noch ihrer beider
Namen. Sie bekamen Kinder, von denen ein
Sohn in der Anstalt landete."

"Yeah, die Geschichte kenne ich auch, ein
Idiot im medizinischen Sinn", stimmte sie ihm
zu. "Einer, der nicht für sich selbst sorgen
konnte."

"Idiot darf man in so einem Fall bei uns in
Europa gar nicht mehr sagen", klärte er sie
auf. "Man spricht in so einem Fall von einem
Kind mit speziellen Bedürfnissen."

"Ich habe auch spezielle Bedürfnisse, die
mir bisher keiner erfüllen konnte. Nur Walt
vermittelte mir den Eindruck, einen Draht zu
einer besseren Welt zu haben."

"Miss Belinda, er war ein Nassauer, der
sich mit dem Trick das Interesse, Vertrauen
und auch das Geld seiner Mitmenschen
erschlichen hat."

Mit gesenktem Kopf trottete sie davon.

"Tut mir leid, Miss Belinda. Kann ich Ihnen
helfen?"

Er erhielt keine Antwort, nur das laute
Geräusch vom Zuschlagen der Tür. Neugierig
nutzte er die Zeit bis zu Tallclouds Rückkehr,
um sich in den Schränken und Kommoden
umzusehen. Überrascht musste er feststellen:

Die meisten Schubladen waren leer, im
Kleiderschrank hing nur ein zerschlissenes
weißes Hemd, das unter den Achseln vom
Schweiß gelb verfärbt vor sich hin müffelte,
und unter dem Bett lag ein leerer Koffer.
Selbst im Kühlschrank inklusive Tiefkühlfach
fand sich nur gähnende Leere, sah man von
einem halbvollen Glas Gewürzgurken in der
Gemüselade ab. Im Mülleimer, den Tallcloud
ja bereits durchsucht und darin Jonas'
Visitenkarte gefunden hatte, lagen
Essensreste, leere Bierdosen und die Zeitung
von vorgestern. Eine Seite war bekritzelt,
unter dem Foto von Joe Biden stand
Demokraten sind hirnlos. Es schien fast so, als
wäre Prongas wie Copswater ebenfalls ein
Republikaner.

Nach insgesamt zirka 20 Minuten kehrte
Tallcloud wieder in die Wohnung zurück,
Jonas berichtete ihm von den leeren Möbeln
und dem Koffer.

Einer der Mundwinkel Tallclouds zog sich
zu einem schiefen Lachen hoch. "Ich weiß!
Der krumme Hund ist abgereist! Und ich weiß
auch warum: Dem einen Nachbarn schuldet
er 2.397 Dollar, dem andern gar 3.800! Die
andern sind nicht daheim. Ich nehme an,
Walt hat sich abgesetzt, weil nichts mehr zu
holen war, wahrscheinlich auch ohne die
Miete zu bezahlen."

"Wissen Sie, was er vor seiner Rente von
Beruf war?", forschte Jonas.

"Der ist noch nicht in Rente mit seinen 59

Jahren."

"Also ich fand, der sieht wesentlich älter aus."

"Das macht der Teufel Alkohol", zischte Tallcloud, der wohl Abstinenzler sein musste. "Deshalb ist er auch bei IBM rausgeflogen, wo er als IT-Systemelektroniker tätig gewesen ist und daher auch sein Geschick mit den angeblich von Aliens stammenden Symbolreihen."

Spontan nahm sich Jonas vor, mit den Drinks künftig sparsamer zu sein. Kurz spielte er mit dem Gedanken, Tallcloud darauf anzusprechen, dass er gar kein Bulle sein konnte, verzichtete dann lieber darauf und biss sich auf die Unterlippe. Vor allem, weil ihm noch was auf dem Herzen lag.

"Wollen Sie mir was sagen?" Bo Tallcloud schien seine Körpersprache lesen zu können. Sollte er wirklich nur ein Privatdetektiv sein, musste er davor den Beruf eines Polizisten ausgeübt haben. Womöglich war er nur im Nebenerwerb PI.

"Naja, mir ist da noch was eingefallen."

"Ja, ich höre?"

"Ich könnte mir die Zunge abbeißen. Als ich zuletzt mit Prongas hier war, erwähnte er, nicht über das nötige Kleingeld für zielführende Nachforschungen zu verfügen und erfragte meine Beziehungen in die Welt der ganzen Verschwörungstheoretiker. Ich gestand ihm, nur mit einem dieser Vögel gesprochen zu haben. Einem gewissen Joey

Snodgrass. Walt hat den Namen sogar wiederholt, worauf ich ihm noch die Adresse Memory Lane 28 genannt hab, ich Hornochse!" Mit beiden Händen hielt er sich den Kopf.

"Ja, und?" In Tallclouds Stimme wurde Ungeduld hörbar.

"Der wurde gestern erschossen. Wissen Sie, ob Prongas einen Waffenschein besaß?" Schuldbewusst ließ er die Hände sinken.

"Nein, aber eine Waffe trägt hier fast jeder bei sich, ob mit oder ohne Berechtigung. Lassen Sie uns verschwinden, es ist sinnlos, auf Prongas' Wiederkehr zu warten. Der zieht den Schwindel in einer andern Stadt neu auf. Die Hardware dafür hat er ja abmontiert und samt seinem gesamten Gepäck mitgenommen. Zur Hölle mit dem Bastard!"

22. Treffen mit einem Psychotiker

Eigentlich wollte er im Speisesaal nur eine Kleinigkeit zu sich nehmen, hoffend, dass es noch Frühstück gab. Als er Janina erspähte, wollte er lieber wieder umdrehen, doch es war zu spät, sie hatte ihn entdeckt und winkte ihn heran. Gekleidet in einen orange-lila Kaftan, eine übergroße Sonnenbrille in das Blondhaar geklemmt, erwartete sie Jonas. Ihre Miene säuerlich, der Ton vorwurfsvoll: "Wo warst du denn so lange?"

"Mit einem Privatdetektiv auf der Suche nach einer Bar-Bekanntschaft, einer männlichen Bar-Bekanntschaft", beeilte er sich festzustellen, nachdem er ihr gegenüber

Platz genommen hatte. "Walt hieß er und tat so, als stünde er mit Aliens via seinem TV-Apparat in Kontakt, doch der Privatdetektiv fand heraus, es handelte sich bei ihm nur um einen cleveren Betrüger, der sich mit der Masche ein feines Leben finanziert hat. Jetzt ist er abgetaucht, eine Menge Schulden hinterlassend."

"Klingt fast wie eine Ausrede von dir."

"Janina, was soll ich Ausreden gebrauchen, wir hatten doch für heute gar kein Rendezvous ausgemacht."

"Stimmt, du hast dich gestern Nacht einfach aus meinem Zimmer gestohlen."

Verlegen fischte er sich ein Stück des Erdbeer-Cheesecakes auf ihrem Teller. "Ich wagte nicht, dich aufzuwecken. Da gibt es so einen sinnigen Spruch: Wecke niemals einen Schlafenden, er könnte vom Paradies träumen."

"Wo hast du den Spruch her? Klingt fast wie grad erfunden."

"Ich bin weit rumgekommen", mampfte er, "war unter anderem bereits in Ägypten und berichtete über neue wichtige Entdeckungen."

"Wow! Glaubst du wirklich, wenn es um eine wichtige Entdeckung ginge, hätte man einen 08/15-Schreiberling wie dich zu rate gezogen? Da täuscht du dich gewaltig. Ich kannte einen Mann, der wusste, wo er was finden konnte, einen Höhlentaucher, der mir via SMS von einem Fund in Bolivien berichtet hat, der unsere Geschichtsschreibung verändert hätte."

"Wieso nur HÄTTE?"

"Weil er in der Höhle ertrank! Allerdings, ohne dass der Pathologe Wasser in seiner Lunge fand, komisch, was?"

"Hm, möglich, seine Sauerstoffflasche war defekt und er erstickte mit dem Mundstück, sodass kein Wasser-"

"Ach, hör doch auf, das wollten die Behörden dort dem Botschafter auch einreden. Da scheißt der Hund drauf! Ich spürte richtiggehend die Täuschung, die mir diese Sesselfurzer aufdrücken zu können glaubten. Ich fühlte mich wie bei einer Chemotherapie, während in meinen Kopfhörern der Rock'n Roll röhrt. Kennst du sowas?"

"Jaja, hab ich auch schon mal erlebt", nickte Jonas pflichtbewusst. "Vor allem ärgert mich, dass mich jemand für dumm verkauft hat."

"Vergiss es! Chandler hat mich angerufen."

"Na sowas, ist er aus der Versenkung raufgekrochen? Ist er in seiner Freizeit auch Höhlentaucher?"

"Lass den Sarkasmus. Sowas mag ich nicht." Ihr Antlitz verzog sich kurz zu einer Grimasse.

"Wie heißt dein Freund mit dem vollen Namen?"

"Chandler Mankquist. Er will sich mit mir treffen, da dachte ich, wir könnten wieder als Geschwister-Team antanzen."

"Hast du uns schon avisiert?"

"Ich war so frei. Wenn du nix Besseres vorhast, dann könnten wir losfahren. Der Treffpunkt ist um 13 Uhr vor dem Circus Hotel, direkt beim Adventuredom."

"Den er auf dem Plan schon rot markiert hat", fiel Jonas brandheiß ein. "Dann war das Paket doch von ihm."

"Egal, ich bin neugierig, was er mir zu sagen hat. Lass uns keine Zeit verlieren und gleich losfahren, ich will pünktlich sein, Brüderchen."

Die Millionenstadt Las Vegas verfügt über eine Fläche von 352 km². Die Route von Hotel zu Hotel war vier Meilen lang, es dauerte nur 15 Minuten Autofahrt - bei normalem Verkehrsaufkommen -, während der beide einem der 78 Radiosender lauschten. Der Moderater riss alte Witze mit extatischer Stimme, sodass sie sich immerhin einige Lacher abringen konnten. Pünktlich erreichten sie den Treffpunkt, Jonas suchte für den Pickup einen Parkplatz und Janina hielt derweil aufgeregt vor dem Hotel mit der bei Tag eher unauffälligen Aufschrift CIRCUS CIRCUS schon Ausschau nach Chandler.

"Schon was von ihm gesehen, Schwesterherz?", fragte Jonas schelmisch, als er sich ihr wieder annäherte. Nachdem sie sich nun schon viel besser kannten und auch duzten, strahlten sie eine gewisse Vertrautheit aus. Dennoch würde Chandler, da es sich bei ihm um einen Verschwörungstheoretiker handelte, skeptisch sein, vermutete er.

In ihrem kreisch-bunten Outfit in den Farben Orange-Lila wirkte Janina wie ein Blick-Magnet. Auch ihre goldnen High-Heel-Sling-back-Pumps zogen männliche Augen an.

"Weißt du überhaupt, auf wen du achten musst?", erkundigte sich Jonas. "Wie sieht Chandler aus?"

"Wie Woody Allen", beschrieb sie ihn. "Ui! Ich glaub, da vorn kommt er!"

In der Tat konnte man dem Mann eine Ähnlichkeit zum *Stadtneurotiker* nicht absprechen. Nur trug er einen halben Zentner Übergewicht vornehmlich als Schwimmreifen-Fett unter einem verschwitzten, kornblumenblauen Hemd. Die Beine, die aus einer schlammfarbenen Bermudahose ragten, waren eher dünn und die Füße steckten ohne Socken in roten Sneakers. Die dicke Brille schätzte Jonas auf 12 Dioptrien, das Alter des Doppelgängers auf 58 Jahre. Ein in die Jahre gekommener Nerd, dem man seine ehemalige Tätigkeit bei der NASA durchaus zutraute.

"Hallo Chandler", grüßte ihn Janina und reichte ihm die Hand. Nach dem Schütteln zeigte sie damit auf ihren treuen Begleiter, der gerade auch *HALLO* säuselte. "Das ist mein Bruder Jonas."

"Wie lang kennst du deinen Bruder schon?"

"Natürlich seit meiner Geburt. Er ist der Ältere."

"Ihr seht euch so gar nicht ähnlich." Die Augen hinter der dicken Brille verengten sich zu Schlitzen.

"Ja, er kommt nach der Mutter, die ist dunkelhaarig, und ich nach unsrem Vater, der blond ist."

"Du bist echt blond?" Nun machte er große Augen, die von den Brillen noch vergrößert wurden, was komisch wirkte.

"JA!" Leichter Ärger schwang in ihrer Antwort mit. Trotz ihrer hohen Absätze begann sie leicht zu wippen.

"Hm, mir hast du nur von einer Schwester geschrieben, Janin." Er ließ das A am Ende ihres Namens weg.

"Ja, hab ich ja auch. Die führt daheim mein Nagelstudio. Ich hoffe nur, sie vergrault mir nicht zu viele Kunden."

Der Anflug eines Lachens brachte sein finsteres Gesicht kurz aus der dunklen Balance.

Nun fand Jonas seine Worte wieder: "Sehr erfreut, Sie kennenzulernen, Mr. Mankquist! Meine Schwester hat mir schon von Ihnen erzählt, welchen Verschwörungstheorien Sie anhängen."

"Das sind keine Theorien, sondern Fakten!", bellte er. "Haben Sie sich noch nie dafür begeistern können?"

"Doch-doch", beeilte er sich mit seiner Zustimmung. "Vor allem dieser, äh-wie hieß der Vogel nur gleich? ... Ja, ein Spaceforce-Captain Ritschi, der wegen eines Mordes eingebuchtet wurde, ganz offiziell, und inoffiziell, weil er sich geweigert hat, weiterhin Off-Planet zu fliegen."

"Jonas, du verwechselst da was", beschwichtigte ihn Janina, die ihm darüber zwar etwas erzählt hatte, allerdings auch, dass diese Theorie von Joey favorisiert worden ist.

Zu ihrer Überraschung hatte jedoch auch Chandler davon erfahren: "Dieser Knastbruder war niemals ein Spaceforce-Captain, aber - das muss man ihm lassen - er hat eine Überzeugungskraft, die man nur als überwältigend bezeichnen kann. So eine altgediente, blonde YouTuberin hat er total für sich eingenommen, die will gar keine andern Zeugen des Mordes, für den er zu lebenslang verurteilt worden ist, interviewen. Das ist doch gegen die bekannte Journalisten-Regel, sich auch die andere Seite anzuhören."

"Da fällt mir die alte Journalisten-Regel ein: Lass niemals deine Story von der Wahrheit ruinieren", grinste Jonas, wobei er seinen Gesprächspartner jovial auf die Schulter klopfte.

"Hähä", lachte Chandler. "Das kann sein. Ich kenn noch einen andern Journalisten-Trick: Stell irgend einem Filmstar eine hirnrissige, nicht zum Thema gehörende, persönliche Frage, um ihn zur Weißglut zu treiben und damit aus der Reserve zu locken!"

"Sie sind ja überaus gewitzt, Mr.

Mankquist. Da sollten Sie manchen Verschwörungen schon auch skeptisch gegenüberstehen."

Das hätte Jonas besser nicht anraten sollen, denn Chandlers Woody-Allen-Phlegmatiker-Miene wurde auf einmal zu einer Böser-Mann-Ausdruck und er holte tief Luft, bevor er zu einer Standpauke anhob:

"Glauben Sie wirklich, die Welt ist so, wie sich alle das vorstellen? NICHTS ist so, wie es sich das gemeine Fußvolk vorstellt. Absolut NICHTS! Diese Gamechanger sind schon so weit, die können sogar menschliche Organismen hacken, nicht bloß Computer! Vier Milliarden Jahre war alles Leben der natürlichen Selektion und der Biochemie unterworfen, jetzt ändern diese Leute an den Knöpfen der Macht das ganze natürliche Spiel der Evolution mit intelligentem Design."

"Haben Sie dafür Beweise?", forschte Jonas, der einen brandheißen Artikel samt Pulitzer-Preis witterte.

"Hätte ich die, wäre ich nimmer am Leben!" Schnell blickte er sich um, ob eventuell unerwünschte Zuhörer in seinem Umfeld stünden.

Vereinzelt gingen immer wieder einige Leute an ihnen vorbei in Richtung Hoteleingang. Vor allem Ehepaare oder auch Familien mit Kindern. Ihre lauten Gespräche hörten sich beinahe an wie Entengeschnatter unterbrochen von Hyänengelächter.

"Sie werden es mir nicht glauben, Mr.

Mankquist, obwohl ... " Jonas maß ihn vom Scheitel bis zur Sohle. "Naja, *Sie* werden es mir glauben. Ich traf kürzlich einen Mann, der behauptete, dass, wenn Reptilians die Macht übernehmen, sich unsre Mutter Erde rasch aufheizen wird, was ja soeben auch passiert."

"Wie heißt der Kerl?" Ungeduldig rieb er sich die Hände.

"Ich weiß nicht, ob ich das preisgeben darf...."

Mit einem Ellbogenstoß in seine Rippen mischte sich Janina ein: "Türlich darfst du das, Jonas! Chandler und ich, wir haben doch schon stundenlang gechattet und er ist absolut vertrauenswürdig."

"Walt Prongas!"

"Hähähää", bog sich Chandler vor Lachen. "Der wütige Walt."

"Sie kennen diesen Mann?", staunte Jonas.

"Jahähää, wir trafen uns bei einem Event nahe dem Mount Shasta. Das ist ein Stratovulkan im Norden von Kalifornien. Walt hat mich angewiesen, den Berg mit ihm zu umrunden, um zu Weisheit zu gelangen."

"Ah, ich weiß schon", meldete sich wieder Janina zu Wort. "Ähnlich wie den Heiligen Berg Kailash in Tibet, den Pilger auf einem 53-km-Weg umrunden. Ab der 13. Runde erhält der Pilger Zutritt zur inneren Kora. Nach 108maliger Umrundung erhält man unmittelbare Erleuchtung."

"Haha", lachte nun Jonas herzlich los.

"Wahrscheinlich die Erleuchtung, dass das alles sinnlos war! Kennt ihr den weisen Spruch: *Vor der Erleuchtung Holz hacken und Wasser schleppen - nach der Erleuchtung Holz hacken und Wasser schleppen.* Wozu dann die ganze Prozedur? Die Erleuchtung soll mir einen Roboter bringen, der das Malochen für mich erledigt, oder einen Golem."

"In Tibet bin ich noch nicht gewesen", gab Chandler zu und wischte sich etwas Schweiß mit seinem Hemdärmel vom Gesicht. Um sein Handgelenk wand sich ein goldenes Armband in Form einer Schlange. "In Kalifornien jedenfalls lehnte ich Walts Anweisung ab, worauf er fuchsteufelswütig wurde."

"Hat er Sie mit einer Pistole bedroht?"

"Nein, nur mit der Faust. Ich sagte ihm, er braucht gar nicht den wilden Mann zu spielen, ich wüsste einen viel besseren Weg, mir die richtige Information zu beschaffen."

"Und welchen?", wurde Jonas hellhörig.

"Das werde ich nicht jedem X-Beliebigen auf die Nase binden." Mit beiden Händen fuhr er sich durchs spärliche Haupthaar, das bereits an den Seiten ergraute. "Hast du das Buch gelesen, Janin?"

"Oh ja, ja, sehr interessant", nickte sie eifrig. Die dunklen Gläser ihrer großen Sonnenbrille im Haar reflektierten die Sonnenstrahlen.

"Gibst du jemandem Zeichen?" Schnell drehte sich Chandler um und sondierte die Gegend.

"Nein, wie kommst du denn darauf, mein Lieber?"

"Deine Brille machte eben gerade sehr auffällige Lichtzeichen", bemerkte er, als er sich ihr wieder zuwandte. Nervosität ergriff von ihm Besitz. "Wir sollten nicht so lange an nur einem Ort herumstehen."

"Wir könnten in den Adventuredom gehen und eine Runde mit der Achterbahn drehen", schlug Jonas vor.

"Negativ, keine gute Idee, denn der Dom ist mein Arbeitsplatz. Ich wollte eigentlich mit Janin ein Vier-Augen-Gespräch führen. Außerdem muss ich los. Ich melde mich wieder!" Abrupt wandte er sich zum Gehen.

Schnell griff sie nach seinem Oberarm. "Aber Chandler, wir können doch miteinander gehen, Jonas kann allein Achterbahn fahren."

"Nein, Janin, der heutige Tag ist nicht geeignet, um ein eng-intimes Treffen, wie du es genannt hast, auszuführen." Erstaunlich schnell entfernte er sich, ging davon mit einer Miene, als sei er zu entrüstet, um weitere Worte zu finden.

"Scheint kein vergnügungs-orientierter Mensch zu sein, dein Schwarm", bemerkte Jonas.

Janina wurde ärgerlich: "Dieser Brillen-Heini hat was ganz anderes gesagt, das ich so nie von mir gegeben habe, der hat alles verdreht. Ich wollte doch gar kein eng-intimes Treffen mit dem Woody-Allen-Verschnitt. Dazu hätte ich doch auch nicht meinen

Bruder mitgebracht."

"Das wundert mich nicht, weil die meisten Leute auch eine ganz andere Wahrnehmung haben, daher kommt die ganz andere Erinnerung an die Ereignisse und Gespräche. Außerdem hast du ja nicht in deiner Muttersprache mit ihm geredet, sondern in seiner. Überdies ist der gute Mann ein astreiner Psychotiker. Symptome: Bizarres Verhalten, Wahnvorstellungen und Verlust des Bezugs zur Realität", dozierte Jonas.

"So ein Reinfall."

"Gräm dich nicht, meine Liebe."

"Du hättest beinahe alles vermasselt. Du hast was verwechselt: Joey hat von diesem Spaceforce-Captain schwadroniert, nicht Chandler."

"Aber Janina, diese Schwurbler kennen alle diese ganzen Theorien und sich untereinander. Die sind gut vernetzt. Wo hast du die zwei Exemplare eigentlich kennengelernt?"

"Na, im Netz, unter einem YouTube-Video über das baldige Kommen des Antichristen waren viele Kommentare eingeblendet, ich hab ebenfalls kommentiert und auf einige Kommentare geantwortet und schon kam's zum Kontakt, der auf WhatsApp und auch per eMail weiter geführt wurde. Das mit dem Antichristen ist ein biblisches Thema, hat mit Verschwörung gar nichts zu tun."

"Mach dir doch nichts vor", tadelte Jonas und tippte sich gegen die Schläfe. "Diese teils metaphorischen Texte in der Bibel werden von gewissen Leuten je nach ihren Absichten interpretiert."

"Du irrst dich, Brüderchen", feixte sie. "Einige Vorzeichen für das baldige Erscheinen des Widersachers von Christus und seinem Verbündeten, dem falschen Propheten, sind bereits aufgetreten."

"So deutlich die Warnungen und Zeichen auch sind, die Legende ist größer", wehrte er ungläubig ab.

"Soll ich dir die Zeichen alle aufzählen?", bot sie ihm an.

"Bitte nicht! Ich hab Hunger, komm Janina, wir gehen in einen McDonalds und stopfen uns mit Junkfood voll."

"Okay, da gibt's wenigstens keine Enttäuschung", stimmte sie zu, "da in allen Mäci-Filialen dieses ungesunde Zeug gleich schmeckt. Morgan Spurlock, der Mäci-Fan, der *Super Size Me* gedreht hat, ist auch schon abgekratzt. Und warum schon mit nur 54? Wegen den schädlichen Fetten, die fiese Leute mit Depopulations-Vorsatz in das Junkfood reinklamüsert haben!"

"Gnade, Janina!", flehte er mit gefalteten Händen. "Bitte lass wenigstens die nächste Stunde und vor allem beim Essen nichts über irgendwelche Verschwörungen oder böse Vorzeichen verlauten!"

"Feigling!"

23. Manöverkritik im Mäci
Eine Nische im Fastfood-Restaurant

gewährte ihnen die Möglichkeit, abseits der Massen miteinander zu parlieren. Der von anderen Esslustigen verursachte Geräuschpegel um sie herum erreichte zeitweise Spitzenwerte, dennoch schafften sie es, zwischen dem Verzehr von Hamburgern und Pommes Frites, die hierorts French Fries hießen, eine fast intime Unterhaltung zu führen, beginnend mit einem belanglosen Blabla in der Muttersprache, in die sie immer verfielen, sobald sie unter sich waren.

"Ist dir aufgefallen, dass in diesem Mäci nur Weiße wie wir speisen? Gibt's hier keine Schwarzen?", fragte Janina, deren Pupillen suchend in ihrem Augenweiß herumirrten.

"Ne, denen ist's wahrscheinlich zu heiß." Mit einer Serviette tupfte sich Jonas die Stirn ab.

"Aber in Afrika, wo die herstammen, ist's doch auch heiß."

"In TV-Serien sieht man so viele dünne Leute und im echten Leben tummeln sich hier vornehmlich Adipöse", tadelte Jonas die Amerikaner.

"Eventuell ein Trick der Regierung", mutmaßte Janina, "voller Bauch rebelliert nicht gern."

"Und schon wären wir wieder bei Verschwörungstheorien und ihren Verursachern", beanstandete er.

"Pst, wir müssen aufpassen, jemand könnte uns verstehen, wenn wir Deutsch sprechen."

"Um zu testen, ob die Umgebung Deutsch versteht, redet man von totalen Nonsens, z.B. von kleinen Käfern, die man schnupft und die einen dann verjüngen. Die Amis, alle Jugendfans, würden bei Verständnis große Augen machen und nach der Käferart fragen", schmunzelte er und kippte sich Coca Cola aus dem Becher in den Schlund. Nach einem Rülpser fuhr er fort: "Was hast du dir denn eigentlich so vorgestellt? Ich meine, was glaubtest du, mit der Reise hierher erreichen oder beweisen zu können?"

Mühsam kaute sie den Bissen vom Double Whopper, würgte ihn endlich runter und antwortete leise: "Den Beweis - meinen Schraubenzieher - haben die Bullen ja leider verschwinden lassen. Ich dachte, ich könnte bei Joey oder Chandler was erfahren, weil mir so vorkam, als wären unsere Chats von der NSA mitverfolgt worden. Meiner Ansicht nach hat man mir deshalb den Soldaten auf den Hals gehetzt! Verstehst du? Die haben mitgehört und mitgelesen und sich ein Bild von uns gemacht."

"Dass die NSA uns belauscht und mitliest, weiß man seit Edward Snowden, warum dann überhaupt mailen, chatten, telefonieren?" Verständnislos schüttelte er den Kopf.

"Ach", zischte sie vergrämt. "Wir haben natürlich geflirtet - ganz harmlos - und uns dazwischen über Wesentliches mit Abkürzungen verständigt sowie gewisse Reizworte wie Bombe, Terror, und so weiter vermieden."

"Aber schlau wie all die NSA-Burschen sind, haben sie euch trotzdem durchschaut, was?" Mühsam verbarg er ein Lachen.

"Nicht schlau, hinterhältig. Joeys Tod hat meinen Verdacht bestärkt. Wenn ich recht behalte, dann ist der nächste Tote Chandler oder ..." Sie ließ es - erbleicht - unausgesprochen.

"Das klingt mir ziemlich weit hergeholt. Da sagt man als Journalist *non liquet* - es reicht nicht! Bitte, nimm's mir nicht übel, aber ich denke, die teils krassen Theorien, die sich deine Gesprächspartner so zu eigen gemacht haben, sind lange kein Grund für die NSA tätig zu werden. Da müsste schon eher der gesamte YouTube-Sender stillgelegt werden."

"Das können sie nicht tun! Da gäb's einen Aufstand", wehrte sie ab und leckte an ihrem Eisbecher. "MHM! Angeblich hatten die Amerikaner schon Kontakt mit Nordic-Blonds, Außerirdischen vom Sirius, die ihnen gegen eine Abkehr von den Atombomben medizinische Hilfe für die gesamte Menschheit angeboten haben. Die Amis haben aber abgelehnt", dabei tippte sie sich mehrmals gegen den Kopf, "und zwar mit dem idiotischen Hinweis, dass dann doch ganze Industriezweige wie Apotheken, Ärzte sowie alle Pharmafirmen wegbrechen und viele Leute arbeitslos werden würden. Das ginge natürlich gar nicht! Darum müssen wir alle, die leider keiner nach ihrer Meinung gefragt hat, weiter leiden!"

Mit einer Hand fuhr sich Jonas in einer Geste der Erschöpfung über die Augen.

"Ja, ich weiß, es klingt unglaublich, aber es wär so typisch amerikanisch", verteidigte sie sich. "Anders als bei uns will sich hier keiner in die soziale Hängematte legen. Jeder ist sein eigner Selfmade-Millionär, selbst, wenn er nur Schulden hat."

Müde gab er zu: "Einiges glaube ich ja. Etwas an der ganzen Angelegenheit mit deinen Freunden ist auffallend: Die kennen einander!"

"WER?"

"Na, dein Chandler Mankquist kannte meinen Walt Prongas, den ich zufällig in einer Bar getroffen hab, und dieser Walt Prongas wiederum schien Joey Snodgrass zu kennen. Das ist aber noch nicht alles. Denn der Jungstar Burt Billy Bear Blanks, der in echt Brandon Buddy Benson heißt, kennt Harold McGoggins, der in Wirklichkeit Harold Copswater ist und die arme Jane Doe getötet hat, die sich als Moira Milky Benson herausgestellt hat."

"Da komm ich nicht mehr mit." Aus einem ihrer Mundwinkel tropfte wenig attraktiv schokobraunes Eis, das sie mit einer flinken Zungenbewegung beseitigte. Ähnlich einem Frosch, der nach einer Fliege schnappt.

"Jetzt wird's noch verwirrender, Janina, pass auf, ich hab nämlich Copswaters Affäre Mrs. Gloria Fleggeler, die mit ihrem Mann

angeblich eine offene Ehe führt, in ihrem
Hotel - dem Plaza-Hotel, wo er auch gewohnt
hat - aufgesucht."

"Warum?"

"Weil ich mehr über ihn erfahren wollte.
Schließlich ist er ein Mörder. Erinnerst du
dich nicht mehr, ich hab dir doch schon
erzählt, dass ich von McGoggins alias
Copswater im Auto mitgenommen worden bin,
in dessen Kofferraum die Leiche von Jane
Doe, bzw. Moira Milky Benson lag. Das muss
irgendeine Verwandte vom Jungstar Blanks
alias Benson sein."

Einem Teil ihres ratlosen Gesichts,
namentlich der Stirn, die in Falten lag, konnte
man angestrengte Denkprozesse entnehmen.
Janina versuchte aufrichtig, die komplizierte
Abfolge von Ereignissen nachzuvollziehen.

"Hm-hm-hm", gluckerte sie. "Wenn ich
dich richtig verstanden hab, dann äh-willst
du Copswater den Mord an dieser, dieser äh-"

"Moira Milky Benson"

"Ja, genau die meinte ich, den Mord an ihr
nachweisen und dann dem Jungstar davon
berichten."

"Jaja, aber mir geht's nicht um den
Jungstar, sondern vor allem um die
Darstellung MEINER Unschuld am Tod der
armen Frau. Schließlich fand mich die Polizei
im Wagen, der ihre Leiche beinhaltete.
Immerhin konnte ich Sergeant Leach meine
diesbezügliche Folgerung bereits
weismachen."

"Dieser Bulle hat dir geglaubt?", fragte sie perplex.

"Ich bin schließlich Journalist. Dinge zu hinterfragen, Vorgänge zu analysieren und hinter fragwürdigen Personen exakt nachzurecherchieren ist mein Beruf."

"Da feile ich lieber Damen-Fingernägel", meinte sie und tupfte sich mit einer Papierserviette den Mund ab. "Und treffe famose Persönlichkeiten wie Chandler."

"Sein Armband!" In einem Heureka-Moment schlug sich Jonas gegen die Stirn, was ein klatschendes Geräusch erzeugte. "Es kam mir gleich so bekannt vor. Ich sah es als Emblem auf dem Koffer dieser gewissen Gloria Fleggeler!"

"Diejenige, die mit ihrem Mann eine offene Ehe führt?", wiederholte sie ein wenig unsicher, zeigte damit jedoch, wie genau sie ihm zugehört hatte.

"Ja, Mrs. Fleggeler, die eine Freundin von dem Mörder war, der mich im Auto mitgenommen hat."

"Das heißt, du glaubst, sie hat auch mit Chandler eine Affäre gehabt und ihm das Armband geschenkt?"

"Warum nicht? Die mondäne Lady ist stinkreich. Nichts leichter als so ein großzügiges Geschenk für einen tollen Liebhaber, wobei ich mir allerdings Chandler als solchen schwer vorstellen kann..." Nun machte er ein Gesicht, als warte er beim Urologen auf die Prostatauntersuchung.

"Ein Mann muss nicht schön sein", erklärte sie ihm geduldig. "Es reicht, wenn er aufmerksam, witzig und generös ist."

"Und womöglich noch interessante Theorien wälzt", vervollständigte Jonas und schnippte mit den Fingern, "was unser lieber Chandler wirklich beherrscht. Wie der uns von den Gamechangern vorfabulierte, sie könnten Menschen wie Computer hacken, das hat sogar mich ein bisschen beeindruckt."

"Es gibt nun mal diverse Methoden, die früher nur der Science Fiction vorbehalten waren, Brüderlein! Voice-to-Skull klingt das vertraut? Man kann dem Feind eine Stimme in sein Hirn hinein programmieren, die ihm vorsagt, was er tun soll. Im Golfkrieg soll man auf diese Art schon die Perser dazu gebracht haben, einfach aus ihren Panzern zu steigen und sich zu ergeben, da sie die Stimme im Kopf für einen göttlichen Befehl hielten."

"Das Militär ist immer weiter als die Zivilgesellschaft, geb ich gern zu", nickte Jonas.

"Mir kommt da auch ein Gedanke in mein Hirn, den mir ebenfalls wer einprogrammiert haben könnte. Dieser tolerante Ehemann der stinkreichen Mrs. Fleggeler ..."

"Ja, was soll mit dem sein? Ah, meinst du, DER steckt hinter dem Mord an Joey? Kann gar nicht sein, außer der hatte auch ne Affäre mit der genusssüchtigen Gattin."

"NEIN, ich meine, wenn der Gatte als Fan einer offenen Ehe auch so spendabel ist wie sie, dann würde ich ihn gern kennenlernen."

"Soso, du willst auch ein Goldarmband. Na, dann viel Glück, der geile Mann heißt Randolph Fleggeler und ist angeblich in einer Bruderschaft. Soll wohl heißen, er rangiert in höherer gesellschaftlicher Stellung oder ist Illuminati."

"Umso besser. Ich will meinen zweiten Aufenthalt in der Stadt der Sünde weidlich auskosten. Was ist? Wollen wir Inzest begehen, Bruderherz?"

Mit so einem eindeutig zweideutigen Angebot hatte Jonas nicht gerechnet. Wie das Kaninchen vor der Schlange saß er mit weit aufgerissenen Augen vor ihr.

"Pffffthahahahaaa!", prustete sie los und stand auf. "Ich geh nur mal kurz für kleine Mädchen."

Ihr Toilettengang gab ihm Zeit, ihr unkeusches Angebot gründlich zu überdenken. Es dauerte immer so lang, wenn eine Frau, mit welcher er im Restaurant saß, nur mal kurz die Toilette aufsuchte. Die dort ausgeführten, nötigen Renovierungsarbeiten dauerten im Durchschnitt mindestens 25 Minuten oder länger. Gelangweilt guckte er kurz aus dem Fenster, das die Nische bot, dann wieder zurück. Da stand ein Herr vor ihm, der ihm sehr bekannt vorkam.

"Nanu, Mr. Jericho", sagte dieser mit einem leicht infernalischen Grinsen um die Lippen. "Auch auf Nahrungssuche?"

Nach einem abgezwungenen Lächeln

nickte er und durchforstete seine Ganglien nach dem Namen des Mannes, den er zweifellos schon mal gesprochen hatte. Schließlich brachte ihn dessen grau-schwarzes Persianer-Haar darauf: "Mr. Baily! So ein netter Zufall!"

Unaufgefordert setzte sich Baily, der heute ein schickes Jackett aus beigem Leinen trug, mit seinem vollen Tablett zu ihm. "Tja, die Welt ist klein und dreckig. Eddy erzählte mir, Sie hätten die Freundlichkeit besessen, mich bei meiner Verabredung würdig zu vertreten." Sein linkes Auge zuckte leicht, als er in den Veggie-Burger hinein biss.

"Eddy? Welcher Eddy? Ich kenn gar keinen Eddy!"

"Der Barkeeper in der Bar, in der wir uns trafen, heißt Eddy! Ich nehme nicht an, dass er mich angelogen hat. Sie haben MEIN Date zum Essen eingeladen, mich also würdig vertreten! Erinnern Sie sich?"

"Äh-ja, naja, ich-äh-ich, also ... *Vertretung* würde ich mich nicht zu nennen wagen, eher Lückenbüßer", stammelte Jonas, dem die Sache ungeheuer peinlich war.

"Und wie war Nancy im Bett?" Diese Frage klang wie eine unterschwellige Drohung.

"Im Bett?" Jonas versuchte, den Empörten zu spielen. "Also wirklich, Mr. Baily, wofür halten Sie mich? Ich bin nicht so einer."

"Pfffrtchachacha", brüllte er los und spuckte dabei - es sah unabsichtlich aus - dem erstaunten Jonas das halb-zerkaute

Gemüse aus dem vegetarischen Burger ins Gesicht.

Angewidert wischte er sich die Essenspartikel aus dem Antlitz und erwähnte: "Ich versuchte, der Dame nur die Wartezeit zu vertreiben, denn sie dachte zuerst, Sie kämen wieder zurück. Nachher wollte ich sie nach Hause bringen, doch sie zog es vor, allein dorthin zu gehen."

"Mhm-hm, immerhin haben Sie ihr ja ein Essen spendiert." Baily mampfte seine Pommes. "Mit wem sind Sie denn heute unterwegs?"

"Mit meiner Schwester", sagte Jonas wie aus der Pistole geschossen. Ein Gegenstand, von dem er sich wünscht, ihn jetzt sicherheitshalber dabeizuhaben. "Hat sich Nancy bei Ihnen gemeldet?"

"Ja, sicher. Sie mailte mir, dass sie einen neuen Verehrer hat."

"Das bin sicher *nicht* ich, fragen Sie meine Schwester, die wird Ihnen bestätigen, ich lebe wie ein Mönch!"

"Bin gespannt, wie die aussieht." Nun verknusperte Baily seine Nachspeise, die weltbekannte Apfeltasche.

"Anders als ich, weil sie nach der Mutter kommt", bereitete ihn Jonas schon auf das unterschiedliche Erscheinungsbild vor. "Mr. Baily, ich würde vorschlagen, Sie melden sich nochmal bei Nancy und entschuldigen sich dafür, nicht lange genug auf sie gewartet zu haben."

"Wofür halten Sie mich? Für so ein Weichei wie Sie selber sind?" Sein Gesichtsausdruck wurde feindselig. Scheinbar wusste er aus sicherer Quelle, dass Nancy ihn mit ihm betrogen hatte.

In dem Augenblick kam Janina vom WC zurück. "Tut mir leid, dass es so lange gedauert hat, Jonas, aber ich finde in meiner großen Tasche nicht immer gleich, was ich dringend brauche. - Oh, du hast Gesellschaft bekommen?"

Baily sah sie an und erhob sich: "Freut mich sehr, Sie kennenzulernen. Ihr Bruder ist ja ein rechter Weiberheld."

"Ach?" Nach einer Sekunde Ratlosigkeit parierte sie: "Das hat er von unserm Vater, der war ein Hallodri, wie man bei uns in Österreich zu Rumtreibern zu sagen pflegt."

Mit einer Hand langte Baily in sein Sakko - Jonas fürchtete schon, er würde eine Glock zum Vorschein bringen - entnahm der Innentasche eine Visitenkarte, welche er Janina überreichte. "Rufen Sie mich mal an, dann mache ich für Sie den Reiseführer und zeige Ihnen eine Sehenswürdigkeit nach der anderen - inklusive meiner eigenen."

"Oh, das ist aber reizend von Ihnen." Entzückt steckte sie die Karte in ihre Fendi-Tasche.

Jonas sprang auf. "So, jetzt müssen wir uns leider beeilen, Janina, weil du so lange getrödelt hast, sonst kommen wir zu spät. Auf Wiedersehen, Mr. Baily, war nett, Sie wiedergetroffen zu haben!"

Überstürzt verließ er, gefolgt von der ziemlich betreten dreinguckenden Pseudo-Schwester das Speiselokal.

Draußen hielt sie ihm eine Standpredigt: "Was sollte denn *das*? Du kannst mich doch nicht so einfach von dem charmanten Mann wegkomplimentieren. Er wollte mich doch einladen."

"Komm weiter, Janina, das ist doch der Freund von der Brünetten, mit der ich ... ach, du weißt schon."

Mit schriller Stimme schalt sie ihm, während sie mit ihm Schritt zu halten versuchte: "Aha! Nicht nur, dass du die Brünette so einfach vernascht hast, nein, jetzt kommt die ganze schmutzige Wahrheit raus: Du hast sie dem feinen Herrn ausgespannt! SCHÄM DICH!"

"Ich bitte dich! Erstens, war SIE es, die diesbezüglich die Initiative ergriffen hat, und zweitens war ER es, der nicht mehr länger auf sie in der Bar warten wollte. Er rauschte ab, ehe sie eine Viertelstunde später anrauschte. Da hat sie mich angesprochen, ich lud sie zum Essen ein und - naja - da hat halt eins ins andere gegriffen."

"JA! Du hast ihr zwischen die Beine gegriffen, was? Du Schlimmer! So wie Trump behauptet hat: *Grab her by the Pussy* und schon kannst du alles von ihr haben, oder so ähnlich!"

"Bitte Janina, mach mir keine Szene, wir

waren damals noch gar nicht zusammen", erinnerte er sie, gerade, als er vor dem Pickup ankam. "Was steht denn auf dem seiner Karte drauf?"

Mit eisiger Miene zog sie die Visitenkarte wieder heraus und las vor: "Hugh Baily, Profiler, Clark County, Science Drive 666 und seine Telefonnummer."

"Der ist ein Profiler?", konnte es Jonas nicht fassen.

"Wofür hast *du* ihn denn gehalten? Für einen Schuh-Verkäufer? Oder einen Staubsauger-Vertreter?"

"Schon eher."

Beide stiegen in den Pickup ein und Jonas schaltete wieder das Autoradio an, um einen weiteren Dialog zu erschweren.

24. Notruf am Nachmittag

Pappsatt erreichten sie das MGM, auf dem Weg nach oben, zu den Zimmern, erinnerte sich Jonas im Lift ihres unmoralischen Angebots: "Du sagtest was von Inzest?"

"Das war, bevor ich entdeckt hab, dass Mutter Natur mir wieder einen Strich durch die Sex-Rechnung macht. Meine Periode ist früher gekommen. Da fällt auch mein geplanter Swimming Pool-Besuch ins Wasser."

"Oh, wie schade", bedauerte er und meinte natürlich: schade für mich.

"Der Mensch hat im Grunde einen eingeschränkten Aktionsradius. Es gibt de facto lediglich simple Ja-Nein-

Entscheidungen. Flucht oder Kampf - sich tot
stellen ist auch eine Art Flucht. Es gleicht den
Null und Eins-Entscheidungen des PCs",
resümierte sie beim Aussteigen und sah
prüfend in ihre Handtasche, wühlte ein wenig
darin herum, unschlüssig, was sie darin denn
eigentlich suchen wollte.

"Willst du damit was Bestimmtes zum
Ausdruck bringen?"

"Ja, wir sind alle nur biologische Roboter,
die man unterschiedlich programmieren
kann."

"Du meinst, unsere Erziehung ist das
Programm?"

"Auch, aber mir kam da letzte Nacht so
eine späte Einsicht. Mein Zimmernachbar
hörte laute Rockmusik, genauso wie ich in
der Pubertät. AC/DC, Iron Maiden, und so
weiter."

"Und du hast dich sofort beschwert", ahnte
er.

"Nein, ich hab mal eine Sendung über
satanische Botschaften in Rocksongs
gesehen. Musik bändigt den Intellekt und
sorgt dafür, dass eingängige Rhythmen ins
Gehirn eindringen können, denen man auch
alle möglichen Botschaften anhaften kann.
Demnach nimmt man bei einem Plattenkauf
die eingepressten Dämonen mit nach Hause.
Beim wiederholten Hören von diesen Songs,
mit denen wir vom Plattenspieler oder auch
aus dem Radio beschallt wurden, haben diese
bösen Entitäten ganz leicht Eingang in unsere

Seelen gefunden und sind verantwortlich für
all unsere Fehler", dozierte sie.

Wirklich toll, dachte er, zu welch
tiefschürfenden Erkenntnissen man doch auf
einem Hotelflur gelangen kann. "Ich weiß
nicht, das hört sich ziemlich crazy an. Das
hieße ja, wir sind für unsere Fehler gar nicht
selbst verantwortlich, sondern unsere falsche
Musikwahl."

"Welche Musik hast du denn früher
gehört?", wollte sie nun wissen.

"Naja, ... als Jugendlicher fand ich Prong,
Fugazi, auch AC/DC super. Trotzdem haben
mich die Dämonen nicht verdorben und ich
habe sogar einmal ein Kind aus der Donau
gerettet", rühmte er sich mit stolz
geschwellter Brust. "Leider stand grade
niemand am Ufer. Daher hat diese Heldentat -
wenn überhaupt - dann nur Gott beobachtet."

"Wie auch immer, ich hau mich jetzt aufs
Ohr." Sie ließ ihn vor dem Lift stehen und
trippelte auf ihren High-Heels zu ihrem
Zimmer.

Kurzentschlossen nahm sich Jonas
dasselbe vor, ein Nickerchen käme ihm
gelegen, wurde jedoch durch einen
unerwarteten Gast davon abgebracht.

"Mr. Jericho! Schön, Sie wiederzusehen."

Erschrocken knallte Jonas seine
Zimmertür hinter sich zu: "Mr. Tallcloud!
Haben Sie auf mich gewartet?"

"Ich lud mich kurzerhand bei Ihnen ein.
Sehen Sie, ich stecke bei meiner Jagd auf

unsern Freund Walt fest. Ihr Tipp der Memory Lane war nicht hilfreich, die Nachbarn von Snodgrass haben keinen Mann gesehen, auf den Walts Beschreibung passt."

"Na, wenn er in Mordabsicht zu Joey gefahren ist, wird er kaum bei Tageslicht bei ihm angeklopft haben."

"Mordabsichten trau ich dem Betrüger nicht zu. Da dachte ich, Sie als Journalist haben noch eine Information für mich, die Ihnen bei unserem letzten Gespräch nicht eingefallen ist. Kommt oft vor, dass Leute sich auf meine nochmalige Nachfrage erinnern, und wenn's nur eine Kleinigkeit ist." Seine spröden Lippen schlossen sich, er legte einen Fuß salopp auf sein Knie, als er - wie beim letzten Mal - im weißen Anzug auf dem Stuhl hinter dem kleinen Schreibtisch am Fenster saß.

Leicht verstimmt stemmte Jonas die Hände in die Hüften. "Es ist mir-"

In dem Moment forderte sein iPhone mittels Summton seine Aufmerksamkeit.

"Tschuldigen Sie!", nahm er das Gespräch an. "Ja? - GLORIA? So eine Überraschung. Also, es gelang mir, den Fahrer des schwarzen Wagens, der auf Sie gelauert hat, abzulenken. Louis hieß er und sah aus, als ob er nebenberuflich Workshops für Fußball-Hooligans veranstaltet."

"Hihihiii", kicherte sie los.

Das brachte ihn erst in Fahrt und er holte einen weiteren Vergleich aus seinem reichhaltigen Repertoire: "Oder wie ein Muskelprotz, der nachts in einem Billig-Bordell den Rausschmeißer markiert. Große Muskeln, kleines Hirn, ich konnte ihn kinderleicht ablenken."

"Danke, Jonas, aber ich hab ein gröberes Problem! Sie hatten recht mit der Eifersucht meines Mannes. Er hat mich geschlagen und in unseren Hobbyraum eingesperrt. Würden Sie mich befreien? Bitte-bitte-bitte!"

"Ääh, Gloria, ich glaube, das wär mehr ein Fall für die Polizei. Rufen Sie 911."

"Ich sagte Ihnen schon, mein Mann ist Mitglied in einer Bruderschaft. Viele Polizisten ebenfalls. Ich kann mich nicht an die Polizei wenden, das weiß dieser Teufel. Darum hat er mir auch mein Mobiltelefon gelassen. Er denkt, dass KEIN MANN den Mut hat, mir zu helfen. Doch SIE schätz ich anders ein, Jonas. Oder irre ich mich?"

"Nein, Sie können auf mich zählen, Gloria, ich werd's versuchen. Wo wohnen Sie?"

"Oh, ich liebe Sie! Meine Adresse ist Clark County, Sunrise Drive 230. Bitte beeilen Sie sich, Randy kommt wahrscheinlich in ungefähr einer Stunde wieder heim."

"Okay, halten Sie durch, Gloria." Mit einem wilden Ausdruck steckte er sein iPhone zurück in die Brusttasche seines Hemdes. Ein Blick auf Tallcloud eröffnete ihm ad hoc einen Plan, ihn für seine Hilfsmission kurzerhand zu instrumentalisieren. Dazu nutzte er seine Gabe der oft hilfreichen Improvisation. "Sie haben aber auch ein Glück, Mr. Tallcloud!"

"Ach, hängt das mit dem Anruf zusammen?"

Bedeutungsvoll nickte Jonas. "Das war Gloria Fleggeler, eine Ehefrau mit Appetit auf außereheliche Abenteuer. Ich lernte sie neulich auf meiner Recherche über Walt im Plaza-Hotel kennen. Stellen Sie sich vor, er hat sich ihr unter dem Namen Harold Copswater vorgestellt."

Erfreut sprang Tallcloud auf. "So ein cleverer Bastard!"

"Kann man wohl sagen. Gloria ist genauso paranoid wie Prongas. Ich musste einen Wagenlenker, der auf sie gewartet hat, ablenken, hab mir sogar die Nummer notiert. Seinen Namen *Louis* hab ich mir auch so gemerkt."

"Wieso haben Sie ihr geraten, die Polizei zu rufen?"

"Wegen häuslicher Gewalt. Ihr Göttergatte hat sie erst geschlagen, dann im Hobbyraum eingesperrt. Da er einer Bruderschaft angehört, in der auch Cops Mitglieder sind, erwartet sie sich von denen keine Hilfe. Ich musste ihr versprechen zu handeln. Wenn ich mich nicht sehr irre, dann können Sie aus ihr noch was über Prongas rausholen."

"Wird gemacht. Wo wohnt die Biene?"

"Clark County, Sunrise Drive 230. Wir haben eine Stunde Zeit bis zur Rückkehr des gehörten Gemahls!"

Keine fünf Minuten später saßen beide in

Tallclouds Toyota, diesmal - oh Wunder - blitzsauber, ohne jeden Müll. Unbeeindruckt von Stopp-Tafeln oder Speed-Limits schoss er aus der Großstadt in ländliches Gebiet.

"Sind Sie bewaffnet, Mr. Tallcloud?"

"Sicher, denken Sie, der Ehemann wird uns aufs Korn nehmen?"

"Na, wenn er schon seine Angetraute geschlagen hat, wird er bei uns auch keine Glacehandschuhe anlegen."

"Keine Sorge, ich bin ein ausgezeichneter Schütze. Solcherart blicke ich potentiellen Gegnern immer gelassen zwischen die Augen."

"Das hab ich mir fast gedacht, so wie Sie aussehen, ich meine, Sie könnten aus einem Western entsprungen sein, Mr. Tallcloud."

"Hört sich an, als wollten Sie, dass ich Ihnen einen Drink ausgeb!"

"Wenn wir zwei gemeinsam eine Lady in Not retten, dann wird *sie* bestimmt die Korken ploppen lassen, hähä!"

"Wie sieht die Lady in Not aus?", forschte Tallcloud.

"Wie eine Lady in Rot! Ich würde sie nicht von der Bettkante stoßen, so sie sich überraschenderweise dort einfinden sollte. Rote Haare, rote Lippen und den Männern die Röte der Lust ins Angesicht treibend!"

"Sie sollten Schriftsteller werden."

"Als Journalist bin ich praktisch schon ein halber!", klopfte sich Jonas nicht uneitel auf die Brust.

Das Haus, oder vielmehr das Anwesen

zeigte sich abgelegen und an einer Seite mit einer Steinmauer von der Wüstenlandschaft abgegrenzt. Dort parkte Tallcloud. Fit wie ein Jungspund stieg er auf die Kühlerhaube und lugte vorsichtig über die Mauer.

"Ich sehe einen begrünten Innenhof mit Pool. Die Glastür ins Hausinnere ist kein Problem. Tagsüber wird er wohl keine Alarmanlage eingeschaltet haben."

"Kaum, wenn das arme Frauchen drinbleiben muss", scherzte Jonas. "Wollen wir beide rüberklettern?"

"Ja, mich kennt sie ja noch nicht." Locker überwand er als Erster die Mauer.

Jonas erklomm ebenfalls die Kühlerhaube des Toyotas und tat sich beim Überklettern etwas schwerer, ließ es sich jedoch nicht anmerken. "Sie hat was von einem Hobbyraum gesagt. So einer befindet sich meist im Keller."

"Das muss bei diesen Reichen-Hütten nicht sein", widersprach Tallcloud, während er leichtfüßig über das Grün marschierte.

Bei näherem Hinsehen handelte es sich um einen Plastik-Grasbelag. Pflegeleicht und wassersparend. Die Glastür war schnell geöffnet und die beiden Retter in der Not traten ein. Im Inneren herrschte Stille. Grabesstille.

Auf leisen Sohlen schlichen sie weiter, durch eine Art von Wintergarten mit Plastikpflanzen, inmitten derer ein runder Käfig mit einem Kakadu darin stand. Sobald sie der schöne weiße Vogel ins Auge gefasst hatte, stellte er seine Kamm-Federn auf und kreischte los: "INTRUDER! INTRUDER!"

"Eine animalische Alarmanlage", erkannte Tallcloud, den Käfig achtlos hinter sich lassend. "Von der angeblich Eingesperrten hört man nichts."

"Soll ich nach ihr rufen?", erkundigte sich Jonas, der ihm auf den Fuß folgte.

"Ja, machen Sie mal!", ermutigte ihn Tallcloud, der an einer langen, mit lindgrünen Ziertellern bestückten weißen Tafel, an welcher sich zwölf Stühle aus Ebenholz befanden, vorbei schlenderte, als er weiter ins Innere vordrang.

"GLORIA?" Keine Antwort. Hinter ihm hörte der Kakadu mit dem Gekreische auf. In seinem Hinterkopf leuchtete eine Warnlampe auf. "Das wird doch keine Falle sein?"

"Ich hoffe nicht. SIE haben die Lady ja kennengelernt, wie schätzen Sie sie ein?"

"Abenteuerlustig, wie ich schon sagte. GLORIA?!" Beim zweiten Mal traute er sich schon viel lauter zu rufen.

Da ertönten Klopfzeichen.

"Na bitte, die Abenteurerin spielt Poltergeist", grinste Tallcloud.

"Das kommt eindeutig von unten, also muss der Hobbyraum doch im Keller sein", flüsterte Jonas und schlich sich an einer blutroten Sitzlandschaft vorbei, auf der zwei giftgrüne herzförmige Kissen lagen. An der Wand hing ein Riesen-Flat-TV, auf dem Boden lag ein Eisbärfell mit dem Kopf des armen Tieres noch daran. "Da sieht man's wieder einmal: Geschmack kann man sich nicht kaufen."

"Ich find's ganz nett", meinte Tallcloud schulterzuckend.

Seite an Seite schritten sie eine breite Treppe hinab. Der Keller, den man eigentlich mehr als ein komfortables Untergeschoss bezeichnen musste, wurde von seitlich oben angebrachten, schmalen Fenstern erhellt. Einige Fitness-Geräte standen herum, wie z.B. ein Laufband, ein Hometrainer und ein Rudergerät. Der Architekt hatte dieses Untergeschoss viel größer als das darüber liegende Haus geplant.

"Wahrscheinlich liegt darunter noch ein Bunker", vermutete Tallcloud. "Mit Lebensmittel und Wassertank, gefüllt für die nächsten paar Jahre."

Die Klopfzeichen wurden lauter sowie schneller in der Abfolge, je näher sie einer hellbraun getäfelten Doppelflügeltür kamen.

"Wenn's ein Horrorfilm wäre, dann würde dahinter das Monster oder der Massenmörder auf uns lauern", murmelte Jonas, dem eine Gänsehaut wuchs, die aber auch der Klimaanlage geschuldet sein konnte.

"Ich kenn die Frau ja nicht", erinnerte ihn Tallcloud. "Weiß also nicht, welcher Kategorie ich sie zuordnen soll."

"GLORIA, ich hab noch einen Freund mitgebracht, der sich mit dem spurenlosen

Türenöffnen auskennt."

"Von mir aus kann er die verdammte Holztür mit dem Beil kurz und klein schlagen", kreischte sie mit ähnlicher Stimme wie der Kakadu aus ihrem Gefängnis. "Bitte machen Sie schnell, Jonas! Mein Mann kann jeden Augenblick zurückkommen."

Anstatt seinen Dietrich zu bemühen, wollte Tallcloud offensichtlich den Berserker markieren und machte der Tür mit einigen Fußtritten den Garaus. Freiwillig sprang sie auf und gab die Sicht auf die rothaarige Gloria frei. Ihren schlanken Körper umfloss ein messingfarbenes Satinkleid mit einem braunen Gürtel aus Krokodilleder mit aparter Goldschnalle. Ihrem stark geschminkten Gesicht konnte man keine Spur von einem ehelichen Schlag entnehmen.

"ENDLICH!" Barfuß stürmte sie die Treppe hoch und fand es nicht der Mühe Wert, ihren Rettern groß zu danken oder sich Tallcloud vorzustellen.

"Ich möchte was über Prongas wissen", rief er ihr nach.

"Sie kennt ihn doch unter dem Namen Copswater", rügte ihn Jonas leise, als er hinter ihm ebenfalls nach oben trabte.

"Über wen?" Gloria stand schon in der asphaltgrau gefliesten Küche, wo einem der Appetit vergehen konnte und wo sie sich ihre Pumps anzog - ebenfalls aus braunem Krokodilleder mit seitlichen Goldschnallen - einer lag in der Spüle, der andere zwischen

etlichen Porzellanscherben vor dem
mannshohen chromfarbenen Kühlschrank.

"Oh, hier sind wohl die Untertassen
geflogen", zeigte Jonas auf das zerbrochene
Geschirr.

"Ja, und auch meine Schuhe, leider hat
keiner davon Randys Schädel getroffen. -
Über wen wollten Sie was wissen?"
Beidhändig strich sie sich die rote Mähne aus
dem zarten Gesicht und äugte auf Tallcloud.

"Copswater."

"Ah, Sie suchen ihn also auch?"

"Türlich!" Ihr gegenüber gab er sich extrem
lässig, hakte die Daumen in seinen
Hosenbund ein. In dem weißen Anzug wirkte
er salonfähiger als Jonas in seinem blauen
Hemd und den Jeans.

"Ich nehme an, deswegen haben Sie Jonas
geholfen?", erkannte sie sofort und suchte in
einem der Küchenkästen nervös nach etwas,
ihr scheinbar sehr Wichtigem. "Dafür haben
Sie auch gern die Tür eingetreten."

"Wenn man die Hierarchie hochklettert,
werden gewisse Dinge von einem erwartet, die
man einem nicht gleich zu Anfang erklärt.
Was können Sie mir über ihn erzählen?"

Aus einer Zuckerdose entnahm sie
hektisch ein dickes Geldbündel, das sie
prüfend durch die Finger rascheln ließ. "Er
war immer charmant und unterhaltsam."

"Wie die meisten
Verschwörungstheoretiker", mischte sich
Jonas ein, dem nun mulmig wurde. Wenn

seine List aufflog, würde Tallcloud sicher unangenehm werden.

"Woran er glaubte oder nicht, ist mir ziemlich schnuppe", ließ Tallcloud seinen versteckten Philip Marlowe wieder aus seinem Mund plaudern. "Mir geht's nur darum, ihn zwischen die Finger zu kriegen. Seine Ex beschrieb ihn jedenfalls als Ekel."

"Bei einer Klassefrau wie *Gloooria*", den Namen sang er beinahe, "wird jeder ein Charmeur", schleimte sich Jonas bei ihr ein.

"Hihihi", kicherte sie. Das Geld hatte sie in eine Kelly Bag aus Alligator um den stolzen Preis von zirka 90.000 Dollar gepackt, welche sie einem der unteren Küchenkästen entnommen hatte. "Ich hätte auch gern gewusst, warum er sich ohne Abschied so einfach davongestohlen hat."

"Ich kann's mir denken", säuselte Tallcloud.

Jonas befürchtete schon die Enttarnung der kleinen Verwechslung, die er in der Not anstrengen musste, und mischte sich schnell wieder ein: "Die Hauptsache ist doch, dass Sie wieder frei wie ein Vogel sind, Gloria."

"Na, vogelfrei will ich nicht sein, aber genauso wenig eingesperrt wie unser Pongo", damit meinte sie den Kakadu, der nun wieder zu kreischen anfing, nachdem er seinen Namen gehört hatte.

"INTRUDER! INTRUDER!"

Gloria erschrak. "Bringt mich schnell von hier weg, ich beantworte auf der Fahrt nach

Boulder City alle weiteren Fragen."

"Boulder City?", wiederholte Jonas perplex.

"Ja, ich besitze dort ein Ferien-"

Von draußen wurde ein rasant herannahendes Motorengeräusch hörbar, welches laut dröhnend ihren angefangenen Satz unterbrach. Allen war klar, *wer* bald im Haus aufkreuzen und ziemlich rabiat werden würde.

"Verdammt, das ist Randy! Rasch, wir müssen hinten raus!" Erstaunlich flink rannte sie in ihren hohen Pumps durch den geschmacklos eingerichteten Salon, das Esszimmer für 12 Personen, den Wintergarten mit dem kreischenden Pongo im Käfig und die geöffnete Glastür. Ihr rotes Haar flatterte wie eine zerfranste Fahne.

"Mein fahrbarer Untersatz lehnt an der Mauer!" Ohne lange Absprache machte ihr Tallcloud die Räuberleiter, sodass sie leicht darüber steigen konnte.

Er selbst schwang sich wie ein Cowboy auf ein hohes Ross und ließ sich auf der andern Seite so sachte wie elegant hinunterfallen. Jonas hatte etwas Mühe, sich hochzuziehen, wand sich wie ein Wurm hinüber, während er hinter sich schon eine tiefe Männerstimme rufen hörte.

"GLORIA! DU SCHLAMPE! KOMM ZURÜCK!"

Der Kakadu wiederholte: "GLORIA, DU SCHLAMPE!"

Diese Worte schienen also öfter in dem

herrlichen Anwesen gefallen zu sein.

Jonas stieg als Letzter hinten in den Toyota und Tallcloud raste wie ein Formel-1-Pilot davon. Es ging nach Boulder City, die Stadt, die Jonas nicht in der besten Erinnerung hatte...

25. Schon wieder Boulder City

Nachdem sie Glorias großartiges Grundstück weit hinter sich gelassen hatten, wollte Jonas philosophisch wirken: "Man kann sich ein wundervolles Haus kaufen, doch leider nicht den häuslichen Frieden."

"Reden wir nicht mehr davon. In meiner nächsten Inkarnation werde ich Randolph alles mit gleicher Münze heimzahlen."

"Aber Gloria, wer weiß, ob Sie ihn im nächsten Leben wiedersehen werden."

"Und ob, Jonas!", bemerkte sie mit einem gerüttelt Maß an Bitterkeit. "Wir werden immer mit denselben Menschen reinkarniert."

"Was? Wir werden immer wieder mit denselben Menschen reinkarniert?", konnte er es nicht fassen. "Wo bleibt denn da der Lerneffekt? Das ist doch so, als wenn ich 15 Jahre lang immer nur die 1. Klasse besuche."

"Na, das traue ich nicht einmal IHNEN als Österreicher zu", spottete sie genüsslichen Blicks in den Rückspiegel.

"Oh, das war jetzt aber gar nicht nett", protestierte er.

"Was sich liebt, das neckt sich", flötete sie, kramte in ihrer teuren Handtasche und holte einen Lippenstift hervor.

"Bevor ihr beiden Turteltauben eure
Verlobung bekanntgebt, hätt ich da noch'n
paar Fragen", brachte sich Tallcloud wieder
ins Gespräch ein und warf ihr einen kurzen
Seitenblick zu.

Während sie sich die Lippen nachzog,
sagte sie: "Ahm-jaa? Fragen Sie nur, Mister."

"Wo sind meine Manieren", fiel Jonas auf
dem Rücksitz ein. "Darf ich vorstellen? Bo
Tallcloud, ein Mann der Tat."

Dieser ging nicht auf das Kompliment ein,
sondern begann gleich mit einem Verhör: "Hat
der Kerl, der sich Ihnen gegenüber als
Copswater ausgab, irgendwann erwähnt, ob
er einen Sehnsuchtsort hat?"

"Sehnsuchtsort?", echote sie, als sie den
Lippenstift zustöpselte und in ihrer großen
Kelly Bag unterbrachte.

"Hat den nicht jeder von uns? Meiner ist
Mexiko, Acapulco, wo ich mal hinter einem
Killer her war."

"Wow, so ein Kaliber ist Harold sicher
nicht."

"Haben Sie eine Ahnung, Gloria", murmelte
Jonas und verdrehte die Augen.

"Nein, er ist ein Betrüger, der andern
Leuten die Dollars aus der Nase zieht. Hat er's
bei Ihnen auch geschafft, Gloria?" Wieder
streifte Tallcloud sie mit schelmischem
Seitenblick.

"Seh ich so dumm aus?", stellte sie eine
Gegenfrage. "Harold hat mich zum Essen
eingeladen."

"Sieht ihm nicht ähnlich."

"Naja", fühlte sich Jonas zu dessen Verteidigung bemüßigt. "Clever, wie er ist, hat er zuerst ein wenig investiert, um danach groß absahnen zu können."

"Was sollte er bei mir absahnen?" Mit großen Augen wandte sie sich zu ihm um.

"Gloria, Sie leben in einer Millionen-Mansion!"

"Das hab ich Harold doch nicht auf die Nase gebunden!"

"Ja, glauben Sie wirklich, Harold hat über Sie keine Erkundigungen eingezogen?"

"Da muss ich ihm recht geben", nickte Tallcloud. "So schlau wie er ist, lädt er keine Dame ohne Hintergedanken ein."

"Sein Hintergedanke war rein sexueller Natur und hat sich mit meinem großartig ergänzt." Schwungvoll drehte sie den Kopf nach vorn, wobei ihre Haare wieder flatterten. Der Duft von teurem Moschus-Shampoo wurde ruchbar. "Und zwar total einvernehmlich."

"Womöglich wollte er Sie hörig machen", mutmaßte Jonas.

"Hihihihiii!", brach sie in glockenhelles Gelächter aus.

"Bedenken Sie, Gloria, er musste abhauen, da er einigen seiner Nachbarn hohe Summen schuldet", stellte Tallcloud fest, nichtsahnend davon, dass er von einem andern Mann sprach. "Ich nehme stark an, er wird sich bei Ihnen melden."

"Ja, ja, das nehm ich auch an", beeilte sich Jonas, ihm beizupflichten. "Sie haben ihm doch sicher Ihre Nummer gegeben, Gloria?"

"Wenn nicht, hat er sie sich längst verschafft", ließ ihr Tallcloud keine Zeit zu antworten.

"Natürlich hat er meine Telefonnummer und ich seine!"

Oje, durchfuhr es Jonas, wenn Tallcloud sie zum Anruf anstiftet, kommt raus, dass er gar nicht Prongas ist.

"Und? Haben Sie ihn angerufen?", forschte er, als könne er Jonas' Gedanken lesen.

"Klar, noch bevor ich Jonas anrief, doch er nahm nicht ab."

Puh, Jonas fiel ein Stein vom Herzen.

"Wenn Sie mir seine Nummer geben, kann ich feststellen, wo er sich aufhält, sofern er sein Mobiltelefon nicht weggeworfen hat."

"Oder jemanden geschenkt hat", baute Jonas schon vor, falls Tallcloud über die Handy-Ortung anstatt des erwarteten Walt Prongas den von Gloria gemeinten Harold Copswater fand.

"Yeah, das könnte auch der Fall sein", räumte Tallcloud ein.

Mit einer Hand holte sie aus einer seitlichen Einschubtasche ihres messingfarbenen Satinkleids ihr Mobiltelefon heraus und tippte darauf ein. "Jetzt werden wir mal hören, ob er sich diesmal meldet."

Tatsächlich meldete sich eine Männerstimme und Jonas wurde kalt. Er fühlte erneut eine Gänsehaut über seinen Rücken klettern, was angesichts der herrschenden trockenen Wüsten-Temperatur ganz angenehm war.

"Harold", zirpte sie. "Du bist einfach ohne Abschied verschwunden."

Was er ihr daraufhin einredete, konnte man nicht verstehen, es hörte sich wie ein gutturales Gedicht an.

"Hihihi", kicherte sie. "Du bist mir einer. Wo bist du denn gerade? Können wir uns wiedertreffen?"

Erneutes gutturales Geplapper.

"Mhm, das klingt vielversprechend. Ich bin grad auf dem Weg nach Boulder City in mein Refugium an der California Avenue, von dem ich dir erzählt hab. ... Ach, du denkst nicht, es lohnt sich für dich umzukehren?" Leichte Enttäuschung klang aus ihrer Frage. "Na schön, dann eben nicht. Ich weiß noch nicht, ob ich demnächst bis Hollywood reise. Vorerst muss ich mich ausruhen und mir einen smarten Scheidungsanwalt suchen. Du kannst es dir ja noch überlegen. Bye!"

"Was hat er Ihnen vorgelogen?", wollte Tallcloud wissen.

"Dass er eine Verabredung mit einem Filmproduzenten in Hollywood hat. Ist gerade im Auto auf dem Weg dorthin. Sein Drehbuch ist fertig und er will - wie er es ausdrückte - sein Meisterwerk dem Höchstbietenden andrehen."

"Ganz neue Masche", murmelte Tallcloud.

"Jaja, Schlitzohren finden immer Mittel und Wege, um sich an anderen zu bereichern." Mit dem Handrücken wischte sich Jonas noch etwas Angstschweiß von der Stirn und hielt es für schlau, eine Information einzustreuen, die Tallcloud über Prongas wissen musste: "Hat er erwähnt, ob er mit seinem alten BMW unterwegs ist?"

"Nein, wieso?" Gloria klang verwundert.

"Weil ihn der talentierte Mister Tallcloud dann leichter aufspüren könnte."

"Ich finde ihn auch so über seine Telefonnummer."

"Großartige Idee", lobte ihn Jonas. "Geben Sie Ihrem Retter die Nummer, Gloria, da tun Sie ein gutes Werk."

Einverstanden damit ratterte sie die Telefonnummer herunter, die Tallcloud, der mit der rechten Hand sein Mobiltelefon aus dem Sakko leierte, während er mit der linken weiter steuerte, sofort in eine OrtungsApp eintippte. Jonas merkte sie sich klarerweise, malte sich aus, wie er die Nummer des Mörders Harold Copswater dem ihn ebenfalls bereits suchenden Sergeant Leach verpetzte.

Obwohl, überlegte er, Tallcloud sucht ja nicht ihn, sondern Walt Prongas, aber egal, sollte er den falschen Mann finden, wird er sich schon zu helfen wissen.

Tallcloud schielte auf sein Display, fluchte leise: "Damned! Der Hund hat seinen Standort deaktiviert!"

Jonas blätterte in seinem Mini-Notizbuch

aus seiner Geldbörse. "Sagt Ihnen das Kennzeichen AUNT 4 U etwas, Gloria?"

"Nein, was sollte es mir sagen?"

"Der schwarze Wagen, der vorm Plaza-Hotel auf Sie zu warten schien, trug es. Darin saß der unangenehme Patron namens Louis, ich erwähnte es schon bei Ihrem Anruf."

"Kenn ich nicht. Die Fahrer meiner Verfolger wechseln, es ist niemals derselbe zweimal! - Stopp! Dort vorne links abbiegen", wies sie Tallcloud an.

"Ich setz euch beide ab und fahr Richtung Hollywood. Wenn ich mich nicht sehr irre, dann hat er die Route 66 genommen."

"Was macht Sie so sicher?", wollte Jonas wissen.

"Erstens ist sie legendär, zweitens malerisch und drittens bietet sich bei einer Autopanne immer jemand an, um zu helfen. Viele Touristen wählen diese Straße, um noch den alten Geist des Westens inhalieren zu können und sind offen für Anhalter zum Plaudern auf der Fahrt."

Entsetzlich, durchfuhr es Jonas, wenn Copswater seinen Wagen loswerden will, braucht er nur den Daumen in den Wind zu halten und der nächste nützliche Idiot geht ihm so wie ich auf den Leim.

"Wollen Sie nicht noch rein auf einen Drink kommen, mein Freund?", erkundigte sich Gloria mit zuckersüßer Stimme.

"Danke, Lady, aber ich bin wild auf die Jagd!"

Nachdem er davon gebraust war, trippelte sie mit Jonas im Schlepptau auf ihr Ferienhaus zu: "Das ist mein Refugium. Hierher komm ich immer, wenn ich allein sein will. Die Schlüssel dafür bewahre ich immer in meiner teuersten Handtasche auf."

"Wunderbar, warum wir Männer keine tragen, hab ich mich schon oft gefragt!"

26. In der Falle

Das Ferienhaus in der California Avenue 432 präsentierte sich auf einem großen Eckgrundstück zweistöckig und einladend. Innen eher gediegen als luxuriös, doch immer noch über der Gehaltsgrenze Jonas' und vor allem wieder mit einer Klimaanlage, die Gloria sofort einschaltete. Es roch nach Bleichmittel, scheinbar hatte eine Putzfrau das Haus auf Vordermann gebracht.

"In der Küche steht immer ein Vorrat Bier bereit, bedienen Sie sich, Jonas, ich geh nach oben ins Badezimmer, leg mich kurz in die Wanne, dann kleide ich mich im Schlafzimmer um. Danach können wir uns näher kennenlernen", versprach sie mit einem zugedrückten Auge.

OHO, dachte er geschmeichelt, da muss ich meinen Mann bei ihr stehen.

"Ich harre Ihrer Wiederkunft, Gloria", hauchte er und schlurfte in die Küche.

Bevor er sich noch an dem Bier vergriff, das wohl im Kühlschrank seiner Konsumation entgegen gärte, holte er sein iPhone hervor und tippte schnell 911 ein, da er Sam Leachs Telefonnummer dummerweise nicht erfragt hatte.

"9 - 1 -1, was ist Ihr Notfall?", fragte die weibliche Stimme des Operators.

"Hallo, mein Name ist Jonas Jericho und ich muss Officer Sam Leach eine sehr wichtige Meldung machen. Können Sie veranlassen, dass er mich zurückruft?"

"Nein, teilen Sie mir mit, was Sie ihm melden wollen!"

"Er fahndet nach einem Harold Copswater, dessen Telefonnummer ich erfahren habe. Bitte, leiten Sie diese Nummer so schnell wie möglich an ihn weiter. Allerdings ist eine Standort-Deaktivierung seitens des Verdächtigen erfolgt, doch die Polizei hat sicher eine Methode diese zu umgehen. Die Nummer ist 303 782 3973."

"Von wo rufen Sie, Mr. Jericho?"

"Boulder City, 432 California Avenue. Es kann sein, Officer Leach hat die Telefonnummer auch ohne mich schon rausgefunden, aber bitte teilen Sie sie ihm jedenfalls mit!"

"Okay, Bye!"

Nach getaner Arbeit wusch sich Jonas in der Spüle die Hände und das Gesicht mit kaltem Wasser, das er auf der Haut verdunsten ließ. Neben einigen Tellern und Tassen, die blitzsauber auf dem Tisch standen, fand er noch die Sprühflasche Putzmittel und ein Wettextuch mit hellroten Flecken drauf, von der Reinheit des Hauses kündend. Vom Küchenfenster aus stierte er auf den großen Wüstengarten mit Palme plus Kaktus und kam sich sehr einsam und verlassen vor.

In Einsamkeit und Isolation kann man sich sogar als umtriebiger Journalist die fruchtlosesten Grübeleien leisten, so sinnierte Jonas über die Möglichkeiten nach, die ihm das Leben an manchen Stellen zum Abweichen seiner getroffenen Entscheidungen offeriert hatte. Das fing schon bei der Berufswahl an. Eigentlich hatte er Schauspieler werden wollen, als er an der Uni inskribierte. Doch die trübe Aussicht, die meiste Berufszeit als Arbeitsloser dahinzuvegetieren, schien ihm nicht sehr verheißungsvoll. Also wählte er anstatt Schauspiel einfach Journalist. Ein Beruf, der jede Menge Aufregung versprach. Ja, aber zu welchem Preis....

Immer in irgendwelche Mordsgeschichten verstrickt werden und hinter Mördern herhecheln - manchmal auch Mörderinnen, so wie in England - das schlauchte ganz schön...

Endlich öffnete Jonas den Kühlschrank, um sich das angekündigte Bier zu genehmigen und zuckte erschrocken zurück: Darin lag eine karminrote Baseballkappe! Damit war klar, dass Copswater *hier im Haus* gewesen ist.

Natürlich, wurde Jonas klar, Gloria hat ihm doch naiv von ihrem Refugium erzählt, wie sie bei ihrem Anruf noch erwähnte. DARUM war er auf dem Weg nach Boulder-City und konnte von der Polizei nicht gefunden werden. Nach dem Aussteigen aus dem gestohlenen Buick mit der Leiche ist er schnurstracks *hierher* spaziert und hat sich selbst Einlass verschafft. Der Trick, Kleidung in den Kühlschrank zu legen, erklärt seine Kappe. Er muss sie in der Hast, das Haus zu verlassen, nachdem ihm Gloria ihre Ankunft ankündigte, einfach vergessen haben.

Kaum zu Ende gedacht krachte die Haustür. Schwere Schritte steuerten auf die Küche zu. Jonas ahnte Ärger.

Der Mann, der eintrat, erweckte stark den Eindruck, ein ehemaliger Preisboxer zu sein, der sich von seiner letzten Prämie einen tollkirschenroten Maßanzug geleistet hatte.

"Na, wen haben wir denn da?" Eine Frage, die einer Anklage gleichkam.

"Es ist nicht so, wie es aussieht", säuselte Jonas, dessen Stimme brach.

"Sie hängen hier rum wie schlechter Geruch", stichelte der Mann mit breitem Kreuz und kerzengerader Haltung, ohne sich lang vorzustellen - das brauchte er auch gar nicht.

Jonas fiel ein Spruch seiner Oma ein: Zeig einem knurrenden Hund niemals Angst, sonst wird er dich beißen!

Eingedenk ihres Rats nahm er all seinen Mut zusammen: "Nur, weil Sie die Statur und Frisur von Diktator Kim Jong-un haben, brauchen Sie nicht den wilden Mann zu mimen, Mr. Fleggeler!"

"Frech werden auch noch", rieb Randolph Fleggeler vorsorglich seine Faust in die andere flache Pranke.

"Sie brauchen mir auch Ihre Fitness nicht beweisen", winkte Jonas ab, obwohl ihm ganz schön das Herz in die Jeans gerutscht war.

"Wär mir aber ein großes Vergnügen!"

"Ich hab nichts mit Ihrer Frau gehabt", schwor ihm Jonas mit zum Eid erhobener rechter Hand.

"Da wären Sie der Einzige gewesen", höhnte sein Widerpart und atmete tief ein.

Da erklang von oben ein schriller weiblicher Schrei!

"AAAAIIIHHH!"

Beide Männer erschraken, da ihnen dieser Schrei durch Mark und Bein ging.

"Gloria!" Wie ein Kurzstreckenläufer umrundete Jonas den verdutzt dreinblickenden Randolph und stürmte nach oben.

Aus dem Schlafzimmer stolperte ihm Gloria in Unterwäsche entgegen. "Im Schrank liegt ein toter Polizist!"

"Um Gottes Willen!" Mit klopfendem Herzen rannte Jonas in ihr Schlafzimmer und fand den vom Kopf blutenden, leblosen Körper in blutbesudelter Uniform, an dessen Gürtel kein Colt mehr baumelte. "Officer Leach!"

"Sie kennen den Toten?", fragte Gloria, die im Türrahmen stand.

"Ja, ich hab ihn noch selbst auf Copswater angesetzt. Er hat ihn in Ihrem Haus aufgespürt und musste mit seinem Leben dafür zahlen! Seinen Revolver hat ihm dieser Mörder auch noch gestohlen! Und ich bin schuld!" Betroffen kniete er neben der schlaffen, im Wandschrank unter den teuren Kleidern Glorias liegenden Gestalt nieder und fühlte den Puls am Hals. "ER LEBT NOCH! WIR MÜSSEN SOFORT DIE AMBULANZ RUFEN!"

"Was zum Teufel ist hier los?", fauchte Randolph, der ebenfalls nach oben gekommen war und neben seiner untreuen Gattin ins Zimmer guckte.

Ohne ihn einer Antwort zu würdigen, holte Jonas selbst erneut sein iPhone aus der Brusttasche seines Hemdes hervor, wählte 911 und rief in den Apparat: "Einen Krankenwagen für einen schwer verletzten Officer zu 432 California Avenue in Boulder City! SCHNELL, Officer Sam Leach hat eine blutende Kopfwunde, offenbar von einem Schlag mit einem stumpfen Gegenstand. Der Attentäter, Harold Copswater, hat ihm seine Waffe entwendet und ist auf der Flucht nach Hollywood, womöglich mit dem Dienstwagen von Officer Leach!"

Während er aufgeregt seinen Bericht abspulte hörte er das Klickern auf den Tasten des Operators, wieder eine Frau, die keine Zwischenfragen stellte, da Jonas alles Wichtige zusammengefasst hatte.

"Hilfe ist unterwegs. Atmet er noch?"

"Ja, aber sehr flach, bitte beeilen Sie sich!"

"Bringen Sie ihn in die stabile Seitenlage."

"Ist bereits geschehen."

Der verletzte Leach lag seitlich vor ihm in dem großen Wandschrank, ein Fakt, der ihm bisher noch das Leben gerettet haben mochte. Copswater hatte wohl nicht überprüft, ob er noch Vitalfunktionen zeigt und sich so schnell wie möglich aus dem Staub gemacht, nachdem er ihn im Schrank versteckt hat, um Zeit zu gewinnen. Wer weiß, vielleicht hatte er sogar noch Stunden mit dem tot geglaubten Opfer im Schrank im Haus verbracht. Das musste man ihm lassen: Außer charmant mit Frauen wie Gloria, war er zudem noch kaltblütig und abgefeimt.

Die Notfallhelfer erschienen wirklich innerhalb weniger Minuten, legten Leach auf eine Trage und schoben ihn im Eiltempo hinaus, über die Treppe nach unten und in den Krankenwagen. Mit Blaulicht ging es für den braven Hüter des Gesetzes ins nächste Hospital.

Einer der eingetroffenen Polizisten erkannte Jonas von seinem Einsatz beim Fund der Leiche im Kofferraum des gestohlenen Buicks: "Schon wieder SIE?"

"Ja, tut mir leid, aber ich kann alles erklären!" Ohne Verzögerung, knapp und präzise gab Jonas die Sachlage wieder. Von dem Wink, den er Leach zur Suche nach Copswater gab, über den Umstand, dass sich dieser das Vertrauen von Gloria Fleggeler erschlichen hat und in ihrem Ferienhaus ohne ihr Wissen Unterschlupf fand, bis zur Auffindung von Leachs geschundenem Körper. "Haben Sie einen guten Polizeihund? Der könnte nämlich Copswater aufgrund seiner Baseballkappe, die er im Kühlschrank vergessen hat, aufspüren. Beginnend dort, wo er das Polizeiauto Ihres Kollegen stehengelassen hat."

"Ja, sicher." Der Uniformierte machte ein verdattertes Gesicht. "Sie scheinen das Unglück irgendwie magnetisch anzuziehen."

"Ja, das hab ich mir auch schon oft gedacht."

"Darf ich den Herren ein Bier anbieten?", brachte sich Gloria, die sich inzwischen ein lindgrünes Sommerkleid über ihren verführerischen Körper geworfen hatte, in Erinnerung.

27. Von UFOs und Kometen

Im Büro von Malcolm Slithers unterfertigte Jonas das Protokoll und schob es ihm über den Tisch zu. "Übrigens Gratulation zur Beförderung, Lieutenant Slithers!"

"Lenken Sie nicht ab, ich mag Sie nicht!" Eine schroffe Äußerung, der ein kurzes Zähneblecken folgte.

"Glauben Sie immer noch, ich hätte die arme Frau in dem gestohlenen Wagen umgebracht und womöglich den tüchtigen Officer Leach verletzt?"

Lieutenant Malcolm Slithers schüttelte

sein Haupt: "Ganz ehrlich, ich halte Sie für einen Unheilsboten. Ganz so wie früher Kometen als solche erkannt wurden. SIE haben Sergeant Leach eingeredet, nach diesem Copswater zu fahnden, von dem Sie nur aufgrund eines Zufalls erfahren haben."

"Ja, Kommissar Zufall hat schon oft geholfen!", posaunte ihm Jonas entgegen.

"Nur, dass der Sergeant jetzt halb tot im Krankenhaus liegt. Seinen Dienstwagen fanden wir ausgebrannt 300 Meilen entfernt."

Schuldbewusst guckte Jonas nach unten, verkniff sich jedwede Replik zu seiner Verteidigung. Durch die nur noch halb geschlossenen Jalousien schickte die untergehende Sonne ihre letzten Strahlen.

Slithers wetterte weiter: "Ich wette, in dem Haus dieser Fleggeler finden wir wieder keine Fingerabdrücke von Copswater, genausowenig wie in dem Buick."

"Ja, das glaub ich gern, nach der Putzorgie, die er in der Küche veranstaltet hat. Alles roch intensiv nach dem Bleichmittel."

"Es liegt nichts gegen ihn vor. Woraus folgt: Sollte der arme Leach draufgehen, haben wir nicht den Schatten eines Beweises gegen ihn, außer IHRER Aussage!"

"Und die Baseballkappe? Ihre CSI-Spezialisten müssten doch Haare oder Hautzellen von ihm drauf finden."

"Die kann ihm gestohlen worden sein!" Slithers vollführte eine weit ausholende Geste.

"Oder er behauptet, sie der charmanten Gloria geschenkt zu haben, als Andenken."

"Sollten Sie ihn nicht auf seiner Flucht nach Hollywood erwischen, finden Sie ihn spätestens bei Blanks. Kennen Sie den als Filmschauspieler?"

"Ja, den mag ich ebenso wenig wie Sie, denn meine 13-jährige Tochter ist ein Fan von ihm."

Aha, dachte Jonas, wagte es jedoch nicht, es offen auszusprechen, Daddy ist eifersüchtig.

Verhärmt fuhr Slithers fort: "Damit nicht genug, die Sache mit Joey Snodgrass stößt mir auch sauer auf. Der könnte sicher noch leben, hätten *Sie* ihn nicht besucht. Was ist mit Ihrer Freundin Kopplmayr?"

"Hat ihre Tage bekommen, just als ich mit ihr intim werden wollte", presste Jonas zwischen den Lippen hervor.

"Tsss!" Slithers verbiss sich ein Lachen.

"Jaja, typisch für mich! ... Haben Sie Blanks schon die Todesnachricht seiner Verwandten überbracht?"

"Das hat der Sergeant erledigt, als er noch gesund war", antwortete er vorwurfsvoll. "Und jetzt kommt's: Dieser Filmfuzzy hat gar keine Verwandte namens Moira Milky Benson. Was sagen Sie nun, Mr. Klugscheißer?"

"Das ist das Mordmotiv, völlig klar!", ereiferte sich Jonas. "Harold Copswater hat Moiras Nähe gesucht, um über sie leichter an Blanks ranzukommen. Da stellt sich raus,

dass sie keine Verwandte von ihm ist, oder er
denkt, sie streitet es ab und ZACK!" Jonas
machte mit einer Hand eine Stichbewegung,
als hielte er ein Messer zur Attacke.

"Gehen Sie!" Mit einem ausgestreckten Arm
wies ihn Slithers hinaus.

In seinem Hotelzimmer gönnte sich Jonas
eine heiße Dusche und wechselte in einen
bequemen olivgrünen Jogginganzug und gelbe
Sneakers. Zwecks Ertüchtigung wollte er
noch eine Runde joggen, doch ein zaghaftes
Klopfen kündigte schon eine andere
Betätigung an.

Draußen stand Janina in einem grau-
schwarz karierten Jersey-Jumpsuit und
flachen silbernen Schnürschuhen. Die
blonden Haare hochgesteckt und die
unvermeidliche Designertasche geschultert,
zog sie beide Mundwinkel nach oben, wobei
sie gleichzeitig die Augen zu Schlitzen formte.
Das sollte wohl ein echtes Lächeln darstellen,
diente aber wohl nur einer bevorstehenden
Überredung zu einem Ausflug. In Wien nennt
man so etwas siebensüß sein!

"Na, wie wär's, Jonas? Lass uns in die
Wüste düsen und den Himmel nach UFOs
absuchen. Vielleicht dürfen wir an Bord
kommen."

"Janina, die Ereignisse haben sich
dramatisch bei mir überstürzt. Darf ich
deinen Informationsstand aufbessern?"

"Jonas, verdirb es nicht!", warnte sie ihn.
"Bitte vertreib mir die Stimmung nicht mit

einer Räuberpistolen-Story! Ich will mit dir
eine romantische Nacht unter dem
Sternenzelt verbringen und mir keine Chronik
deiner Katastrophen anhören müssen!"

Was blieb ihm andres übrig - er steckte
noch schnell sein iPhone samt Börse plus die
Autoschlüssel ein und folgte ihr zum Lift.
"Aber zur Area 51 fahr ich nicht!"

"Das ist nicht nötig, die Wüste ist groß
genug, es reichen wenige Kilometer und wir
sind allein am Busen von Mutter Natur."

"Ich wär lieber an einem andern Busen",
grummelte er.

"Am Busen der Brünetten? Hast du sie
wiedergetroffen?"

"Nein, mir reichte schon ihr Leider-nicht-
Date, dieser Hugh Baily. Mich wundert, dass
er dir seine Adresse gab."

"Ich gefalle ihm eben. Ist das so
unverständlich für dich?"

"Das meinte ich nicht, dieser Mann kam
mir so, so ..." Angestrengt suchte er nach dem
passenden Begriff. "... irgendwie verdächtig
vor."

Draußen hatte sich die Nacht wie ein
schwerer Mantel auf die Stadt gelegt. Auf dem
Parkplatz stritt sich ein junges Pärchen um
das Spielgeld für den Casinobesuch und in
der Ferne jaulte ein Schakal, eventuell auch
ein Coyote.

"Ist es hier nicht herrlich aufregend?",
fragte Janina mehr sich selbst.

"So aufregend wie in unserer Waschküche,

wenn sich zwei Parteien um die Nutzung der Bügelmaschine streiten", witzelte Jonas.

Beide stiegen in den Pickup ein und er startete.

"Wo hat er sich denn verdächtig gemacht?", forschte sie, atmete tief ein und wieder aus. "Dieser Baily?"

"In der Bar schon bei unserm ersten Treffen, da ließ er an den Verschwörungstheoretikern kein gutes Haar. Man müsse denen auf die Finger sehen, manche können Behörden besser hacken als ein chinesischer Spionage-Bot. Beim zweiten Treff stellt er sich großspurig als Profiler vor."

"Ich seh da keinen Zusammenhang. Fahr los!", forderte sie ihn auf und verschränkte die Arme, was ihm klar signalisierte, dass sie keine Lust auf weitere Diskussion verspürte.

Schweigend fuhren sie Richtung Stadtauswärts, doch seine Gedanken blieben bei Baily, während Janina von einer ihrer vielen YouTube-Sitzungen sprach.

"Da gab es einen Mann - Phil Schneider hieß er -, der schon in den 90ern des vorigen Jahrhunderts wusste, was heute so passiert."

"Ein Prophet?"

"Ein Geologe, Whistleblower und Buchautor, eine faszinierende Persönlichkeit, sein mysteriöser Tod wirft bis heute viele Fragen auf. Jedenfalls hatte dieser tapfere Amerikaner Informationen, wonach feindselige Aliens die Weltbevölkerung zwischen 2020 und 2030 um ein Drittel reduzieren wollen, oder sogar *auf ein Drittel*, so genau weiß ich das nicht mehr. Und dann kam 2020 punktgenau die Pandemie."

"Langsam glaub ich, ich bin der Einzige, der die Pandemie nicht kommen sah!"

"Jonas! Lässt dich sowas kalt?"

"Es ist tatsächlich erstaunlich. Allerdings hat der Seher Nostradamus angeblich auch sowas Ähnliches von sich gegeben. Aufgrund der Inquisition musste er es nur gut verschlüsseln. Sieh dir mal die Strasse an, auf der wir fahren!", deutete er auf ein Schild. "Science Drive! Klingt das vertraut?"

"Was soll daran vertraut klingen?"

"Science Drive 666! Das war doch Bailys Adresse. Ausgezeichnet zu merken. Enthält die Zahl des Teufels."

"Jonas, du bist schrecklich! Schon wieder kommst du mit etwas Negativen daher. Außerdem ist die Zahl des Teufels 616, weil in der Bibel ziemlich viele grobe Übersetzungsfehler sind", stellte sie schnippisch fest.

"Science Drive 666 - da ist es. Bailys Haus", flüsterte er und hielt an. "Nicht besonders groß, nur einstöckig. Total dunkel, sicher lungert er wieder in der Bar der einsamen Herzen herum und wartet auf ein Date, das sich verspätet oder ganz ausbleibt. Wie wär's, Janina? Wollen wir uns das Haus näher ansehen?"

"Du meinst einbrechen?", tat sie entrüstet. "Als Profiler hat er bestimmt eine

Selbstschussanlage."

"Was redest du negativ von Einbruch daher, meine Liebe! Ich meine einen simplen späten Besuch bei einem deiner Verehrer", grinste er sie an.

"Wenn ich einen Mann besuche, dann leg ich immer Parfüm auf. Das hab ich heute nicht, also fahr weiter!"

Demonstrativ stieg er kurzentschlossen aus.

"Jonas, bleib hier!", mahnte sie.

Langsam näherte er sich dem Haustor. Es schien weder einen Bewegungsmelder zu geben, der das Licht an der Pforte einschaltete, noch eine sogenannte Doorbell Camera. Der nächste Nachbar war außer Sicht- und Hörweite, ideal für einen Eigenbrötler, der nicht gestört werden wollte und seine Privatsphäre über alles schätzte.

Ein Gefühl bemächtigte sich Jonas' Knochen, wie er es schon aus ähnlichen Situationen kannte. Drohende Gefahr und kommendes Ungemach kündigten sich stets so an.

Hinter sich hörte er Janina auf dem Kies, der zum Haustor führte, sich knirschend heranpirschen. Just in dem Augenblick überflog wieder ein Flugobjekt mit drei Lichtern die Landschaft. Automatisch schauten beide schnell nach oben.

"Hast du das gesehen? Hast du das gerade gesehen?", plapperte sie aufgeregt.

"Ja, schon zum zweiten Mal. Das erste Mal

sah ich so ein flinkes UFO, als ich von Walt Prongas aus seiner Wohnung rauskomplimentiert wurde. Kurz, nachdem ich ihm Joeys Namen samt Adresse ausgeplaudert hab."

"Du Verräter!", schimpfte sie, suchte währenddessen noch immer den Himmel nach dem UFO ab, das in der Ferne schon längst entschwunden war. "Du hast ihm meinen Freund auf dem Silbertablett serviert."

"Wenn allerdings dieser Baily deinen Joey kannte, ohne ihn von mir auf dem Silbertablett serviert zu bekommen, dann könnte *er* ihn erschossen haben."

Mit halb geschlossenen Augenlidern wandte sie ihm ihr enerviertes Gesicht zu. "Aus welchem Grund?"

"Hat Joey Behörden gehackt?"

"Naja, er wollte eben wissen, was hinter den Kulissen gespielt wird. Denk nur an John McAfee, der dem Staat Computer mit Spyware drauf schenkte."

"Die Story kenn ich auch, dann starb der clevere Mann plötzlich unter ominösen Umständen. Laut seinem Anwalt hat er sich in seiner Zelle das Leben genommen, obwohl er versprochen hat, seine Frau am Abend anzurufen. Einer meiner Kollegen hat die Story in unserer Zeitung gebracht."

Bei diesen Worten schluckte sie hörbar. Hinter dem Haustor Bailys wurde lautes Knurren vernehmlich.

"Aha, der tierliebe Hugh hat einen Hund, der ihm die Alarmanlage ersetzt", kombinierte Jonas.

"Kann auch sein, das Knurren kommt von einem Tonband", widersprach sie. "Ich versuch mal, das Vieh zu einem der Fenster zu locken."

"Sei vorsichtig", flüsterte Jonas, sah ihr nach, wie sie um die Hausecke verschwand.

Bailys Heim - nahe an der Straße gebaut - erinnerte an die Holzhütten, die man während der Zeit des Goldrauschs am Yukon hinklotzte. Makler würden es als sehr stabiles Blockhaus bezeichnen, schmucklos, dafür praktisch, mit einer Garage. Fast konnte man es als ärmlich bezeichnen, sah man von der SAT-Schüssel am Dach ab. Als Vorgarten fungierten einige welke, gelbbraun-sonnenverbrannte Büsche. An einer Hausecke stand ein großer Mülleimer aus Blech mit Deckel. Neugierig inspizierte Jonas dessen Inhalt: Er fand Plastikbehälter von Salaten, Fleisch und den landesüblichen Süßigkeiten, die Bailys beachtlichen Hintern verursacht haben mochten, sowie zerrissene Papiere und leere Flaschen sowie Dosen. Von Mülltrennung hielt Hugh also nicht viel.

Jonas fummelte die zerrissenen Papierfetzen heraus und kontrollierte sie auf die Beschriftung. Es schien sich um Ausdrucke von Listen und Aufstellungen zu handeln.

"NA?" Janinas Stimme versetzte ihm einen

Schock.

"Musst du mich so erschrecken?", fuhr er zusammen.

"Was steht auf den Papieren?"

"Keine Ahnung, ich nehm sie mit und werde sie im Hotel genauer durchsehen."

"Vergiss es, kein Mensch schmeißt Wichtiges einfach in den Müll, sondern kauft sich einen Reißwolf, sogar meine Nachbarn machen das schon längst."

"Nicht, wenn er sich total sicher fühlt. Da wird jeder nachlässig", wusste Jonas aus Erfahrung von vielen seiner Recherchen.

Hinter der Tür fing der Hund auf einmal zu bellen an.

"Das Vieh muss echt sein, ich hab kurz an ein Fenster getrommelt, da kam er ran und drückte seine Nase an die Glasscheibe."

"Komm, wir machen uns vom Acker!", rief ihr Jonas in umgangssprachlich lockerem Ton zu.

Gemeinsam trabten sie zum Pickup. Aus der Ferne leuchteten zwei Scheinwerfer.

"Schnell-schnell!", trieb Jonas Janina zur Eile an. "Bei meinem Glück kommt Baily gerade jetzt nach Hause!"

"Na und? Immerhin hat er mir doch seine Karte gegeben", flötete sie, spurtete jedoch brav zum Auto.

Beide stiegen ein, Jonas warf die Papiere auf den Rücksitz und gab Gas. "Ja, zum Anrufen, doch nicht zum Herkommen, um in seinem Müll zu wühlen!"

"Ums Eck steht ein Schild, auf dem *For Sale* steht! Er will das Holzhaus anscheinend verkaufen und sich was viel Größeres kaufen."

"Da schau her! Entweder hat er im Casino die Bank gesprengt, oder er wird als Profiler so großzügig bezahlt, oder aber er ist Profikiller."

"Jonas, jetzt bist aber du derjenige, welcher Theorien wälzt, die zur Verschwörung gehören", hielt sie ihm vor.

Ein Blick in den Rückspiegel zeigte ihm: Das Auto, zu dem die Scheinwerfer gehörten, folgte ihm in steigender Geschwindigkeit. Also erhöhte er sein Tempo.

"Was ist? Warum rast du so?"

"Kannst du's dir nicht denken?"

"Du hast die Paranoia", diagnostizierte sie.

"Kann sein, kann allerdings auch sein, Baily hat uns zwei Hübsche auf seinem Grundstück erspäht und sich einen Reim auf unsern unerwünschten Besuch gemacht."

Der Wagen, welcher sie verfolgte, war im Vergleich zum Haus groß und teuer. So konnte er den Pickup überholen und von der Straße drängen. Dessen Reifen drangen in den Wüstensand ein und spritzten ihn seitlich hoch, das Tempo verringerte sich und ehe es sich Jonas versah, stand der schwarze SUV quer vor seiner Kühlerhaube.

"HUCH!", machte Janina. "Was sollen wir jetzt machen? Ich ruf die Bullen."

"Zu spät!"

Baily stieg aus und spurtete zur Fahrertür des Pickups, öffnete sie und holte Jonas unsanft heraus. "Reicht dir nicht, mir die Braut ausgespannt zu haben, du Ratte? Musst du mich noch dazu ausspionieren? HÄH?!"

"Beruhigen Sie sich doch, Sie haben doch selber Ihre Visitenkarte ausgeteilt. Was soll Ihre Hütte denn kosten?", ging Jonas sofort in die Offensive.

Anstatt einen Preis zu nennen, boxte ihn Baily hart in den Bauch und trat ihm überdies noch ins Gemächt.

"UFF!", ächzte er und ging vor ihm auf die Knie. "Gnade, Gewalt ist die letzte Zuflucht des Unfähigen, laut Isaac Asimov!"

Ein Kinnhaken folgte, der Jonas endgültig zu Boden streckte und einen starken Schmerz in seiner Kieferlade verursachte.

"Aufhören, ich geb ja alles zu, ich weiß, SIE haben Joey Snodgrass erledigt, weil er Behörden gehackt hat."

Aus seinem Jackett fummelte Baily einen kleinen, aber nichtsdestotrotz tödlichen Revolver heraus, mit dem er zornig herum fuchtelte. "Das Schwein hat MICH gehackt und das nehm ich persönlich."

Hinter ihm tauchte wie aus dem Nichts Janina auf und stieß ihm mit aller Kraft ihren ständigen Begleiter - den Schraubenzieher - in den Hals.

"UMPF!", konnte er noch von sich geben, dann sank er in sich zusammen.

Nun lagen beide Männer vor ihr - nur einer davon war noch bei Bewusstsein.

"Das ist der einzige Vorteil, den man als schwache Frau hat, man wird von solchen fiesen Figuren unterschätzt", triumphierte sie sichtlich stolz. "Zum Glück hab ich kein Parfüm benutzt, sonst hätte mich dieser Affen-Bajazzo gerochen."

Langsam erhob sich Jonas wieder - er fühlte sich wie durch ein Sieb gestoßen, und zwar durch ein ziemlich engmaschiges - doch bewies im Flüsterton noch erfreulich Humor im größten Schmerz: "K.O.-Sieg nach unfairem Gebrauch eines Werkzeugs."

Janina überprüfte, ob Baily auch bestimmt außer Gefecht gesetzt war. "So, jetzt glaubt dieser Mörder, der Komet hat ihn gestreift, hahaha."

"Ich ruf die Polizei", kündigte Jonas mit etwas höherer Stimme als sonst an, hielt sich kurz seine Hände in den Schritt und wankte dann zurück zum Fahrersitz.

28. Hollywood ruft

Der kurzen Nacht folgte ein kurzes wortloses Frühstück. Janina saß ihm in einem kirschroten Strickkleid gegenüber und bemängelte nur mit Fingerzeig einen Eidotter-Fleck auf seinem schwarzen T-Shirt mit der weißen Aufschrift WRATH.

"Ja, ich weiß, bin ein Ferkel", mampfte er, ließ seinen Blick über die andern Hotelgäste schweifen, die sich munter über ihre gestrigen Unternehmungen unterhielten oder ihre Teller am Buffet vollschaufelten.

"Hast du Schmerzen von dem gestrigen Kampf?"

"Nur, wenn ich lache", gab er an, obwohl ihm nach Bailys Tritt noch immer seine Testikel beim Sitzen Probleme machten.

Ein Anruf forderte seine Aufmerksamkeit, es meldete sich Lieutenant Slithers.

"Mr. Jericho", krächzte er. "Blanks hat mich kontaktiert. Er ist sich nicht sicher, ob er Copswater wiedererkennen würde, da zwischen der letzten Begegnung der beiden eine ziemliche Zeitspanne liegt. An der Grenze zu einem andern Bundesstaat endet meine Zuständigkeit, würde es Ihnen was ausmachen, allein nach Hollywood zu reisen? Blanks gab mir seinen momentanen Aufenthaltsort, gleichzeitig Drehort seines Films."

"Super, macht mir überhaupt nichts aus! Ich würde mich freuen, wenn ich helfen kann."

"Wusst ich's doch und hab bereits einen Boten mit Ihrem Pass zum Hotel geschickt, den können Sie dann an der Rezeption abholen. Merken Sie sich die folgende Adresse und den Namen des Aufnahmeleiters, Mr. Arbitrage. Er hat Anweisung, Sie zu Blanks zu bringen. Ich halte ja nichts von der Einmischung eines ausländischen Reporters, aber Blanks hat um Ihren Besuch gebeten, nachdem ich ihm erklärte, dass nur SIE Copswater persönlich trafen."

"Und Mrs. Fleggeler, welche jedoch kaum den Wunsch verspüren dürfte, ihm nochmal zu begegnen. Also geben Sie mir die Adresse und den Namen durch, Lieutenant!"

Aufgekratzt erzählte er Janina haarklein, dass Hollywood nach ihm ruft. "Na, was sagst du dazu, meine Liebe?"

"Pah, du sollst nur den Aufpasser von einem Jungstar spielen, der indessen weiter die Karriereleiter raufklettert."

"Hätte ich absagen und ihn von der Leiter plumpsen lassen sollen?", antwortete er mit einer gereizten Gegenfrage. "Janina, für mich ist es doch eine ideale Gelegenheit, meine journalistische Kompetenz zu beweisen."

"Hat dieser Cop was von Reward erwähnt?"

"Reward? Eine Belohnung?"

"Sicher doch, oder sollst du gratis den Kopf für den blutjungen Schmierenkomödianten hinhalten?" Ihr Teint nahm die Farbe ihres Kleides an und signalisierte Zorn.

Ohne darauf einzugehen, erhob er sich und eilte davon.

"JONAS! ICH REDE MIT DIR!"

Einige Köpfe drehten sich nach ihr um und eine einzeln sitzende Dame in ihrer Nähe nickte mitleidig: "Die Männer hören einem nie richtig zu!"

In seinem Hotelzimmer buchte Jonas einen Flug - trotz Klimakrise - von Vegas nach L.A., welcher die Fahrtdauer zwischen den Städten von vier Stunden auf eine Stunde verkürzte. Im Anschluss kleidete er sich für diese kommende Reise ein. Ein schöner Sommer-Anzug, den er sich vor einem Monat um 170 Euro geleistet hat und der laut Verkäufer aus hochwertigem Leinen hergestellt war und für Atmungsaktivität plus Bewegungsfreiheit sorgt, sodass MANN den ganzen Tag kühl und komfortabel bleibt. Zum hellen Blau dieses Wunder-Anzugs kombinierte er ein kurzärmeliges weißes Hemd und steckte all seine wichtigen Utensilien in die Taschen. Bevor er zum bestellten Taxi lief, brachte er Janina noch die Autoschlüssel des Pickups in den Speisesaal, wo sie immer noch saß und aus Frust weiter French Toast in sich hinein fraß.

"Tut mir leid, aber die Pflicht ruft! Vergnüg dich derweil ohne mich mit dem Auto. Ich bemühe mich, sobald als möglich zu dir zurück zu kommen."

"Hoffentlich im ganzen Stück!", zischte sie und warf ihm noch messerscharfe Blicke nach.

Im Flieger saßen außer ihm scheinbar nur fleißige Geschäftsleute in dunklen Anzügen oder Kostümen, intensiv mit ihren Lap Tops beschäftigt. Und das trotz der Hitze. Er fiel mit seinem hellen Anzug richtig auf, sah in Ermangelung eines Computers, auf welchem er schon die zu erwartende Story vorbereiten konnte, aus dem Bullauge. Er hätte schwören können, dass in einer Entfernung von ungefähr 100 Meilen drei Lichter verräterisch aus einer Wolke leuchteten. Die Stewardess

servierte einen Cocktail und lächelte so
aufreizend, dass Jonas beinahe versucht
hätte, sie zu einem Date in Hollywood
einzuladen, ließ es jedoch bei der Vorstellung
bleiben.

Mit höchstem Service verging der Flug
noch schneller und er sprang am Airport in
ein freies Taxi, das ihn zum Drehort brachte:
Dana Point Beach. Es ergaben sich zwei
Enttäuschungen: 1. Die Hitze in L.A. übertraf
noch jene in Vegas und musste mindestens
41 Grad betragen. 2. Die Entfernung der
Location vom Flughafen betrug 94,6 km, was
einer Autofahrt von einer guten Stunde
entsprach. Daher verlangte der Taxifahrer -
ein Mexikaner namens Paco, wie seine Lizenz
verriet - Vorkasse, was für Jonas kein
Problem darstellte, denn seine Kreditkarte
wurde weltweit anerkannt. Im
Vormittagsverkehr kam das Taxi nicht gerade
schnell voran, was Copswater weiter einen
Vorsprung geben würde. Jonas saß wie auf
Nadeln. Was, wenn dem sympathischen Burt
Billy Bear Blanks etwas passieren würde?
Immerhin bot der Highway teils bis zu sechs
Spuren und die Kalifornier stellten sich als
eher defensive Autofahrer heraus. Dieser
entspannten Fahrt stellte sich nur ein flaues
Gefühl im Magen entgegen. Immerhin war
Copswater bewaffnet. Mit Leachs Colt,
welcher bestimmt kein Peacemaker sein
würde.

Von diesen dunklen Gedanken lenkte

Jonas sein nicht mehr im Flugmodus befindliches iPhone ab, es meldete sich überraschend die charmante Gloria.

"Jonas, ich habe meinen Wandschrank aufgeräumt, nachdem der verletzte Officer abtransportiert worden ist. Leider ist mir erst jetzt aufgefallen, dass meine Perücke fehlt, eine platinblonde Pagenkopf-Frisur to go."

"Um Gottes Willen, Gloria, wollen Sie damit andeuten, Copswater könnte sie sich gekrallt haben, um einen Transvestiten darstellen zu können?", folgerte Jonas und fühlte, wie ihm Schweißtröpfchen auf die Stirn traten.

"Exakt mein Gedankengang! Außerdem fehlt noch mein langer, bequemer Kaftan. Er reicht mir bis zu den Knöcheln und ist extraweit. Die Farbe ist Kupferbraun."

"Vielen Dank, dass Sie mich auf diese zu erwartende Verkleidungs-Aktion hinweisen, Gloria."

"Ich hab zuerst die Polizei informiert, die haben keine Spur von ihm. Ein Lieutenant Slithers riet mir, Sie anzurufen, denn er meinte, es könnte Sie interessieren. Ich muss Schluss machen, mein lästiger Ehemann will mit mir zur Versöhnung nach Paris fliegen. Im Lear Jet!"

"Wow, dann wünsche ich viel Vergnügen, Gloria!"

"Werd ich haben mit seiner Kreditkarte, hihihiii!"

"Können Sie nicht etwas schneller fahren?", drängte Jonas den Taxilenker zur

Eile.

"Das kostet extra!" Mittels Griff in das Handschuhfach holte er eine Dose Pepsi zum Durstlöschen heraus.

Auch Jonas fühlte starke Trockenheit im Hals, hielt es jedoch nicht für nötig, sich nach einer Dose für sich zu erkundigen, da er ahnte, es würde sich erneut in einer Kostenerhöhung niederschlagen.

Am Zielort klebte ihm die Zunge am Gaumen, doch er ließ sich nichts anmerken. Ein Teil des Strandes war mit knallgelbem Absperrband - ähnlich dem, das die Polizei verwendet - vom öffentlich zugänglichen Bereich abgetrennt. Ein KEEP AWAY-Schild machte auf den Filmdreh aufmerksam.

Jonas stellte sich nahe an das kreuz und quer gespannte Band, wagte nicht, sich hindurch zu mogeln, winkte stattdessen einem der Filmleute zu, die er weit dahinter herumstehen sah. Für jemanden wie Copswater würde diese Absperrung keine Hürde darstellen. Es war ein Mr. Arbitrage, der auf Jonas zukam, und sich als der Aufnahmeleiter vorstellte.

"Willkommen in unsrem Irrenhaus, Mr. Jericho", begrüßte er ihn und zog die Absperrbänder für seinen Zutritt auseinander.

"Dazu wird's erst, wenn dieser Möchte-gern-Drehbuchautor aufkreuzt", erwiderte er salopp.

Arbitrage, ein bärtiger Twen in einem

abgewetzten Jeans-Anzug mit Totenkopf-Aufklebern führte ihn zu einem silbernen Trailer, in welchem Blanks gerade sein Mittagessen einnahm, eine Pizza aus der Pappschachtel.

"Hallo, Mr. Jericho! Kommen Sie rein! Wollen Sie auch ein Stück?" Freundschaftlich hielt er ihm die halb leere Schachtel hin.

"Gern, vor allem leide ich großen Durst. In der Wüste von Ägypten musste ich nicht solche Temperaturen aushalten." Als Erstes zog er sich sein hellblaues Sakko aus und warf es über die Stuhllehne, bevor er sich dem Jungstar an den aufgeklappten Tisch gegenüber setzte.

"In Ägypten war ich noch nie." Blanks saß in einer knappen orangen Badehose auf einem Klappstuhl, holte unter dem Klapptisch eine Dose Bier hervor, die er dem Gast reichte. "Wir drehen gerade eine Szene, wo ich das Final Girl vor dem Todestaucher retten muss."

"Sagten Sie im Interview nicht, Sie würden in Ihrem nächsten Film den Würger von Boston geben?" Zischend öffnete Jonas die Bierdose und nahm einen großen Schluck, der wie Nektar schmeckte.

"Ja, im nächsten Film, jetzt muss ich erst noch den Horrorstreifen *Der Todestaucher am Liebesstrand* abdrehen." Grinsend genehmigte sich Blanks ebenfalls eine der Bierdosen unter dem Tisch, um sie neben die Pizzaschachtel zu stellen.

"Und dabei spielt ein Wahnsinniger die Rolle seines Lebens und wartet darauf, IHNEN sein Drehbuch aufdrängen zu können."

"Ich kann mir gar nicht vorstellen, dass der creepy Copswater, den ich vor über zehn Jahren kannte, auf den Literatur-Zug aufgesprungen sein soll."

"Jedenfalls ist er im Eil-Zug durch die Kinderstube gefahren!"

"Haha! Sind Sie wirklich sicher, dass er es ist und kein anderer?" Unbeeindruckt biss er von seiner Pizzaschnitte ab. Es handelte sich um eine mit Schinken und Pepperoni.

"Todsicher. Er ist mir zufällig begegnet, hat mir in heimtückischer Weise eine Leiche unterschieben wollen-"

"Diese Miss Benson, von der die Polizei dachte, sie sei mit mir verwandt?"

"Ja, leider. Meiner Meinung nach musste sie sterben, weil sie eben NICHT mit Ihnen verwandt ist. Außerdem hat er sich die Liebe einer feinen Dame erschlichen, ist in ihr Ferienhaus eingedrungen und hat daraus einen Kaftan in der Farbe Kupferbraun gestohlen, ebenso wie eine Perücke in Platinblond." Auf den Appetit gebracht, nahm er sich nun auch eine Pizzaschnitte und biss herzhaft hinein. "MHM! Eine Perücke zu tragen bei der Hitze, stell ich mir zwar unangenehm vor, aber dieser Harold ist mit allen Wassern gewaschen! Mhm, und wer Quecksilber trinkt, nimmt noch andere Unbequemlichkeiten inkauf"

"Und Sie denken, ich bin in Gefahr?" Unglauben tönte aus der jugendlichen Stimme.

"Wenn Sie ihm sein Drehbuch nicht vergolden, wird er mit an Sicherheit grenzender Wahrscheinlichkeit wieder bösartig werden, Burt!"

"Hm, wie der Trottel nur darauf kommt, dass ICH die Entscheidungskraft für die Rollen habe, die ich spiele. Erledigt doch alles mein Agent. Er liest die Drehbücher, schließt die Verträge ab und der füllt sogar meine Steuererklärung aus."

"MHM! Davon hat Copswater Null Ahnung", mampfte Jonas entgegen seiner guten Erziehung mit vollem Mund. "Der lebt in seiner eigenen Traumwelt. Sie hätten hören sollen, wie er sich schon beschwert hat, dass Sie als Darsteller mehr verdienen als er, der er doch der Schöpfer der Story ist."

"TSISS! Klingt wirklich nach Copswater, wie er leibt und lebt. Das letzte Mal, dass ich ihn sah, trug er die Haare schulterlang." Seine Bierdose öffnete er so schwungvoll, dass eine Fontäne Bier heraus quoll.

"Jetzt ist seine Frisur entweder kurz und brünett oder pagenkopfartig und platinblond."

"Als Frau kann ich ihn mir gar nicht vorstellen, will ich auch gar nicht." Blanks leerte seine Bierdose, zerdrückte sie zwischen seinen Fingern in einem erstaunlichen Kraftakt und warf sie gedankenlos hinter sich neben den Mülleimer.

"Er wird als Transvestit auftreten, was ein kluger Schachzug ist, da man in Hollywood viel Verständnis für solche hat."

"Nur, wenn sie erfolgreich sind. Diese Industrie ist ein Moloch, Mr. Jericho! Sie konsumiert Menschen, nutzt sie aus und speit sie nach dem Verdauen in den Müll. Haben Sie mal eine Fahrt durch L. A. gemacht? Einige Straßen sehen aus wie in der Dritten Welt. Zelte, Pappkartons und dazwischen die gestrandeten Existenzen, die es im Leben nicht geschafft haben, darunter auch etliche gescheiterte Schauspieler, die keinen Job mehr als Kellner bekommen oder in einem Callcenter oder als Gigolo."

"Für einen Jungstar sind Sie ziemlich abgeklärt, Burt!"

"Das muss ich auch sein, sonst geht's mir nämlich auch bald so wie den Obdachlosen."

Wohlerzogen wie Jonas nun mal war, wollte er seine geleerte Dose in den Mülleimer werfen, der schräg hinter Blanks stand, er stand auf, ging zwei Schritte darauf zu, stutzte, griff hinein und holte eine platinblonde Perücke heraus. "BURT! Er war bereits hier in Ihrem Trailer!"

Der Ausdruck auf dem jungen Gesicht wechselte von cool auf entsetzt. Der Appetit schien ihm nun vergangen zu sein und er wischte zornig die Schachtel vom Tisch.

"AARON!", brüllte er los.

Innerhalb von drei Sekunden steckte der Arbitrage seinen Kopf durch die Tür des

Trailers: "Ja, was gibt's denn, Burt?"

"Wer ist in meinem Trailer gewesen?" Erbost riss er Jonas die Perücke aus der Hand und präsentierte sie Arbitrage. "Oder trägst DU sowas in deiner Freizeit?"

"Tut mir leid, Burt! Ich weiß wirklich nicht, wer sich Zutritt zu deinem Heiligtum verschafft hat!"

"Ich brauch Security! Sorg dafür, dass jemand immer aufpasst, wer um mich rumhängt." Diese Forderung klang ziemlich befehlsgewohnt. Der zuvor jovial wirkende Filmstar ließ nun seine dunkle Seite raushängen.

"Burt, take it easy", versuchte Jonas, ihn zu beruhigen. "Noch haben Sie ja das Drehbuch nicht abgelehnt. Erst ab diesem Zeitpunkt wird es für Sie kritisch!"

"Ha, ich hab's ja noch nichtmal gesehen!"

"Sehen Sie mal in Ihrem Trailer nach. Wo legen Sie normalerweise Ihr Skript hin?"

"Hm, unter meinen Kopfpolster", sagte er, hetzte durch seinen Trailer zum Platz, wo sich sein Bett befand, und hob den Polster hoch. "Das gibt's doch nicht. Da liegt es!"

"Hab's fast befürchtet", nickte Jonas. "Copswater war hier, hat Ihr aktuelles Drehbuch unter Ihrem Kopfpolster mit seinem ausgetauscht, sich der Perücke entledigt und wieder zurückgezogen. Fragt sich nur wie lange."

Arbitrage stand wie vom Schlag gerührt vor der Trailer-Tür und sah aus, als hätte ihn

King Kong kurz mal zum Kuss hochgehoben
und wieder fallengelassen.

Mit aufgerissenen Augen las Blanks laut
vor: "Der Tod eines Superstars, ein Film von
H. Copswater! - So eine SCHEISSE!"
Fuchsteufelswild schleuderte er das Skript
quer durch den Trailer. Es raschelte bei dem
Wurf wie das Gefieder einer aufgescheuchten
Krähe.

Arbitrage hob es auf und vergewisserte
sich, ob das alles nicht nur ein dummer
Scherz von Blanks sei. Danach sah er in
bittender Art und Weise von Blanks zu
Jericho und wieder retour. "Ich versteh das
nicht."

"Es ist kinderleicht!", herrschte ihn Blanks
an. "Mein Ex-Nachbar, ein leicht
verhaltensorigineller Zeitgenosse, hat ein
Drehbuch für mich geschrieben, von dem er
hofft, ich spiel darin die Hauptrolle."

"Darf ich es lesen?", fragte Jonas zaghaft.
"Ich könnte mir vorstellen, darin einige
Anhaltspunkte zu finden, wie der
Schriftsteller von eignen Gnaden tickt."

"Großartig", stimmte Blanks zu. "Ich dreh
jetzt die nächste Szene, während Sie hier drin
lesen und auf mich warten." Ohne auf seine
Zusage zu warten, trottete der Jungstar aus
dem Trailer und ätzte gegenüber Arbitrage:
"Ich hätte tot sein können, nur weil jeder Idiot
einfach in meinen Trailer reinspazieren kann!"

Seine Worte waren kaum verklungen, als
Jonas auch schon zu lesen begann...

29. Es spitzt sich zu

Das Drehbuch stellte sich als gar nicht so schlecht geschrieben heraus. Es begann mit einer Explosion, was natürlich hohe Produktionskosten zur Folge hätte, sich jedoch in Anbetracht von Marktwert und Zugkraft des Schauspielers Blanks durchaus rechnen könnte. Im Grunde bot die Story die üblichen Wendungen: Der Protagonist - ein Superstar in Hollywood - durch den raschen Aufstieg vom Ruhm geblendet, wird arrogant, verlangt immer mehr Geld für immer weniger Leistung. Einem der Stuntmen reicht es und er stellt dem Star während des Drehs eine Falle, durch welche dieser erst zum Krüppel und dann zur jung verstorbenen Legende wird. Der Stuntman übernimmt seine Rolle und gelangt spielend leicht zu Ruhm samt Oscar.

Nach der Lektüre legte Jonas das Skript auf den Tisch und stierte aus dem Trailer-Fenster. Einige der Filmleute liefen hin und her. Scheinbar mit diversen Aufträgen betraut hatten sie gar keine Zeit, sich nach Copswater umzusehen. Zwei Polizisten des LAPD patrouillierten über den Strand, wobei Jonas nicht wusste, ob sie nicht Teil des Darsteller-Teams waren.

Wo treibt sich Copswater herum, brütete Jonas unruhig, er kann eigentlich nicht wissen, dass ich hinter ihm her bin und seine wahre Identität herausfand, außer-

Ein Anruf unterbrach seinen

Gedankengang. Tallcloud beschwerte sich, dass er Zeit auf der Route 66 vergeudet hatte, wo Walt Prongas ganz woanders weilte.

"Tut mir leid, dass ich Sie hinters Licht geführt hab, Mr. Tallcloud, dafür ist mir noch was über unseren Prongas eingefallen: Er war mal im Norden Kaliforniens beim Mount Shasta, zusammen mit einem gewissen Chandler Mankquist, auf den er sehr wütend war."

"Ich hab ihn schon längst erwischt! Seine Ex rief mich gestern an. Ich gab ihr meine Nummer, weil Betrüger oft in Ermangelung neuer Opfer auf alte zurückgreifen. Sie informierte mich, dass Walt im Casino seine Beute verspielt und wegen der Aufregung einen Herzinfarkt erlitten hat. Ich brauchte nur ins University Medical Center fahren, wo er schon halb aus dem Pyjama raus war und stiften gehen wollte. Der krumme Hund wollte mich angreifen, da verpasste ich ihm einen Schlag in die Leber - das bringt jeden Boxchampion auf den Ringboden! Schon lag er wieder flach im Bettchen. Wissen Sie, was komisch ist?"

"Dass er seine Spitalskosten jetzt nicht stemmen kann?"

"Besser: Er schloss noch in weiser Voraussicht eine Krankenversicherung ab. So, als hätte er sein Schicksal geahnt, hähä! Wollt's Ihnen nur erzählen, damit Sie auch lachen. Nichts für ungut!"

Wie das Leben so spielt, dachte sich Jonas.

Wenig später kam Blanks eskortiert von den beiden Polizisten zurück in seinen Trailer. "Darf ich vorstellen? Meine Leibwache!"

Die beiden Uniformierten führten synchron ihre Hände zum Salut an die Kappe und Jonas meinte: "Da wird sogar ein Mr. Copswater nicht wagen, näher als 100 Meter an Sie ranzukommen, Burt."

"Haben Sie das Skript gelesen?" Ohne Scham zog er seine Badehose aus und zwängte sich in weiße Jeans samt passender Sportschuhe.

"Ja, es ist nicht schlecht, handelt von einem Filmstar, der wegen seiner Arroganz von seinem Stuntman außer Gefecht gesetzt wird. Der Haken ist nur: Hollywood liebt Happy-Endings. Dass ein Bösewicht die Lorbeeren von demjenigen einheimst, den er dem Undertaker zugeführt hat, können die Studio-Bosse bestimmt nicht goutieren."

"Es wär ein Wunder gewesen, wenn creepy Copswater einen geldbringenden Geistesblitz gehabt hätte." Schnell schlüpfte er in ein schwarzes Satinhemd. "Ich werde nun samt Entourage in meine Villa fahren. Kommen Sie mit?"

"Sehr gern. Wer weiß, eventuell lauert ja schon unser gemeinsamer Freund dort in Ihrem Wandschrank."

"Das wird die erste Aufgabe der Officer sein, mein Anwesen gründlich zu durchsuchen."

"Wenn er sich wieder als blonde Frau

verkleidet hat, werden Ihre Nachbarn
geglaubt haben, er ist Ihr Groupie."

"Mr. Jericho, Sie sollten sich als Gag-
Schreiber verdingen", grinste Blanks.

Der Himmel zeigte in der Dämmerung ein
dunkles Blau mit orange-roten Streifen
aufgelockert. Es mutete leicht unheimlich an.
Dank Blaulicht am vorausfahrenden
Dienstwagen kamen sie schnell voran.

In einem Konvoi von drei Fahrzeugen -
dem vorderen Einsatzwagen folgte eine weiße
Stretchlimo, in welcher Jonas und Blanks
saßen, dahinter ein roter Van, welchen
Arbitrage lenkte - fuhren sie nach Beverly
Hills, wo Blanks ein feudales Heim sein eigen
nennen konnte. Dem Stil einer spanischen
Hacienda nachempfunden bot es sogar ein
kleines Gästehaus, den obligaten Swimming
Pool samt Springbrunnen im Innenhof und
einen Basketballkäfig, der nachträglich
eingebaut worden sein musste und mit
Zierbüschen umrankt auf seine Nutzung
wartete. Das Interieur des Haupthauses
schwankte zwischen protzigem Louis XVI und
sachlicher Moderne.

Die Polizisten durchsuchten mit gezogenen
Waffen die gesamte Location und guckten
sogar in den Pool, ob der vom Wahnsinn
vereinnahmte, ungebetene Gast auf
Tauchstation gegangen war. Es fand sich
nicht die Spur von ihm. Vom Innenhof aus
sah man die silberne Mondsichel.

Einer der Cops, die um die 30 sein

mussten, wandte sich an Jonas: "Aus Österreich stammen Sie? Dort sind alle so übervorsichtig."

"Yeah", stimmte sein Kollege, der ihm wie ein Bruder ähnelte, ein. "Die haben dort furchtbar überstrenge Waffengesetze."

"Darüber bin ich froh", bekannte Jonas, "sonst gäb's bei uns statt Messerstechereien in den Schulen auch noch Amokläufe wie in Columbine. Außerdem, was nützt schon eine Waffe, wenn sie einem weggenommen wird, sobald's kritisch wird?"

"Was meinen Sie damit, Mr. Jericho?", wollte Blanks wissen.

"Denken Sie an den Wirbelsturm Katrina", erinnerte er ihn. "Damals haben Polizisten sogar in entlegenen Gebieten alle privaten Waffen eingesammelt, es durften nur die staatlichen Autoritäten bewaffnet sein. Ich schrieb eine Reportage darüber, wie eine alte Dame nach ihrer Entwaffnung überfallen und ausgeraubt worden ist."

Das schien einem der Cops nicht zu gefallen, denn er stellte rüde fest: "Alles hat seinen Grund!"

Sein Kollege massierte sich den Nacken. "Jedenfalls ist das Gelände samt Gebäude sicher."

Aaron Arbitrage wollte auch zur Unterhaltung beitragen: "Warum müssen immer wieder abnorme Leute andern das Leben schwer machen?"

Diese rein rhetorische Frage beantwortete

einer der Cops mit dem Satz: "Gott erschafft Milliarden von Menschen, bei solcher Massenproduktion sind nun mal Mängelexemplare darunter."

"Hmhm", machte Aaron. "Und dieser Copswater, ... hat er auch einen Waffenschein?"

"Das ist nicht die Frage", kommentierte der andere Cop. "Ob er bewaffnet ist, schon eher."

"Hauptsache, er kreuzt nicht bei mir auf", sagte Blanks und schien beruhigt.

Arbitrage verabschiedete sich und wünschte Blanks noch überfreundlich eine gute Nacht.

"Machen Sie sich's ruhig im Gästehaus gemütlich, Mr. Jericho", ließ Blanks salbungsvoll verlauten. "Ich werd noch ein paar Runden mit meiner Xbox spielen."

Die Polizisten hatten den Auftrag, über Nacht zu bleiben und sie folgten Blanks ins Haupthaus, für alle Auslagen kam die Produktionsfirma auf. Das Leben gestaltete sich auch in schwierigen Situationen für einen Star leichter als für einen Nobody.

Das Gästehaus, welches ebenfalls durchsucht worden war, sah beinah bieder aus. Scheinbar für ältliche Verwandte eines rasch zu Ruhm gekommenen Inhabers, die mit Protzmobiliar ohnedies nichts anfangen konnten. In der kleinen Küche fand sich ein Minikühlschrank samt einer Notration für den großen Hunger.

Zuerst checkte Jonas seine SMS. Eines

war von seiner Oma, die ihm versicherte, wie sehr er ihr fehlte, eins von Janina, die ihm Vorwürfe machte, weil er gar nicht gefragt hat, ob sie mitkommen wolle, und eines von Riasek, der ihn warnte, länger in Vegas zu bleiben, da er sonst seinen Job an einen Konkurrenten verlieren könnte. Typisch!

Um seinen Bauch zu füllen, kramte er ein Fertiggericht aus dem Kühlschrank und las den Zubereitungshinweis. Ein Geräusch ließ ihn hochsehen und er dachte, er erlebe einen Albtraum: An der Küchenschwelle stand Copswater in Camouflage und Kampfstiefel, ein siegessicheres Lächeln wirkte ihm wie ins Gesicht getackert.

"OH! Wo-äh ko-kommen Sie denn her?", stotterte Jonas verblüfft, tat automatisch das Fertiggericht zurück in den Kühlschrank und versuchte krampfhaft entspannt auszusehen.

Copswater trug eine pflegeleichte, hitzefreundliche Glatze, die er mit grünem Camouflage-Makeup seiner Militäruniform angepasst hatte. Er erweckte den Anschein, sich in den Büschen um den Basketballkäfig erfolgreich vor den LA-Cops verborgen zu haben.

"Von dort, wo mich die Bullen nicht gesucht haben. Die Sonne Kaliforniens hat denen das ohnehin schon bei ihrer Geburt schwach ausgebildete Gehirn ausgetrocknet."

"Steht Ihnen gut die Vin-Diesel-Frisur, Mr. McGoggins", schmeichelte ihm Jonas, dem wieder seine Testikel zu schmerzen begannen, obwohl er kerzengrade stand. Vor seinem geistigen Auge sah er schon, wie bald Blutstropfen seinen schönen Anzug verunzieren würden.

"Lassen Sie die Spielchen, Jericho, der Vegas-Cop hat IHREN Namen genannt, nachdem er mich in Glorias Haus fand." Seine Mimik - todernst - verriet unterdrückte Rage.

"Warum haben Sie die arme Miss Benson getötet?"

"Ich konnte die Frau nie leiden, aber ihr Tod hat sie mir etwas sympathischer gemacht", riss er einen pietätlosen Witz, über den er selber grinsen musste.

"Ein Tod, bei dem Sie nachgeholfen haben, Harold", erinnerte ihn Jonas.

"Ja, ein wenig. Manche sind einfach zu schwach zum Leben. Verstehen Sie, diese Leute gehen an der Härte des Lebens selbst zu Grunde."

"Sicher verstehe ich, vor allem, wenn diese Leute erst solchen harten Männern wie IHNEN begegnen." In Jonas begann Wut zu brodeln bei den verachtenden Worten seines Gegenspielers.

"Oahhh", machte dieser mit gespielter Missbilligung. "Wie kamen Sie mir auf die Schliche?"

Mit steigender Verzweiflung schätzte Jonas seinen Widersacher ein: Hohe Intelligenz gepaart mit nicht minder hoher Boshaftigkeit. Wie kann man solchen Gegnern am besten entgegenwirken? Ein Schlag in die Leber! Wie ihm schon Tallcloud erzählt hatte, brächte so einer jeden zu Boden. Aber wo befand sie sich? Links oder rechts?

"Äh, ich führte ein Interview mit Burt Billy Bear Blanks, den SIE auf unserer gemeinsamen Fahrt erwähnten. Und er hat sich erinnert, dass er einen Nachbarn hatte, der auch Harold hieß. Von Harold McGoggins zu Harold Copswater..." Schicksalsergeben zuckte er die Schultern.

Copswater kam grinsend näher. In seinem Hosenbund steckte Leachs Colt - gefährlich und bei Gebrauch sicher tödlich. Allein er fühlte sich Jonas so überlegen, dass er ihn gar nicht herausholte.

Wo ist die Leber bei einem Menschen, grübelte Jonas ganz verbissen nach, Oma hat mal an Leberbeschwerden gelitten und sich den rechten Oberbauch gehalten.

"Mr. Copswater, bitte tun Sie nichts Unüberlegtes, ich bin ein friedliebender harmloser Mensch", wiegte er ihn in vermeintlicher Sicherheit, wandte sich leicht von ihm ab und drehte sich dann blitzschnell - die linke Hand zur Faust geballt - um, wobei er ihm mit einem Schwinger, in den er seine ganze Kraft legte, in die Leber boxte.

Mit einem schwer zu definierenden Geräusch ging Copswater sofort zu Boden, krümmte sich vor Schmerz und ließ ein leises Raunen verlauten. Sofort griff sich Jonas den Colt, sprang wie ein Hürdenläufer über den Verletzten und rannte nach draußen.

"HILFE! ICH HAB IHN!", kreischte er, sein Blutdruck erreichte ob dieser Aktion ungeahnte Höhen. "ICH HAB IHN!" Dabei hob er den Colt hoch und sprang sinnlos auf und ab.

Durch das Geschrei alarmiert stoben die beiden Polizisten aus dem Haupthaus. Jonas zeigte mit dem Colt in das Gästehaus und sie stürmten hinein. Vorsichtig lugte Jonas hinein und beobachtete erleichtert, wie sie Harold Handschellen anlegten sowie ihm seine Rechte vorlasen.

Blanks kam in einer bunt gemusterten Bermuda mit nacktem Oberkörper dazu. "Das gibt's doch gar nicht, wo hat sich der Irre versteckt?"

"Gut getarnt in der Botanik um Ihren kleinen Sportplatz. Der ist gerissen. Schade, dass man das seinem Drehbuch nicht anmerkt."

Nachdem Copswater per Polizeiwagen weggebracht worden war, telefonierte Blanks, winkte Jonas ins Haupthaus, wo auf einem antiken Tisch ein Buffet voller Leckerbissen stand, welche die Leibgarde schon zur Hälfte aufgefuttert hatte. Jonas nahm sich ein belegtes Brot, das zwar nicht mehr ganz frisch war, aber immer noch reichte, um den Magen zu füllen.

"Mein Agent jubelt, er denkt, ein Irrer ist ein besserer Turbo für meine Karriere als jeder Film. Dafür schreib ich Ihnen einen Scheck aus. Was sagen Sie zu 20.000 Dollar,

Mr. Jericho?"

"Vielen Dank, da juble ich noch mehr als Ihr Agent!"

30. Das Ende

"Na, brummt Ihnen der Schädel?" Erwartungsfroh stand Jonas vor dem Krankenbett, antiseptischen Duft in der Nase und einen Obstkorb in den Händen, den er auf das Nachtkästchen platzierte.

Seine erste Handlung nach der Rückkehr ins glitzernde Spielerparadies galt dem Besuch des Summerlin Hospital Medical Center, wo Sergeant Leach auf seine Genesung wartete.

"Nein, die Schwestern haben mich völlig mit Drogen vollgepumpt." Sediert machte Leach denselben Eindruck wie als hellwacher Officer. "Danke für die Früchte."

"Hoffentlich kein Fentanyl, das macht nämlich leicht süchtig." Salopp setzte sich Jonas auf die Bettkante.

"Das ist momentan meine geringste Sorge."

"Lieutenant Slithers hat mir die ganze Schuld an Ihrem Zustand in die Schuhe geschoben. Der ist mir feindlich gesinnt. Ich nehme an, Sie sind auch nicht gerade mein Freund, was, Sergeant?"

"Naja, sagen wir, es hätte mir nichts ausgemacht, Sie niemals getroffen zu haben!"

"Leiden Sie an einem Schädelbruch oder nur an einer verbogenen Fontanelle?", versuchte ihn Jonas ein wenig aufzuheitern.

"Gehirnerschütterung und Platzwunde.

Hat viel ärger ausgesehen. In ein paar Tagen bin ich wieder auf dem Damm!"

"Das nenn ich tolle Neuigkeiten. Können Sie sich an Harold Copswater noch erinnern? Ich meine, für Ihre Zeugenaussage, sobald dieser Unhold vor Gericht gestellt wird."

"Diese Visage vergess ich nie. Erst leugnete er alles, markierte den Künstler, der in der Wüste nach nötiger Inspiraton sucht. Er bestritt lebhaft, jemals in diesem Buick gesessen oder Ihnen begegnet zu sein. Ich wollt ihm schon Glauben schenken, dann tat er ganz unerwartet überrascht, zeigte zum Küchenfenster und schrie: 'Ein Bär!' Automatisch drehte ich mich um - BUMMS - hat er mir schon den Wasserkocher über den Schädel gezogen."

"So ein hinterlistiger Patron! Zum Glück verfügen Sie über einen harten Schädel, was? Naja, keine Sorge, der sitzt in L.A. und wartet auf seine Auslieferung. Übrigens, der Fall Joey Snodgrass ist ebenfalls gelöst. Ein gewisser Hugh Baily hat ihm ein Stück Blei verpasst, weil er sich erfrechte, ihn zu hacken."

"Dann können Sie ja abreisen", hoffte Leach und rang sich ein zuversichtliches Lächeln ab.

"Ja, jetzt hält mich nichts mehr in Ihrem Wüstenstaat, nicht einmal die mysteriösen Flugobjekte, die immer mal wieder über meinen Kopf hinweg gezischt sind."

"Und vergessen Sie nicht den weisen

Spruch: *What happens in Vegas stays in Vegas!*", riet ihm Sam Leach noch und gähnte demonstrativ, um ihm zu verdeutlichen, dass er nun bitte gehen solle.

Im Hotel klopfte er an Janinas Tür, es war später Abend und sie öffnete ihm in einem Goldlamé-Abendkleid.

"Na, wieder im Lande?"

"Yep, habe tatkräftig mitgeholfen-"

Sie schnitt ihm das Wort ab: "Dass du dich hertraust! Du bist total undankbar! Ich rette dir das Leben und du lässt mich in Vegas versauern, während du dich Hollywood mit diesem Filmfritzen vergnügst."

"Von Vergnügen kann wenig die Rede sein. Der böse Harold Copswater wollte mir ans Leder, nichtsdestotrotz half ich ihn einzubuchten." Triumphierend präsentierte er ihr den Scheck: "20.000 Dollar hat der junge Filmstar Burt Billy Bear Blanks dafür springen lassen. Davon geb ich dir die Hälfte! Zufrieden?"

Ihre Augen weiteten sich. "Im Ernst? Einfach sooo?"

"Immerhin hast du mir beim Angriff auf Baily das Leben gerettet, wie du vorhin bereits erwähntest, Schraubzilla! Meine Eier danken es dir!"

Aufgedreht fiel sie ihm um den Hals. Es wurde noch eine heiße Nacht für ihn...

Die kurze Zeit bis zu ihrer Abreise verbrachten sie mit den typischen Touristen-Aktivitäten. Chandler meldete sich nicht mehr, was sie darauf zurückführte, dass er ihr nicht abnahm, einen Bruder zu haben. Die Hitze machte beiden zu schaffen, sodass sie sich schon nach dem heimatlichen Winter sehnten.

Wie zwei müde Krieger saßen sie nebeneinander im Flieger in die Heimat.

"Das ganze Abenteuer, das wir hinter uns haben, erscheint mir wie ein Traum für jeden vom öden Alltag gelangweilten Bürohengst", fasste sie die Geschehnisse kurz zusammen. "Einfach ungeheuer und unglaublich."

"Du wirst es mir nicht glauben, doch ich bin an sowas Ungeheuerliches langsam gewöhnt, denn mir erschien schon mal Agatha Christie persönlich, die mir bei meinen Nachforschungen behilflich war", verriet er ihr. "Sie ist ein guter Geist und begleitete mich in England sowie Ägypten."

"Agatha Christie hab ich immer gern gelesen, obwohl sie gewisse Dinge in ihren Cosy Crimes nicht hinterfragt hat, wie zum Beispiel die Benachteiligung von Frauen. Sie war wirklich die Königin des Krimis, wobei sie auch den Vorteil hatte, zur richtigen Zeit im richtigen Ambiente verweilen zu dürfen. Es ist viel vorteilhafter, im englischen Herrenhaus aufzuwachsen, als im Wiener Gemeindebau."

"Yep und damals gab's noch weit weniger Autoren-Konkurrenz. Heutzutage ist jeder sein eigner Herausgeber, ein Selfpublisher, der für eine überschaubare Gruppe von lesehungrigen Freunden Material fabriziert."

"Oder auch aus seiner Vergangenheit absaugen kann", fügte sie hinzu. "Unser Abenteuer könnten wir auch für die Nachwelt festhalten."

"Jetzt, wo du es sagst, werd ich ein Drehbuch schreiben und es an Blanks Agenten schicken", nahm er sich vor.

Auf dem Rückflug kam es aufgrund von Turbulenzen zu leichten Tumulten. Einige Passagiere schrien und andere telefonierten noch nach Hause, um sich zu verabschieden, was sich im Nachhinein als unnötig herausstellte.

Die Landung erfolgte eine halbe Stunde später als geplant.

Es überraschte beide nicht, vergeblich auf das Gepäck zu warten. Wie sie in Erfahrung bringen konnten, war es noch in Las Vegas in das falsche Flugzeug eingeladen worden und ohne sie nach Bangkok unterwegs.

"Wie sollte es auch anders sein, nach all den vielen Unannehmlichkeiten, die wir beide ertragen mussten", resümierte Jonas. "Komm Janina, ich hab meine Oma angewiesen, mit meinem Auto vorm Flughafen auf uns zu warten."

In großer Wiedersehensfreude fiel ihm die Großmama um den Hals und gab Janina die Hand. "Sehr erfreut, Ihre Bekanntschaft zu machen, Frau Kopplmayr. Sie haben ja einiges mit meinem Enkelsohn durchmachen müssen, wie er mir gesimst hat."

"Oh ja, das kann ich Ihnen versichern."

Auf der Heimfahrt, die zuerst verabredungsgemäß an Janinas Adresse führte, sprach niemand ein Wort. Die Heimkehrer saßen vereint und abgekämpft am Rücksitz nebeneinander wie ein altes Ehepaar, das sich gerade überlegt, ob es sich nach all den gemeinsamen Jahren scheiden lassen soll.

Im fünften Bezirk vor Janinas Hochhaus angekommen, parkte Jonas' Oma und wartete.

"Das war die verrückteste Urlaubswoche, die ich jemals erlebt habe", bekannte Janina und küsste ihn danach spontan voll Leidenschaft auf den Mund. "Überleg's dir!"

Er war sprachlos. Was sollte er sich überlegen? Die Weiterführung der Affäre, eine Verlobung, eine Heirat?

Schnell stieg sie aus. "Auf Wiedersehen, liebe Frau Großmutter, und vielen Dank für die Gratis-Heimfahrt!" Schwungvoll warf sie die Autotür zu und eilte mit ihrer teuren Handtasche ins Haus.

"Fahr los, Oma", ordnete Jonas an. "Und sag nix!"

"Typisch", hauchte sie und trat aufs Gaspedal.

*** The End ***

Das vorliegende Buch ist bereits der sechste Fall des Journalisten Jonas Jericho - und wie immer völlig fiktiv. **Ähnlichkeiten mit realen Personen sind rein zufällig.**

Der erste Fall TODESPUNKT erschien im selben Verlag unter: ISBN 9783749483709

Der zweite Fall 'Agathas Geist ermittelt' erschien ebenfalls im selben Verlag unter ISBN 9783751980593

Der dritte Fall 'Agathas Geist in Ägypten' dito unter ISBN 9783752647792

Der vierte Fall 'Weihnachtsgift' erschien nur als eBook im selben Verlag unter ASIN: B09F3LDHGX

Der fünfte Fall "Gefährliche Gefährtin" erschien wieder als Print- & auch als eBook im selben Verlag unter ISBN: 9783738643817

**

S. Pomej hat aus Interesse an der menschlichen Natur Psychologie studiert und lässt die erlernten Störungen plus eigener Erfahrung mit kranken Zeitgenossen, die immer wieder unerwünscht auftauchen, in spannende Bücher & Kurzgeschichten sowie Comics einfließen.

Website: pomej.blogspot.com

**

© 2024 S. Pomej

Verlag: BoD • Books on Demand GmbH, In de Tarpen 42, 22848 Norderstedt
Druck: Libri Plureos GmbH, Friedensallee 273, 22763 Hamburg

ISBN: 978-3-7597-3674-1